U0455078

庞井君

著

墨加的逨游

西安出版社

图书在版编目（CIP）数据

叠加的涟漪 / 庞井君著 . -- 西安 : 西安出版社，
2024. 9. -- ISBN 978-7-5541-7759-4

Ⅰ. I267

中国国家版本馆 CIP 数据核字第 2024PK2092 号

叠加的涟漪
DIEJIA DE LIANYI

庞井君 ◎ 著

出 版 人：屈炳耀

责任编辑：付　洁

责任印制：尹　苗

出版发行：西安出版社

社　　址：西安市曲江新区雁南五路 1868 号影视
　　　　　演艺大厦 11 层

电　　话：（029）85253740

邮政编码：710061

印　　刷：西安市建明工贸有限责任公司

开　　本：787mm×1092mm　1/16

印　　张：19.25

字　　数：210 千

版　　次：2024 年 9 月第 1 版

印　　次：2024 年 9 月第 1 次印刷

书　　号：ISBN 978-7-5541-7759-4

定　　价：58.00 元

序
一

不一样的山水

孙　郁[*]

文人喜谈山水，看似重复着什么，其实总能够流出鲜活之感。赵汀阳先生《历史·山水·渔樵》一书中有句话，我以为很有道理："山水以其自然身份而拥有无穷时间，因此能够以其不朽的尺度去旁观即生即灭的人事。"山水与思想，在文人世界里是被不断纠缠的存在，至今依然让人津津乐道。记得两年前曾读过庞井君先生的一组散文，多为野路、险滩间的随想，绕开了一般的游记的路径，形而上的冲动时可见到。这时候就感到，作者那么钟情于人烟稀少之地，是有着自己特别的期待的。庞先生是学哲学出身的，他的写作自然带出弦外之音，没有文坛流行的调子，旧儒的氛围也是稀薄的。文字之中，一种生命体验的味道弥漫其间，词语是在莽林与大川间熏染过的，其中不乏旷野中深藏的元气。

认识庞井君先生多年，虽然交流不多，但知他对于问题的思考，与许多同行并不一样。后来知道，他来自承德山区，自幼在艰苦的环境中长大，

---

* 本名孙毅，1957年生于辽宁大连。现为中国作家协会散文委员会副主任、中国人民大学文学院教授。曾任北京鲁迅博物馆馆长、中国鲁迅研究会会长、中国人民大学文学院院长。

成长过程，数历风风雨雨。来到北京读书后，亦未染上京派的学术之风，还保持着乡野间的率真。从其文章看，其人厌恶都市里的浮夸和喧嚷，寄情于苍凉之所，但又非隐逸的表达，而是一种精神的漫游。古代的山水诗，一直透出几许老庄之气，我猜想庞先生大概是不太喜欢田园归隐的姿态，很少士大夫气的。他的文章，难见依傍于他人的老调，而是喜欢不断追问，思考存在的隐秘。文章将自己置身于陌生之所，看风云之变，听流水之音。拒绝小桥流水的趣味，在雄奇之地面对着认知极限。那篇《黑夜之美》，弥漫着漫漫的情思。远离了都市欲望的灯光和市井里的杂物，在头上的星空看到辽远之光，古人顿挫颖达、孤云生远之意，就这样悄然而至了。

这就是个性。不那么在意读者，也不买流行文人的账。行文中不见柔媚之语，文气往还于雄奇险峻之间。历代墨客过于安于秀雅之境，独难驻足苍凉之地，这是一个问题。聪明的作家是远离这样的审美的，小说家阿城写过山间的历险，辞章飞动，《遍地风流》中有些自然景物的描写就回肠荡气。史铁生也是常在空寂之所向天发问，就不被外物所累了。这类作者，向来是很少重复别人的思路的，而是不断挑战着自我。庞井君有一段话很有意思，能看出类似的追求：

中国古代文人足迹多止于峨眉山、青衣江一带，未曾放眼横断贡嘎雪山英姿、大渡金沙长河气派。我想李太白、郦道元、苏东坡、徐霞客倘游此境，当生发出怎样的文学想象？当留下怎样瑰丽奇崛的文章？古人已去，逝者如斯，倒是我平生最敬重的承德老艺术家关阔先生，临行前以魏碑笔法写的陈维崧《南乡子·邢州道上作》一词，雄强深沉，神丰骨秀，与当下心境颇多契合：

秋色冷并刀，一派酸风卷怒涛。并马三河年少客，粗豪，皂栎林中醉射雕。　　残酒忆荆高，燕赵悲歌事未消。忆昨车声寒易水，今朝，慷慨还过豫让桥。

文字是豪放的，内中含着阳刚之气。由此可以知道作者的趣味在哪里。本书的许多篇章醉心于"寻象观意"的过程，返璞归真的情绪流水般冲洗着一切。作者的家乡属于内蒙古与辽西交界的地方，古来就是征战之地。记得承德作家陈福民《北纬四十度》一书中，就写到那里人的气度与风骨。书中谈到"飞将军"李广，就大有奇气，不乏自豪感。后人凡到此地，无不惊讶此处的高古。宋代王安石《入塞》一诗，亦感叹过这里荒云冷雨的凶险。承德历史深处的风云，值得打量的很多，至少在古人的记载里，柔性的、绵软的叙述腔调是稀少的。

我于哲学知识只是一知半解，对许多话题不得要领。庞先生谈专业的话，我都不太懂，但言及精神哲学的那个"自由自然"的理念，觉得所言正是。他也从哲学家张世英、叶秀山那里体悟到了"去蔽"的意义。自然山水给人的启发甚多，作者强调的是一种"唤醒"意识，那些古老的遗存和未被尘世熏染的人的灵思，可以在苍茫之间得到呈现，将己身的体味和远去的灵魂相互交织，有一种愉悦。而"去蔽"则是对流行词语的解构，将罩在人世的词语灰尘拂去。海德格尔所说的直抵本真，在"转变了的道说中把存有之真理开启出来"，也是这个意思吧。

庞先生说自己写散文乃哲学思考之余的冲动，因为概念不足以表达一切，倒是感性的瞬间融有思绪万千。他的研究话题属于社会价值论领域，这些我也是门外汉，知之不多，我想它纠缠着人类社会的复杂性原理，是一定的。有趣的是，最为人间性的题旨，却在远离烟火气的无人之地得之，那些不可言说、难以言说的体验，倒为作者提供了一种思想的注释。这是他的写作不同于一般同行的地方，因为带出了另一透视世界的维度。在凝视高山流水的瞬间，万千灵思游动，诸多内觉暗生，片刻间神移于林海，思流于云间，这或许就是他所云"自由自然"的境界。我觉得这近似于古人无我之思，但又无虚妄之态，内中也有现代性波光的闪现。如果在这里看不到他的忧患之心和一往无前的寻路之意，那大概不太能领会这些文字的深层寄托。

我过去看前人的一些笔记，常常感到方寸之间蕴含着不尽之思，都可以细细琢磨。苏轼写山中之月，静谧中滚出了雷音，让人久久不得平静；李叔同记闽南之感，草木间思绪纷纷；废名笔下的黄梅之水，飘出几分禅意来。这些特点在丰子恺、许地山等人的文章中也有，其间埋着非诗之诗、非文之文。文章之道，并非词语的游戏，乃无言之言、无语之语，那些飘忽而来的弦外之音，才更有意思。

忽然想起冯至先生有一本散文集《山水》，觉得是可以反复读的书，其中有一句话给我的印象很深："山水越是无名，给我们的影响也越大。"他认为没有被人类历史所点染的自然更令人羡慕。我们知道，冯至是雅斯贝尔斯的学生，又心仪歌德和里尔克，哲学的修养是好的。但他偏偏很少写思辨的文章，倒是留下《山水》这类小品，走的是另一条写作之路。其中深意，也很值得一思。在人迹罕至的地方触摸存在，聆听上苍的声音，就遇到了天地之书。这是独思的快慰，也是选择的快慰。细心的读者，对于这种思与诗的状态，不会无动于衷，引发一些自问的联想，也说不定的。

2024 年 4 月 11 日

序
二

性灵的涌现

刘建生[*]

　　井君的散文深沉清新，透着灵气，蕴着哲理，含着阳光，藏着温情。他那炯炯有神善于发现美的眼睛，可以点燃黑夜的墨色，闪出火花与曙光；他缜密的思考与细腻的笔触，可以把村头庄尾的薄物细故，编织成思想、理想的箩筐，背到城市出售；他的人生履迹和经历，把大江大河、穷乡僻壤、繁华街区串联起来，形成一张可以触摸的绵延之网。井君的散文是连缀成串的佛珠，可以把玩，可以念数，可以静心。

　　认识井君，是在北京西山八大处的讲习堂。十来个月的相处，朝朝暮暮，住在一起，吃在一堂，每天"闭门造车"，谋划国家文化体制改革总体方案，设计国家文化改革发展纲要——如今的类似文件中，还能够依稀看见当年的墨痕气韵。用一位同事的话说，我们在那里，从烈日炎炎写到瓜果满园，从黄叶满山写到寒风呼啸，从雪花飘飘写到山花烂漫。我和井君朝夕相处，性情相投，结下了深厚的友谊。那段时光是永远难以忘怀的。

*　中宣部出版局原巡视员、副局长，中国画报协会会长，国内著名出版家。

每天早上，我们黎明即起，从虎峰山庄背后，沿翠微山向不同方向攀爬，然后顺势而下，完成一天锻炼的早课。每有写作间隙，我们便到八大处公园散步，把绞尽脑汁挤兑文字的苦恼，消散在崇山峻岭之中。一开始结伙爬山的有四五个人，爬着爬着，最后只剩下了我们两个。风和日丽爬过，大雨滂沱爬过，云雾弥漫爬过，朗月当空爬过，八大处山山岭岭的每一条小路都留下了我们的足迹，每一个角落都飘散着我们深入交流的话语。井君爬山，不喜欢走现成的路径，所有的险峰陡坡，所有的密林深处，所有的沟壑壁垒，所有能容下脚掌的地方，都会被他硬生生踏出条新路来。他的收获，也常常比我们更多。比如，捧回一把酸枣；比如，捉到一只野鸟；比如，摘下几朵罕见的花蕾，拾到一块奇特的石头。野性、探索、不走老路，似乎是他的天性。写散文、搞研究，也是这种性格使然。

我曾和井君坐四个多小时的汽车，到他在河北隆化的老家，见到他慈爱有加的老母亲、话语不多的老父亲、亲切热情的姊妹们和一众亲属。井君妈妈一辈子信佛，终身吃素，带出的孩子们同样从小不沾荤腥。来承德地区师范上学之后，井君好长一段时间不适应，看到肉食都会呕吐。

燕山的山和水，塞外的人和事，养育了井君的身心，磨砺了他坚强沉雄的意志，赋予了他高远澄明的情怀。我无法想象出，当年他"小中专"毕业，以一个乡下公办老师的身份跑到人民大学、北京大学询问研究生报考事宜时，吃闭门羹，受到冷落，是怎样的难堪，又是怎样的不屈。幸而，在中央党校的大厦里，他和同伴的求学诉求，打动了同样出身农家的中央党校的老师们。这些惜才如金的老师们，用宛如贵宾的接待——亲切的问候、热情的茶水、无私的帮助，让两位来自河北乡下的小伙子不胜感叹，终生回味。后来，井君如愿考上了中央党校研究生，拿到硕士文凭，又到中国社会科学院读哲学博士，然后回到中央党校从事哲学研究和教学管理工作。一个名不见经传的燕山深处的小山村，从此就有了一名博士；一个乡村的放羊放牛娃，从此走上了理论研究和文化创造的人生之路。

对于书法、绘画、音乐等艺术门类，在师范学校，井君初步接触过一些，但真正登堂入室，成为审美艺术领域的专家学者，还是在他读完博士进入中央党校和国家文化部门工作之后。他善于将曲折的工作经历和丰富的人生阅历作为思想质料加以提炼和升华，创作出别具一格的作品。他的文学艺术的触角是极其敏锐的，正像关阔老先生所评价的，"具有极高的灵性"。他的散文也充满这种"灵性"和"灵动"。然而，他能够在散文领地突兀挺立，更因为他的执着和韧性。

在成长过程中，井君遇到了最好的文学艺术启蒙师长——关阔先生。他的艺术造诣、学术垂训、审美境界，熏陶滋养着井君的思想和灵魂，使他在相关领域不懈追求，百折不挠，矢志不移。井君能够成就写作事业，也得益于他从这位老师身上领悟到并始终践行的勤奋、律己、精研、博览。无论是孤身一人到八大公山静心写作，还是挂职康巴藏区感受异域陶冶；无论是乡间省亲时的醒悟，还是机关公文的磨炼，井君不为琐事困扰，不被世俗捆绑，崇尚自由自然，触景生情、怡情赋文，下苦功夫磨砺文字、砥砺精神，让通达感悟升华为瑰丽篇章，让满纸云霞臻至审美境界。只有这样修炼到家、火候到位，才会有"一语天然万古新"。

读井君散文，平淡、平朴、平静之中，让人体悟到哲学的沉思、佛学的净化、道家的升华。井君的专业是哲学研究，更具体的领域是社会价值论。他潜心数十年，研得自成一体的价值论思想，超然于现实功利和世俗声名，谋道不谋食，真正是孑然独立，可谓："前不见古人，后不见来者。念天地之悠悠，独怆然而涕下！"我常说，井君的价值学说应当在五十年、一百年后大放光彩，是想说明，理论建树可以更具有前瞻思维，更有远见和洞见。研究学问的孤独，很多时候是因为你走得太超前，别人和世俗无法与你齐肩。因为独到的哲学思想的融注，井君的散文于平朴之中见精神，于写人记事之外透神韵，可谓："心事浩茫连广宇，于无声处听惊雷。"

我认为，对于文学艺术，爱好、兴趣可以引起人们的一时激动，景行行止，心向往之。但真正操弄起来，可是需要耐心、潜心、静心，心无杂念，专心致志，一心一意方能修成正果。能否成为大家大师，全在于后续的努力和超越。井君写散文，一不媚俗，二不谋利，全然从心出发，是内在精神泉水的涌流。我听说他的第一本散文集《黑夜之美》在文学艺术界产生了不小的影响，得到了诸多名家大师的激赏。我国著名哲学家、美学家张世英先生欣然作序，佳序美文，流传颇广。这很难得，很值得珍重。我想，文学创作最重要的是作品在受众眼中的价值，好的作品能让人进入阅读境界流连忘返，在读者中有口皆碑。写作用心用情，为文自由自然，个人的价值才能在人类精神体系中得到永生。想必这种认识，井君是了然于胸、毅然而行的。

2024 年 3 月 25 日

目录

雪域风痕

隐逸的星尘

黑夜的底片

附录

后记

雪域风痕

回望高原

　　花满地，雪满天，牛羊遍荒野，牧歌动山川。天蓝蓝，云淡淡，细雨草青青，明月上东山。

回望高原，
高原在云端，
云端矗立着巍峨的雪山，
雪山盛开着洁白的雪莲，
雪莲化作清澈的小溪，
缓缓地，流淌在我的心田。

回望高原，
高原在天边，
天边燃烧着灿烂的朝霞，
朝霞映红了漫山的杜鹃，
杜鹃化作康巴姑娘的笑脸，
悄悄地，浮现在我的心田。

回望高原，
高原在从前，
从前的岁月融进了梦幻，
梦幻里藏满了动人的故事，
故事化作神秘的经幡，
轻轻地，飘荡在我的心田……

康定初遇

　　深冬的康定，到底和家乡承德不一样，寒山瘦水之中给人的感觉并不都是凄苦荒寒，而是有几分鲜亮雅洁、生动灵润，原因就在水。小城夹在三山两水之间。三山，西边矮处是子耳坡，高处是阿里布果山；东边就是闻名天下的跑马山，跑马山往高处接着九莲雪山；东北边是郭达山，山不是很高，但非常险峻。我后来费了很大劲登上山顶，风很大，几乎要把我吹到悬崖下面，吓得当地朋友大呼小叫，急忙把我从巨大的岩石上拉了下来。两水，南边从贡嘎雪山脚下流来了折多河；北边从莲花雪山脚下的木格措流来了雅拉河。折多河和雅拉河在郭达山脚下汇聚在一起，汹涌澎湃地折向东南，一直流到大渡河里。这条河当地也叫炉水，可能和康定过去叫"打箭炉"有关，传说诸葛亮的大将郭达曾在此造箭。

　　到康定第一天便急不可耐地去爬跑马山。登上跑马山向下看，六七万人的康定小城铺展开来如一个大大的"丫"字。当地朋友指点着，向我做了生动介绍。折多河—贡嘎雪山方向那一支叫南城，318国道从那里向西折，过了折多山，就出了关，一直向藏区腹地延伸。雅拉河边那一支叫北门，从那里到风光秀丽的木格措不远。

雅拉河水清又清，河两岸土地平缓，林木丰茂，是康定人"耍坝子"的好去处。折多河从郭达山往下那一支叫东关，从那里出去，沿河向下便可到泸定，从泸定翻过二郎山，便可去雅安，去成都。康定城因有了这两条河而显得充满了生机与活力。从高处看，随着河水的流动，仿佛整个小山城也舞动起来，引起人很多美好的遐想。康定人说，两条河各有特色。折多河如潇洒从容的侠士，风尘仆仆地从大山里走出来，心无旁骛地穿城而过。雅拉河则如天真烂漫的少女，清澈明亮，婀娜摇曳，唱着歌从木格措里一蹦一跳地跑了出来。雅拉河谷是有名的雅拉山歌的发源地，据说康定情歌就起源于雅拉河畔的溜溜调。折多河与雅拉河汇聚，过了郭达山之后，水势加大，海拔陡然下降，奔雷滚雪，如发怒的莽汉，一路咆哮奔腾而下，谁也拦不住，一副人挡杀人、佛挡杀佛的样子。当地人说，河水不太深，但因水流太急，人掉到折多河里没有能上来的，曾有到河边洗衣洗菜的女人不慎滑到河里，救也没法救，都被淹死了。

有人说，康定城弯曲优美，像一条溜溜的蛇。人们说话到处都是"溜溜"，"溜溜"就是好看、好听、好玩的意思。我感觉，在康定人看来，在什么东西前加上"溜溜"，肯定是为了修饰这个东西好。山也溜溜，水也溜溜；风也溜溜，云也溜溜；男人也溜溜，女人也溜溜。还有人说，"溜溜"就是有情的意思，康定文化就在一个"情"字上。跑马山是浪漫之山，是情山，还和台湾的阿里山结成了姊妹山。山上有情人石、情人池，还有情人树。情人树都是两棵长在一起，融为一体，十分奇特。讲解员旺姆说，再往高处走四五个小时，雪山脚下还有一个五色的情人海，春天海子周围开满了如霞似雪的杜鹃花，漂亮极了。说这话时，小姑

娘眉飞色舞，眼里放射着异常兴奋的光芒。可惜后来总觉得五色海就在身边，随时可以去，没想到一来二去没去成，心中只留下一道想象的风景，总觉得比我后来去过的那么多海子都要好。康定和跑马山都因一首《康定情歌》而举世闻名，这首歌被评为世界十大情歌之一，不知带给人多少美好遐想。然而艺术的想象终究和物理的现实有很大差距，完美的东西只能是概念和意象。我也是从小听着这首迷人的歌长大的。记得十五岁在承德读书时，第一次听到音乐老师唱这首歌，心仿佛随着那旋律，像马一样在雨后的草地上跑了起来，像风吹着白云在天上飘了起来。真的到了这里，并没有比歌声增添多少新的激动和想象，反而有些淡淡的失望。倒是墙壁上仓央嘉措的情诗《洁白的仙鹤》，让我对理塘产生了无限的向往。"洁白的仙鹤，借我一双翅膀吧，不飞遥远的地方，到理塘转一转就飞回。"艺术这种东西真是莫名其妙，简单直白的几句话怎么就会给人带来那么大的力量？听说，前些年，一个英国女大学生偶然听了《康定情歌》，怎么也抑制不住心灵的冲动，千里迢迢来看跑马山，结果大失所望，竟然趴在半山腰大树下的石头上放声大哭，愣是不下山。这也从另一个角度印证了《康定情歌》无与伦比的艺术魅力。

下了跑马山，散步折多河边，阳光灿灿，溪水欢欢，行人缓缓。折多河两岸多植柳树，柳丝很长，比我以前见到的都长，一直垂到水里。细柔的柳丝，浑身泛出了淡淡的鹅黄，一边随着水的流动和风的吹拂，不停飘逸着妩媚的腰肢；一边亲吻着雪白的浪花，仿佛呼唤着春的消息。有人提议下午顺着雅拉河去看木格措。我说，木格措是先不去的，我准备把春天的她留给春天的我。

晚饭后，一个人沿着折多河向东走，一直走出城外。那里河水落差更大，水流更急，两山进逼，一峡如裂，怒涛如雪，乱石如滚，回头望去，跑马山、郭达山半锁于烟云之中，月亮偷偷地露出半个脸。阔步于凛冽山风之中，心潮澎湃，几无归意。中国古代文人足迹多止于峨眉山、青衣江一带，未曾放眼横断贡嘎雪山英姿、大渡金沙长河气派。我想李太白、郦道元、苏东坡、徐霞客倘游此境，当生发出怎样的文学想象？当留下怎样瑰丽奇崛的文章？古人已去，逝者如斯，倒是我平生最敬重的承德老艺术家关阔先生，临行前以魏碑笔法写的陈维崧《南乡子·邢州道上作》一词，雄强深沉，神丰骨秀，与当下心境颇多契合：

> 秋色冷并刀，一派酸风卷怒涛。并马三河年少客，粗豪，皂栎林中醉射雕。　　残酒忆荆高，燕赵悲歌事未消。忆昨车声寒易水，今朝，慷慨还过豫让桥。

先生跋曰：其年此词沉雄峻爽，论其气魄，古今无敌手，若能加以浑厚沉郁，便可突过苏辛，独步千古。井君，予畏友也，暇时一读，精神当为之一振。

桃源小住

康定海拔 2600 多米，冬寒更加缺氧，夜里常常睡不着觉，便和朋友相约去泸定补补氧气。泸定海拔 1300 多米，据说这是最适合人类居住的海拔高度。

早上十点出发，沿着折多河一直往下冲。三道拐，五道拐，几十公里的距离，一道一道地往下拐，海拔要下降 1300 多米。司机小潘说，在甘孜，司机是个要求很高的职业。这段路弯急坡陡，冬天再加上暗冰，非常危险。这样的路在甘孜到处都是，外地司机不知深浅，经常出车祸。不过，大凡危险处，风光却很美丽。夜里下过小雪，上午太阳出来了，天空很蓝，山上的冰凌世界被一层层、一缕缕洁白的云雾所缭绕，时隐时现，霜素凝鲜，神秘圣洁，引人无限遐思。我猜想那一定是神仙居住的世界，一年四季雪莲盛开。

到了泸定，大口大口地呼吸了氧气，吃了午饭，游览了当年红军强渡的铁索桥，就往回走。当地朋友说，途中大渡河边有一片几十亩的桃林，还开了一个名叫桃花源的乡间旅舍，是一个很有乡野味道的去处，海拔也低些。大家议论一番，便都想来个桃源小住了。

小院干净雅洁，古朴自然。虽为深冬，整畦整畦的蔬菜绿茵茵的，尽了最大努力展现着生命的样态，在这荒寒萧疏的环境中招人怜爱。它们好像是穷苦人家没有长大的孩子，已经理解了父母劳作的艰辛，鼓足了力量和勇气，在努力为大人做事似的。几枝蜡梅和三角梅开得孤傲冷艳，还有几只叫不上名的小鸟不停地在枝杈间跳跃鸣叫着，它们的样子和叫声都显得素雅自然、悠闲自得。那些桃树也远不像北方冬天的果树，虽然叶子脱光了，可一点也不显得凄冷瑟缩，而是蕴含着压不住的生机。在暖融融的太阳的照耀下，在身边大渡河的呼唤声中，在小鸟的啼鸣歌唱中，那开放的冲动似乎也不甘于蛰伏隐藏着了，好像在一点一点地显现。瞧，它们的枝条紫紫的、红红的，芽苞胀胀的、润润的，仿佛只要一阵暖风吹过来，一阵细雨洒下来，甚至是再有一缕更温暖的阳光照下来，便要向着无边荒野和寂静的雪山开放了。

沿着桃树边的菜畦向东走，没多远便到了大渡河的堤坝下。河边有一大片黄中透白的芦苇，刚走到近前，突然扑棱棱飞起一只大鸟，咯咯叫着飞过了大渡河，着实吓了我一跳。桃源主人说，这是大渡河特有的一种野鸭子，过去都是飞到南方越冬，这些年每年冬天都会有几只不走的，就住在这片芦苇丛里。当地朋友说，这些年高原气候明显变暖，冰川每年都以几米的速度在融化，雪山雪线逐年上移，海子里的水却越来越多。

穿过芦苇丛就是大渡河。冬天的大渡河河水少了一半，河水清清，奔腾不息。另一半河床挨挨挤挤地铺满了大小不一、千姿百态的石头，宛然一组绵延不绝的天然雕塑群，每一块都凝固了流动的瞬间,耐人寻味。它们的身子一律向着河水流去的方向使劲，整体看上去像是仍然在滚动的石流，一柔一刚，与大渡河水和而

不同，相互映衬。夕阳中，我在这滚滚的石头世界中徜徉了好长时间。一边放飞着自己的精神和向往，自由地思索着心中的事情；一边以凝视的目光为话语，与这些异样的生命进行着心灵的无声对话，并努力寻找着一直在等我发现的那一块。

夜宿桃花源很适合哲学思考，别有逸趣。躺在床上，听远山野鸟啼鸣、大渡奔腾，读法国哲学家列维纳斯的《从存在到存在者》，深为西人思想的缜密深邃所吸引，也为他们在人类危机中重建精神信仰和价值体系的努力所折服，更为印证我在社会价值论研究中的一些独立思考而欣喜。我觉得，西人有他们自己的话语系统（概念系统）和探索真理的路径，与中国人比，有一定的优势，但我们不应该将此神秘化、迷信化，更不能将其唯一化。中国人迟早还得运用自己的脑袋、自己的嘴巴、自己的方式，建立解释问题、解决问题的理论体系和话语系统。从1840年起，在以科学思维和自由价值为主导的西方文明的强势冲击下，中国开始了前所未有的社会大转型。在这个转型过程中，旧的体系瓦解了，新的体系很难一下子建构起来，常常失神失心、失语失声。快一百七十年了，时间太久了，中国人应该建立自己的话语体系和理论体系了。匍匐在西人脚下，点数别人的脚印，终究不可能从根本上解决自己的问题，更不可能为人类精神价值体系的重建贡献独特的智慧和力量。

这些年来，我十分喜欢夜里闭了灯，一个人躺在床上，睁大心灵的眼睛和黑夜进行无声对视的情境。曾经写散文《黑夜之美》抒发过这种情愫，但是这茫茫荒野小屋中的夜思，那时还未体验过。桃源小住，那种落寞自由的味道似乎比在康定时更纯净、更原初、更直接，我的黑夜审美经验和情趣得到了丰富和延伸。夜深时候，人已散去，星月不出，灯火寂灭，黑夜静得仿佛能听见时光在漆黑中咻咻流过的声音。我心境澄明空灵，百无挂碍，无处用心，只是一味静静地体验着生命时光的流逝和涌来，让生命原初的本质和深层的存在自由开显。

澄明的心境使你更清醒地感觉到时光的流逝，可你却无法挽住它们，因为你想用来捉住时光的那双精神之手，其自身也在不停地流动、变幻和消逝。看看表，再过几分钟就是十二点了，桃花源的夜很快就到新一年的凌晨了。想想与其企图捉住这一年时光的尾巴，莫不如跟着她去看未来的风景，体验新的生命感受，于是在日记中写道："明朝即明年，雪山开雪莲。遥思芳草绿，把酒桃花源。"心里想着这里春天桃花盛开的样子，想着迎面而来的藏区生活，便飘忽迷离地进入了梦乡。

小城夜思

近年来，一个人静静地躺在床上，看自己喜欢的书，思考自己感兴趣的哲学问题，已成为我至高的精神享受。在京城，因生活事务的芜杂烦扰，即便有时间读书思考，心也静不下来，很难沉浸到那个美好的境界中去。出发来甘孜前，关阔先生谆谆嘱咐，一定要珍惜这次难得的人生经历，一要每天写日记，坚持不懈；二要多读书。关阔先生还集一生读书治学心得，对他喜欢的几十本经典著作逐篇写了评析题跋，订成了《书边赘语》小册子送给我。来到康定，我发现读书思考环境非常优越，精神世界变得澄明简约、沉静深邃。有的家不在康定的州领导总抱怨时间难以打发，孤独苦闷。我想，若是能将他们那些多余没用的时间置换过来，那该多好啊！

雪域高原是一个能叫人心灵宁静、纯净下来的地方。在现代社会，人们越来越清醒地认识到，现实生活的结构和意义是被许多无意义或意义错位的东西遮蔽着的，人的总体生命活动成了碎片化的切割、机械化的拼接和泡沫化的喧嚣。要认识生命的本质结构和原初性价值，就必须在基础理论层面找到一个尺度，将那些东西剔除掉，找到那个坚实的价值源点。这就要求思想家要尽量从现实生活中脱出来，但思想家也是现实的人，所以"脱出"就很危险，因为这把思想的解剖刀可能指向他的生活和他本身。在甘孜这样一个相对简单的社会，一个孤独的思想者能直接地面对一切存在，神、自然、心灵、生命、死亡等仿佛离人很近，甚至可以直接地与自我进行融通交流。这正是最基础的哲学主题。一切基础性的问题无须去蔽，便能直接地开显出来。想一想王阳明的"龙场悟道"，我突然觉得甘孜是我完成社会价值论思考和理论建构的好地方。

　　一天晚上十点多钟，一个人坐在紧挨着康定子耳坡的寓所中，静静地读明代小品文，深深地沉浸在明代吴从先所描绘的读书意境中："读史宜映雪，以莹玄鉴。读子宜伴月，以寄远神。读佛书宜对美人，以挽堕空。读《山海经》《水经》、丛书小史，宜倚疏花瘦竹，冷石寒苔，以收无垠之游，而约缥缈之论。读忠烈传，宜吹笙鼓瑟以扬芳。读奸佞论，宜击剑捉酒以销愤。读骚宜空山悲号，可以惊蛰。读赋宜纵水狂呼，可以旋风。读诗词，宜歌童按拍。读神鬼杂录，宜烧烛破幽。"读着读着，突然停电了，小山城一片寂静暗淡。二十年来居京城，几无此经历，时光仿佛回到燕山深处小山村教书时的夜晚。房间所有取暖设施均靠电来维持，一时光明没有了，温暖也消逝了，人好像沐浴在清冷的折多河水中一般，只有思绪陷入寂静、深远、清晰的境地。拉开窗帘，跑马山巅朦胧的月色带给人凄清悠远的遐思。我想，孤寂深远是不是也是人生的一种至高境界呢？是不是只有它才能将人带入宇宙时空的最深处呢？此时此刻，小城的夜色叫我的心静下来了，一如窗外南面的贡嘎雪山，静雅洁白，澄明空灵。

　　黑夜遐想，哲思涌动，便忍不住给中国社会科学院哲学研究所的叶秀山先生打了电话，向他请教哲学的进步和价值问题。叶先生认为，哲学不等于一般意义上的科学，它是研究基本问题的。基本问题古今不变，中外相通。科学研究技术操作问题，对象不断变化，后面的学说一定高于前面的，学了后面的，不用学前面的，前面的只有历史价值。古代社会是简单社会，基本问题显露得比较直接，比较鲜活，人们可以直接把握和进入，这是古人的优势。现代社会纷繁复杂，变动不居，中间环节太多，将基本问题都遮蔽起来了，我们要认识，就要去蔽，使对象开显出来。就像吃笋一样，要一层一层地剥下去，否则吃不到。现代人的优势，在于对象的丰富，在于有前人认识的累积效应，但对基本问题的认识和把握却费劲。我们得不断回到根基，不断重新开始。现代哲学的进步就在于我们丰富了，我们多了去蔽的过程。审美艺术就更特殊一些，我们更要回到古典。谈到哲学如何面对和解决现实问题，叶先生认为，哲学是思考基础问题的，不是解决现实问题的，解决现实问题用不着回到孔子，回到柏拉图，不要夸大《易经》《圣经》等在解决现实问题上的功效。

叶先生的话把我的小城夜思引向了更深更远的地方，可谓"已入山深处，渐忘来时路"。来电了，我索性把灯关掉，搬了一把椅子，坐在阳台上，眺望着远处高入云天的贡嘎雪山，目光辉映着月光，继续进行着哲学思考。是啊，哲学不同于艺术和宗教，是最抽象的理性，是根本性、整体性、系统性的思考和理论建构，对象是一切，目标是超越，方向是根本，方法是反思。它以把握规律和真理为目的，是标志人类认识水平和思维能力的集中体现，其进步性应是明确的。哲学的力量在于从根本上引导人类走出时代的

矛盾和困境。哲学所思考的基础性问题虽不直接提供具体解决方案和操作规程，但一定给人们解决问题提供思维方法、思想启示和解决思路。离开了基础性的思考，这些问题也解决不好。不能将基础问题与操作和现实的问题割裂开来，也不能将二者混为一谈。哲学和各门具体科学之间存在着连续的过渡环节和中间地带，它们都是人类思维总体的组成部分。古代哲学再高明也不可能给现代人以答案，走出当代人类困境，最终还得靠站在古代哲学基础之上的现代哲学。更为关键的是，面向未来，随着社会的加速发展和剧烈转型，我们遇到了古人从没遇到的问题，如飞速发展的信息技术和生物技术对整个人类价值体系提出了根本性的挑战，机器语言、人工智能、高级算法等很可能把人变成非人，变成神一样的后人类!

州里干部告诉我，康定处于鲜水河断裂带上，这条断裂带和一江之隔的龙门山断裂带都是世界上有名的地震带，经常发生周期性的大地震。鲜水河地震带范围从北边的甘孜县起，经炉霍、道孚、康定，到泸定县南部止。这一区域近代历史上曾发生过多次 7 级以上的大地震，几十年一次，周期性很强。20 世纪 70 年代，炉霍曾发生 7.6 级大地震，遇难尸体把鲜水河都堵住了。现在它已沉寂好几十年了，好像又在积攒着力量，酝酿着一场大地震。难怪来康定，总觉得大地经常晃动，小震不断，人心浮动，看来我们一直处于危险之中。我想，危险之中，静静思索，不也是一种难得的生命体验吗？"不放过任何一次特殊的经历和人生体验，善于把它们转换成思想资源和艺术素材。"关阔先生曾对我这样说。

去雅江

雅江县在关外的雅砻江畔，在藏区，那里的康巴汉子最有名。到雅江要翻越折多山和高尔寺山两座海拔 4000 多米的高山。从深冬到初春，来甘孜快三个月了，这是第一次出关，心里充满了无数的想象和期盼，涌动着一股压抑不住的兴奋。

车子出了康定城，沿 318 国道一直往西开。没走多远便开始爬折多山，到了半山腰，偶然回望，见高高的雪山仰面而起，一幅偌大的天然图画挂在蓝天白云之下，英气逼人，荡心怡神。我感觉自己一下子变成了宋人范宽《溪山行旅图》中的踽踽行者，非常渺小。见我很激动，一同下乡的甘孜州里的干部却淡淡地说："我们见多了，都有点厌烦了。"我想，不断地追求异质性的东西，是人性的发展方向，也是文明演进的向度。再好的东西，再美的生活，如果在人的生命时空中持续时间长了，主体没有改变，客体也没有改变，意义和价值一定没有改变。人生没有价值增值，人就会感到生命的厌倦和乏味，渐渐地就会形成一种麻木情绪，慵聊度日，哀叹生命时光无情逝去。

穿过层层云雾，车子不久就开上了山顶，在折多山垭口停了一下。我下了车，深深地吸了一口气，努力稳了稳心神，便踏着皑皑白雪，小心翼翼地向上走了一百多米，登上了折多山山顶。高原行走，英雄气短。在海拔 4000 米以上爬山，每走一步都非常吃力。这是我人生第一次爬上这样高的地方，感觉似乎不但攀上了一个前所未有的地理高度，而且攀上了一个新的精神高度，一下子超越了许许多多纷繁芜杂、慵懒无聊的世俗，觉得自己顿时高大起来。我站在 4300 多米的雪山之巅，身边一个人也没有，伫立于天地之间，极目纵览千山万壑滚滚奔来眼底，心也像外面的雪山和峰峦一样掀起万丈波澜，产生了一种天、地、我三者直接同在、融为一体的感觉。一时间，多少心事、多少思索一起涌出心田，又很快奔向天外，心灵世界变得异常空灵澄澈。这是一种突如其来的高峰体验，是一种久违的诗意："折多山高入云端，青莲顶上开白莲。远望群峦浑似海，千浪万浪荡胸间。"

过了折多山垭口，车子沿着折多山西坡清澈蜿蜒的溪流一直向下走。这时车上响起了《康巴汉子》的歌曲，蓦然令人情绪更加激昂飞扬。"额头上写满祖先的故事，云彩托起欢笑，托起欢笑。胸膛是野心和爱的草原，任随女人恨我，自由飞翔。血管里响着马蹄的声音，眼里是圣洁的太阳。当青稞酒在心里，给歌唱的时候，世界就在手上，就在手上……"山间荒寒萧疏的气氛已渐渐消退，天空和大地的生机与活力越来越明显。冰凌中汩汩流动着清清的溪水，也流动着我内心的喜悦。溪水平缓处如云霞锦缎，从容流淌；乱石中和转弯处则像滚雪流云，跳跃飞扬。激起的浪花仿佛是她在奔跑中故意回首展示给你的笑容，还伴随着甜甜的笑声和清亮的歌声。这时我心底也流淌出一湾小溪，合着山间溪流的节拍，汩汩涌动着，轻盈跳跃着，泠泠激荡着……河两岸树木茂盛荫密，还有好几片家乡承德坝上常见的白桦树，淡雅娉婷，料峭微风中摇曳着娇美的身姿,透着执着而又妩媚的生命气韵。河两岸这一块、那一块地分布着枯黄的草地,纯净整齐,三三两两的牦牛散落其间,几匹漂亮的大马带着出生不久的小马安闲自在地吃草。晶莹洁白的雪山像仙女一样,一边眺望着蔚蓝的天空和天上的云彩,一边细心守望着眼前这幅精美的画卷。白马秋风塞上,雪山溪流荒原,洗尽铅华亦芬芳,好一幅天然图画!一时间,一种自由自然的家园感觉涌现心田。这是我在散文《小溪流过我童年》中所描绘的艺术田园,这是我在哲学和美学思考中所构想的理想家园。我想,要是再过一两个月,等到冰雪消融时,这里该是什么样子呢?那更灿烂的画卷不正蛰伏在大片荒草、大片灌木林下的泥土中吗?不正飘荡在远方的阳光和清风之中吗?

下折多山不久,在一片散落着许多牦牛的杨树林边,车子爆胎了,我们只好停车休息。前边不远处就能看到新都桥,这是摄影家的天堂,秋天灿如云霞的杨树举世无双。放牧的藏族小伙子骑着摩托车,唱着苍凉悠长的山歌,在草地上驰骋。这景象虽是第一次见,却感觉熟悉而又亲切,唤醒了我埋藏心底的回忆。童年时偶尔在电影和小人书中看到的画面在这里找到了原型。在溪流中的大石头上,

我还发现了家乡的山红燕,颜色好像更鲜润灵动。我追拍了好长时间,可它总也不让人靠得很近,难以看得真切、拍得清晰。

我走到牦牛群中拍照,还在河滩上捡了好几块造型殊异、色彩斑斓、激发人想象的石头。牦牛给人温厚善良的感觉,仿佛是饱经风霜的高原长者,总是用一种好奇、慈祥的目光看着我,可以走得很近拍特写。司机小潘说,牦牛脾气又大又犟,遇到挑衅和麻烦决不退缩和逃避,和高原人的性格一样。司机都怕它们,甘孜的好几起车祸都是因躲牦牛引起的。有一次,州里边的一个车子下乡,被牦牛挡路过不去,司机只好一个劲地按喇叭,把那头牦牛激怒了。它回头冲过来,挺起尖尖大大的牛角用力一剜,便把汽车的玻璃戳了个粉碎,然后顺着破碎的玻璃愤愤地看了驾驶员一眼,不紧不慢地走开了。一路上,我们的车子遇到挡路的牦牛,果然发现它们对汽车不理不睬,若无其事地走自己的路,小潘根本不敢按喇叭赶它们。州里干部说,甘孜牧民共有五百多万头牦牛。藏民爱惜牦牛,不愿宰杀,一是因为宗教信仰不杀生;二是不愿因此减少财产;三是商品意识差,没有产业化。一遇大风雪就会冻死很多,死牛皮包骨头,没什么价值,只好一埋了之。

过了新都桥,便开始翻越高尔寺山。垭口虽然比折多山高好几百米,但身体的不适已不如折多山上那样强烈了。层峦起伏的大山,气势也已不如折多山那样震撼心灵,可能是因为我的感受力在慢慢递减。到了雅江县城,我和朋友们跑到广场上,和人们一起围成一大圈跳锅庄。伴着欢快激扬的音乐,我细心地观察每一个从我面前飘过的面孔,我看到每一张脸上都洋溢着真诚、淳厚、自信的笑容。这种笑容,一次次地传递到我心底,荡起了微微的涟漪,我发现我的另一种感受力在悄然增长。

大渡河畔菜花黄

康定的春天来得很晚，很晚。都到了三月下旬，还是一片冰天雪地、荒寒萧索的景象。人的情绪也一直阴阴的、沉沉的、冷冷的，似乎还没有完全从冬眠中苏醒过来。听说要到海拔只有1000多米的海螺沟下乡，心里便涌起了抑制不住的兴奋和期盼。对于那块冰川脚下的大坝子，我是早有耳闻的，有人将她喻为五柳先生笔下的桃花源，著文曰："两峰对峙，天开一线。车如蚁行，路似蛇展。林木苍茂，幽谷生兰。溪流奔腾，杜鹃声远。岩崖巍巍，木兰婉婉。冰川则高耸入云天，人民则朴厚度安闲。不是桃源，胜似桃源，山静日长如小年。"我带上了精心挑选的二十几本书，准备在那里多住一段时间。我想白天深入田间村寨调研，晚上与村夫野老交谈，夜里静心读书沉思，在一个美好的环境中，让自己的精神向更深处开掘，向更高境界飞升。

清晨下起了一场小雨，康定城浸润在迷迷蒙蒙的云雾之中，跑马山上则雪花飘飘、雾凇弥漫，高高地映现出一个冰凌世界。出小山城下三道拐不久，海拔低了几百米，就看到路边星星点点、零零散散还没有完全开放的油菜花，厚厚的墨绿中隐隐地染了些淡淡的微黄，心底也渐渐生出了丝丝缕缕的喜悦。过了小天都，就是鸳鸯

坝，海拔低了1000多米，油菜花开得越来越艳丽，我的心也随着大渡河边一幕幕闯进眼帘的图画阵阵雀跃起来。虽然高山上刚刚泛出绿意，大渡河如冬天般载着冰冷的翠绿不顾一切地往前流，但是田野村落的景象已焕然一新了。雨过天晴，泥土湿湿的，空气润润的，树枝胀胀的。从成都平原吹来的风已把冬日残存的萧瑟吹到了高高的横断山顶，退隐到冰川和冷云间，田野展露出一派春天的生机。大渡河畔的油菜花比别的地方的油菜花开得更鲜艳、更纯净、更醉人，给我沉寂了一冬的心田染上了鲜亮的色泽。这是一种美的力量，也是一种不顾一切追求美的力量，是任何障碍也无法阻滞的自由力量。我想，高原的春天正是这一抹抹、一片片盛开的油菜花呼唤、点化出来的。她们肆无忌惮、旁若无人地盛开在大渡河谷中，包围裹挟着大渡河这一湾流动的碧玉，映衬着横断山顶皑皑的白雪。这种强烈对比，印心，染神，燃情，彰显了油菜花不媚、不屈、不俗的精神气质和神秘魅力。看，天边冰冷巍峨的雪峰其奈我何？荒寒坚硬的岩崖其奈我何？灰黑萧条的枯林其奈我何？冷风中疾疾如奔的枯黄野草其奈我何？奔腾咆哮、清冷逼人的大渡河水又其奈我何？我就是我，我就是要开，我就是要在你们认为不合时宜的时候，就是要在春天一次次呼唤中你们仍然颠顶麻木的时候，率先开出个金灿灿的世界来！这是生机盎然的世界，是自由自然的世界，是一个充满了美好和希望的世界。

大片大片金黄色的油菜花中还有一树树、一片片粉红色的桃花和雪白的梨花。三种不同的颜色巧妙自然地交织融合在一起，既争奇斗艳，又辉映衬托，展开了一幅幅别开生面、光辉灿烂的图画。有的是纯净炽烈的黄，没有一点杂质；有的是在大片的黄色中点染了一簇粉红或雪白；还有的是整畦整畦的黄被粉红和雪白掩映，斑斑驳驳，充满了无尽的诗意。这一幅幅画面仿佛是有生命的精神人格，尽力展示着自由个性。我不知道这里的人是为了美种了这些花，还是为了生活种了这些美的花，也许真正的美一定融于生活之中，真正的生活一定是美的。

站在田埂上，我想起了燕山深处小山村中的娘，想到了和娘生活在一起的童年时光。娘特别喜欢花，我也喜欢娘喜欢的花。每年春天，娘都在破旧的茅草房下种出萝卜花、芥菜花、花根儿花（野百合），有时还把山上的野花挖来栽到栅栏边。她们那娇艳稚嫩的色彩给我的童年留下了难忘的记忆，凄苦贫穷的生活也因此有了一些微微的亮色。娘喜欢坐在土炕上，开着窗子，一边缝补衣服，一边看着她种的花。有的年头娘也种豌豆，在窗台下种三四垄，用桦树条架在一起，春天一来，推开木格纸窗，一伸头就可看到花开的样子。如今，吃豌豆的情形已记不清了，倒是茅草屋下豌豆花开的景象在心里一直珍藏着：清晨太阳还没出来，几排墨绿的枝叶中点缀着粉红色的小花，娇嫩妩媚。花和叶子上托着一颗颗晶莹闪亮的露珠。藤须与架子若即若离，清风吹拂，她们像顽皮的小山丫头，拨浪着脑袋，晃动着小辫，挥舞着小手；又像雨后蜗牛一伸一伸地舞着长须，小心翼翼地探寻着生长的方向。

田野中还有一群色泽清纯、叫声清脆的小麻雀。她们那轻飞曼舞的样子，像童年小伙伴在田间小路上奔跑；那悠闲栖息的样子，又像小伙伴们躺在小河边大石头上望着远山谈天一样。我恍然觉得，这些小麻雀是从童年娘的豌豆架上飞来的，大渡河边的油菜花田变成了她们梦想的家园。你听，她们叽叽喳喳地说个不停，尽情诉说着心中的故事，争相表达着心中的喜悦！我轻轻地走近她们，想与她们亲近些，她们则飞了又落，落了再飞。我渐渐被她们吸引到田园深处，流连其中，忘乎所以，一缕心曲飘了出来："大渡奔雪冷心肠，不恋两岸菜花黄。桃梨花丛燕雀闹，人近轻飞过短墙。"

沿着大渡河一路往下走四十公里，过了泸定县，在冷碛镇附近进了海螺沟峡谷。再走两三公里，便到了磨西坝子，徜徉沉浸在雪山环抱、冰河环绕的桃源胜地中了。

晚饭后，去泡神汤温泉。温泉在一条山谷里，旁边枕着海螺沟冰川河，河水奔腾如雷，隔着疏密有致的参天巨杉，恍恍惚惚可睹其形。汤池露天，一个个散落在竹树丛里，沐浴其中，可览星月雪山，可沐清风雨露。蓦然几片云彩飘过来，渐渐拼合成更大的一团，遮住了星星和月亮，淅淅沥沥的小雨轻柔地下了起来。过了一会儿，雨丝又变成了雪花，一片片落在我炽热蒸腾的面颊上，清清凉凉的，有种异样的感觉，不时扰起心田丝丝波动。一下子，周围的情境、白天的事情和脑海里长久积淀的意象渐渐交织融合在一起，模糊起来，晃动起来，朦朦胧胧地看着头顶上半开的玉兰花，感觉她们是刚才流动的月光、星光和着飘舞的雪花形成的吟吟笑脸，一时心里好像什么也想不起来了，又好像什么都在那里，永远也不会失去。

磨子沟，采虫草去……

虫草长在哪儿？我想去看看！高原挂职半年多了，这个愿望终于在 2008 年 5 月的那天实现了。

从蔡阳村出发

5 月 1 日上午，我顺着大渡河驱车而下，一路山花烂漫，油菜遍野，一下子从凄苦荒寒的康定来到春意盎然的海螺沟，在磨西镇的明珠花园住下。晚上到蔡阳村支部书记罗前华家吃晚饭，商量上雪山采虫草的事。喝酒、唱歌、谈天，自由自然，融融乐乐，回到明珠花园已是深夜。

因为第二天要上雪山采虫草，心情异常激动，夜里睡得不踏实，似梦非梦，满脑子都是神奇浪漫的期盼和遐想，不待司机小潘叫早，四点多就醒了。不到五点，天还是漆黑一片，我和小尹、小潘就驱车去蔡阳村老罗家。头脑清爽爽的，纯净而真切。周围的世界还在梦中，沉寂神秘，我们似乎是黑暗世界中行走的幽灵，仿佛能感受到一切生命的律动，而它们却感受不到我们的存在和游动。只有一路挂在雪山顶上圆圆的月亮，不住地跟着我们、望着我们，

打破了孤寂的行程。她古雅而又清新，陌生而又熟悉，亲近而又遥远，仿佛是逝去的心爱之物在可望而不可即的另一个世界虚幻地涌现出来，又似乎是从没见过面的祖辈在那神秘寥廓的夜空浮现出慈祥的面容。

到了老罗家，还不到六点。月亮下去了，世界仍旧隐没于灰黑迷蒙之中。老罗一听到动静，很快起来了，连声呼喊他媳妇生火做饭。老罗八十多岁的老父亲也起来了，叼着长长的烟袋杆在院子里走来走去，吧嗒吧嗒抽个不停，烟火在灰黑的夜色中一闪一闪，忽明忽暗。抽烟的空当，他还不时用难懂的四川土话向我们谈论上山采虫草的事。我问了一下老罗，老罗说，他的大意是今天天气不太好，可能要下雨，路上要多加小心。不一会村长李猛来了，后面还跟着老罗的堂弟罗前里，他背着一口袋上山要用的东西。小潘把昨天买的一些东西也从车上拿下来，和老罗他们一起收拾打包。

天渐渐亮了，两只小鸟跳到栅栏上清脆地鸣叫，近处的房舍和田野渐渐清晰起来，远处的大山还笼罩在朦胧氤氲的薄雾中，只把一个个像是用水墨润染出的轮廓呈现到我的眼前，轻轻浅浅，简约恬淡。我漫步出了老罗家的院落，一个人走到田野中，静静地欣赏着这黎明的画卷，仿佛将自己的思想和情感都融到了里面。眼前的世界成了我无形精神的有形化身，世界因了我的存在而灵动起来，我因了这世界的存在而伟大起来。我喜欢夕阳刚刚落山时的景色，喜欢凝视山峦的剪影，而当下的情境比它们更多了些灵动和生机，多了些亮丽和清新。

七点天已大亮，只是见不着太阳，淡淡地阴着。我们吃过老罗爱人做的菜泡饭后出发，沿着磨子沟一直往里走。磨子沟早年有一条拉木材用的山区公路，可直达一个叫两岔河的地方，长十四公里，但因年久失修，早就废弃了，只有路基和轮廓还在。我们今天采虫草、爬磨子沟雪山，要走的大部分缓坡路就在这条道上，剩下的都是爬陡坡。今年，蔡阳村在沟里建了一个石板场，把外面的几公里路简单地修了一下，勉强可以通车。路面狭窄不平、杂草丛生，路两边伸出的一根根像胳膊一样的枝条随风摇摆，我感觉它们不是在欢迎远方的客人，倒像是在努力劝阻我们的行动。小潘开车异常谨慎，很多地方都是慢慢蹭过去的，我的心也一直提着，生怕出些差错。

车走了约三公里，到了云母沟石板场。老罗说，开车走这一段可以节省我们一个小时的路程，后面的路程，按照山里人的速度，还要五六个小时，而且很难走。老罗他们把山中过夜所需的东西都放到三个塑料口袋中，每个有四五十斤。他们每人背一个，走起山路来轻松自如。小尹空着手，我只拿一个相机。老罗家所在的蔡阳村海拔1580米，石板场海拔1700多米，我们要去采虫草的地方在海拔4500米雪线以下，中间的路程二十多公里，大约需要爬高2500米到2800米。老罗说整个行程要用五六个小时，后来的事实证明，他是大大高估了我的能力和天气状况。此次爬山之难，远远超出了我根据低海拔地区爬山经验所作出的推想。更为艰难的是，我到甘孜后血压升高，一直在吃降压药，而且前些天一直感冒，今天才刚刚好转，体力严重不支。按照常理，不当有此举，可我此时已是"一念既生，万山难阻"。对此，身边的人十分担心，小尹说，他也是不放心才跟我一起上山的。

同行的伙伴们：老罗，李猛，罗前里

从石板场出发，刚开始走的是废弃的林场公路，虽然也是步步上坡，但还算是好走的。刚过丫丫棚，就感觉十分吃力了。我知道这不是爬山时那种正常的疲劳，腿酸气短不说，主要是病后的那种浑身无力、头晕目眩、头重脚轻。眼前的世界不像平时那么真切，我的精神世界也不那么清晰，而且二者中间仿佛隔着一层东西。我心里暗想，这怎么行，一开始就这样，怎么走完二十多公里崎岖山路？还能爬上4000多米的雪山吗？不管怎样，一直往前走，直达目的地，这是铁的任务。这样一想，全身仿佛立即被调动起一股内在的力量，两腿机械地、不顾一切地跟着老罗他们往前走。有了这股意志力的支撑，身体痛苦不支的呼声和诉求马上被压制下去了。老罗他们每人背着五十多斤重的行李和炊具，走起路来一点也不吃力，谈笑风生，洒脱自如，还不时停下来，伸出有力的大手接引我和小尹。小尹见我走路吃力，主动把几公斤重的相机也接过去了。从一开始，大家就从各个方面照顾我，让我过意不去。我不拿东西不说，就连休息时，大家都主动把最舒服的位置让给我。老罗还经常把棕簑子解下来让我坐。这东西是用当地一种野生植物的叶子编成的，一路上给我带来了不少好处：背东西时垫在后背，防止磨伤；休息时坐在上面，既柔软又干爽，还可以防潮；在山上过夜，铺在身下，还很暖和。尽管如此，我和小尹还是远远跟不上老罗他们的步伐和节奏。老罗二百斤的体重，一米八的大个子，据说能喝二斤白酒，饭量也很大，性格豁达豪爽，激情浪漫。这样大的块头，走起山路来一点也不吃力。李猛个子小些，面容谦和，性格随和幽默，见人说话总是笑呵呵的，走路灵便快捷，一路总走在前面。罗前里个子不高，长得敦厚结实，红红的脸膛上总溢满了汗珠，眼睛里透着质朴憨直，走起路来数他最快，背的东西也数他最沉。他原先还是个猎手，经常打盘羊和野牛。他说，前些年在磨子沟冰川下的一块草地上见到了上百只盘羊，那场面终生难忘。还有一次，他们三个猎手打一只野牛，共打了十二枪，那家伙有一千多斤重，叫了好几个人才抬下山去。去年收枪，老罗和李猛代表上头不知道做了多少工作，最后他是含着泪把双筒猎枪交出去的。他说，交枪比要他命还难受，死的心思都有。一路上他一直在念叨，要是有一支枪，他一定让我们吃上野味。我对小尹感叹道，现代文明日益加剧人类生物机能的退化，根源在于远离自然。远离自然，就是远离人。我们和山里人之间的距离可以用许多指标衡量，其中一个就是爬山。今天，我们和老罗他们的距离就是背上五十斤重的东西，乘上三四倍的速度，爬同样的长度和高度。后来，半路遇上打猎和采虫草的高手严冲，听了他的故事，我感觉到，实际的距离比这还要大得多。

八点半时，我们遇到了一个七十岁的采药老人石宗权。他采的是重楼，其生物机理和虫草差不多，只是生长的地方海拔低，价格也便宜，湿的一斤卖七元，一般一天可采十来斤。小尹和他一起抽烟，交谈很融洽。我们都走了，他们还在说个不停。

九点四十分来到一个山洞瀑布。此地几天前发生过山体滑坡，几块卡车大小的山石仿佛刚刚从山崖上滚下一样，断裂处的痕迹都是新新的，生生的碎片散落四周，我们耳边仿佛还回荡着震天的轰鸣。老罗说，他们上山从来不用带水，到处都是山泉小溪，干净得很，随便喝。说着，他便趴在溪边一通狂饮。我也用矿泉水瓶子接了一瓶，喝了一半，只觉浑身清凉异常，人也精神了许多。不料没走多远，肚子便咕噜咕噜地响了起来，一个劲地从胃里往外返酸水，腹内隐隐作痛，不一会儿就泻了几次，真是雪上加霜。体力越来越不支了，仍旧是靠毅力顽强地支撑着。

十点多到了总棚大坪。这是一块难得的山间平地，有几十亩大小。坪地北面是一座巍巍耸立着的壮丽山峰，直指苍穹，与云霞相缠绕。山崖如斧劈刀削一般，大有中国画北派山水的气势，豁人耳目，睥睨群雄。坪地南面是奔腾咆哮的磨子沟河。在磨子沟这个地质条件十分脆弱的峡谷中，随时随地都可能发生坍塌和滑坡，这个地方却显得十分踏实安全。老罗说，将来磨子沟搞旅游开发，这个地方可建营地。

十一点到了银厂岩洞。相传北边的山沟中有一个岩洞过去产银子，蔡阳村只有一个人知道采银地点，他每年只采一次，从不多采。银厂岩洞下面的河里有一块比一间房子还大的石头，中间有一个很大的洞，当地老百姓叫它"水滴石穿"。也有人说，这块大石头像一扇磨，那个洞就是磨眼，磨子沟就是由此得名。

十一点多，一直阴着的天开始下起雨来。老罗他们已经爬上了一个陡坡不见了踪影，我和小尹没带避雨工具，很着急，脚步不自觉地快了起来。刚刚上了几十米的陡坡，就看见老罗笑呵呵地来接我们了。他说："一下雨，我看你们比什么时候爬得都快，哪里来的力气？"我说："要是后面有一只雪豹追着，一定比现在还快。"

十一点二十分到了黄杉大坪，雨越下越大，老罗他们拿出塑料布摊开，五个人都钻到里面去，一边聊天，一边吃饼干。我的胃还是不舒服，不怎么敢吃，也不敢再喝山泉水。大家又说又笑，我却心思沉沉的。因为如果雨一直这样下下去，上雪山采虫草的计划肯定泡汤了。雨时大时小，沟里沟外白茫茫一片，山峦树木笼罩其中。我的心情也随着雨的大小而忽明忽暗、忽高忽低，不断变化起伏着。过了约半个小时，偶尔听见了几声鸟叫，看看沟里腾起了云雾，我高兴了，因为凭经验知道，这些征兆预示着雨要停了。果然，不一会儿，虽然天未晴，雨却渐渐停了。我们收拾行囊，继续前行。小尹找来一根树枝给我做拐杖，罗前里用砍刀三两下帮我收拾好。有了它的帮助，我走起路来省了不少气力。

十二点多到了两岔河。两岔河是磨子沟南岔和北岔的交会处。我们要去的南岔是磨子沟河的干流，磨子沟冰川也在那里。北岔也叫石龙沟。老罗说，这条河有一个地方，离这里大概几公里，河水中横卧着几块前后相接的大石头，形状特别像龙，随着波涛起伏，蜿蜒游动，石龙沟因此得名。两岔河河水湍急，浪花飞溅，大家从河中间的大石头上跳跃而过。我手脚无力，不听使唤，根本没有跳跃能力，是在老罗的搀扶下勉强迈过去的。小尹后来说，这时他已看出我体力不支，岂不知，我早已是靠毅力支撑前行了。

遇上了采虫草高手严冲

过了两岔河开始爬山。十二点半，爬上几十米陡坡，在一块横着几根大树干的平地上碰到了蔡阳村村民严冲。严冲坐在一根大木头上，不言不语地抽自己的烟，眼睛朝斜下方的灌木丛中看着什么，见我们过来，友好地笑笑，算是打了个招呼。他瘦高个儿，脸黑黑的，鼻子大大的，头上倒扣着一顶黑色旅游帽，从不正视别人，话语不多，但说出来的话都很坚定，给人很有把握的样子，一看就是农村那种在生产生活上出类拔萃的能手。他祖辈以打猎为生，远近闻名，到他这一代仍然是打猎高手。前几年国家不允许捕杀野生动物，去年又收了枪，他只好放弃了此种营生，开始采虫草。他从小练就的爬山本领，在磨西台地无人能比。老罗说，严冲爬山的速度比他们还要快一倍。严冲是当地最有名的采虫草高手，他在山上有自己的"药堂子"，别人找不到，这几年每年光采虫草他就能挣四五万元。他的老婆也是前些年在山上采虫草时谈的。严冲今天早晨六点多上山，现在已经采了十几根虫草下山了。每根五十元，已稳稳有了五六百元的收入。这个时节虫草刚刚长出来，小小的黑点很不容易发现。我们后来遇到两对小夫妻，他们在山上住了三天，每人才采到一两根，看看大雪盖住了草坡，只好下山了。

严冲拿出他采的虫草让我们观看拍照。刚刚采下的虫草色泽鲜润、丰盈饱满，那肉乎乎的小头像小蝌蚪的黑尾巴，十分可爱。长在草地上的虫草，只有这个小头偷偷露在外面，与枯草、干树枝和黑色的泥土颜色一样，很难分辨。李猛不小心把一根虫草弄断了一截，四五双眼睛盯着不足一平方米的草地，找了十多分钟也未找到。

老罗说，虫草在地上的确不容易发现。有一年，妻子给他准备了八天的口粮，还煮了一大块腊肉，让他上雪山采虫草。他眼睛不太好，到了第三天总共采了三根，最后一根竟然是摸到的，现在回想起来自己都想笑。当时他累了，采不到虫草心灰意冷，躺在草地上休息，眼睛看着寂静的雪山和空茫的蓝天，心里若有所思，一只手却不由自主地在周围的草丛中盲目地摸索着。突然，一个小小的肉乎乎的东西荡在了指间，他马上把手停了下来，细细地感觉着，静静地确证着，慢慢地品味着，他不敢相信自己的感觉，也不敢用眼睛去打碎那可能的希望，只好小心翼翼地躺在那里不动。过了一会儿，旁边一个采虫草的人走过来，发现了老罗的异样姿态，便上下打量一番，想弄出个究竟。当那个人顺着老罗的指尖看去，顿时眼睛一亮，心怦怦地跳个不停，他发现，居然有一颗黑乎乎、肉乎乎的虫草小头头儿从老罗的指缝间可爱地探出来。但老罗的手一直停在那里，他只能想办法让老罗的手快点移开，于是故意大声吆喝，催促老罗快起来一起去找虫草。老罗看了那人一眼，从他那焦急不安的眼神和急切趋近自己的动作中，断定自己指间那肉乎乎的东西就是虫草，于是老罗的手就坚定地停在那个地方一动不动，一寸都不敢离开。老罗知道，只要他稍微调整一下姿势，手改变一点点位置，那人就会冲过来，迅速按住那个可爱的小黑头头儿，并大喊一声："老罗，我发现了一根虫草！"时间一分一秒地流逝着，那个画面僵硬地定格在那里。过了好一会儿，那个人终于忍不住了，怯生生地说："老罗，我看你的手指间好像是一根虫草耶！"老罗会意地笑了笑说："我早就感觉到它是虫草了！"老罗是个文学天才，讲起这故事来生动有趣，栩栩如生，给人一种身临其境的感觉。

严冲说，磨子沟冰川脚下已盖上了二三尺厚的大雪，虫草采不到，盘羊、野牛也看不到，天还会下雨，劝我们不如回去。李猛犹豫了，建议就地宿营，看看天气再说。小尹认为应该打道回府，下次再找机会。我的体力此时已消耗殆尽，但一想到停下来就意味着半途而废，以后很难再有这样的机会，便立即坚定了继续前行的决心。老罗知道我的心思，坚定地支持我，于是我们便艰难地沿着磨子沟河继续向雪山挺进。

雨又渐渐沥沥地下了起来，我一手举着伞，一手拄着拐杖，艰难地向着心中的那个目标行走，行走，不顾一切地行走成了我行动的唯一目的。汗水和雨水交融在一起，浸透了我的头发，浸透了我的衣服，浸透了我的心灵，湿湿的，凉凉的。我们先是在沟西坡的杜鹃林中穿行，林中的景色让灰暗的心情渐渐涌起了一些喜悦。杜鹃花东一簇、西一簇地开满林间，白中染红，红中泛白，经这轻柔细密的小雨一润，愈发显得清灵鲜亮，英气逼人。她们就像山里姑娘，红扑扑的笑脸躲在密林深处偷偷地看着我，既像赞许地鼓励我继续前行，又像笑我疲惫无力、狼狈不堪的惨相。在杜鹃花中，我发现了磨西台地桃林中那种爱吃花蕊的小鸟，见我走过来，也不惊慌，从容自如地跳到离我稍远的花丛中，继续专心致志地采它的花蕊。老罗说，这是当地最小的一种鸟，山里人都叫它蜂鸟，专吃各种花的花蕊。我跟老罗说，它们真是采花高手呀，竟然采到高山的杜鹃中来了。下午，爬到海拔近4000米的高山上时，我又见到了这种可爱的小鸟。

逆着冰川河前行

在杜鹃林中穿行一两公里后，我们就行走在冰川所形成的河谷中了。老罗说，此地的海拔在 3000 多米。他们小时候，磨子沟冰川一直延伸到两岔河口，这几十年气候变暖，冰川已后退到几公里远的沟底。河谷乱石密布，硕大无比，一块块比房子还大的石头随处可见。每一块石头都保留着运动的姿态，整条沟看上去就像奔腾咆哮的石流。真正的溪流就在大石块间跳荡穿行，生动有力，活泼可爱，就像山里的孩子由沟里奔跑而出，能随心所欲、准确自如地找到每一个落脚点，急速有序地奔向自己的前程。满沟的石头大部分呈灰白色，在它们的映衬下，清澈的溪水也成了灰白色。不时有几块红色的石头跃入眼帘，给我灰白的心情增添了亮丽的色彩。靠近岸边的石头长满了苔藓，开着各色细碎的小花，还有的大石头上长出了小杜鹃树，令人惊奇。有的苔藓在石头上形成了各种奇妙的图案，像漂亮的版画和暮色中山的剪影，引人无限遐思。沟的西坡植被很好，长满了杉树、杜鹃、青杠树。沟的东坡明显保留了冰川运动的痕迹，地质很脆弱，经常发生大面积的山体滑坡。整条沟就是一个活动着的地质公园，充分展示着大自然变迁的威力。在大石块上行走异常艰难，经过四个小时的消耗，我本已疲惫的身心已成难穿鲁缟之弩，行动的力度、准确性、协调性大大下降，每找到一个恰当的落脚处都十分吃力。我每走几十米就必须停下来，全身支在拐杖上大口大口地喘气歇息，望着沟底耀眼的冰川和仿佛滚滚而下的石头发愁。我不知我的目标在哪里，难度到底有多大。问老罗他们，他们总不能给我一个清晰的图景和明确的答案，而且事实总是大大出乎我的预料。此时，我也只能以过去的经验来想象未来的一切。

头还在晕，肚子还在闹，身体的酸痛已变成了酥软麻木，四肢仿佛不是长在我的身上，一点也不听使唤。一路上，身体的痛苦无以复加，精神上的闲情逸致也荡然无存了。我每走一二百米就必须坐下来休息几分钟，有时索性躺在大石头上一歇就是十多分钟。小尹替我拿着相机，我照片也懒得照，脑子里空荡荡的，机械地行走成了唯一的目的。然而溪边一块温润鲜亮的石头引起了我的兴趣，我把它捡起来放在一块大石头上，嘱咐老罗回来时记得帮我带上。

在离沟底冰川还有两三公里的地方，有几根大木头横过溪流，算是过河桥，我们就在这里过河。木头不稳，一下雨又湿又滑，看到下面湍急的河流，更令人心生畏惧。老罗见我对自己的行动已不是很有把握，连忙伸出粗壮的大手，拉着我晃晃悠悠地过了河。李猛、小罗他们早已在前面无影无踪了。老罗是有意放慢脚步来照顾我的。此时已是下午一点钟了，我的体力、精力和毅力已经煎熬了五个小时。

后面的路是要爬垂直高度八九百米的大山，雨又下大了，我只好再次打伞前行。老罗说："去年夏天，成都来拍专题片的那些人刚过两岔河不远就宿营了，再也没往前走。你这样大的干部，能徒步走到这已是很了不起了。"拦在前面的首先是一道乱石坡，有二百多米高，一百多米宽，坡度约七十度。这显然也是冰川运动留下的遗迹，坡上乱石密布，从上面流下的溪流就在我们脚下的乱石间潺潺流过。这里根本没有路，我只能跟着老罗的脚步在乱石中穿行。雨越下越大，路也越来越滑。我手脚根本不听使唤，只是机械地保持着前行的动作，我真担心一不小心跌倒，滚到山下去。每爬一步都十分吃力，每走五六步就必须停下来把气喘匀，再继续前行。我经受着平生未有的毅力和体力考验，如果精神上有一丝一毫的懈怠，就肯定走不下去了。

乱石坡，野猪窝，白杜鹃

上了乱石坡是一片丛林，路也缓了下来。丛林中到处开满了高山杜鹃，洁白秀雅，给我这疲惫烦闷的身心带来了一丝愉悦。老罗说，从这里到山顶还有四五百米。我想，我每走几步就吃掉几米，胜利总会到来的。我们又沿着林中的小溪往上走了几十米，在几棵高大浓密的杜鹃树下发现了一个屋地大的草窝子，蹄印新鲜。老罗说是野猪窝，要赶紧躲开，野猪听到我们的动静刚走不远，要是发现有人侵入它们的家，会冲回来拼命攻击人，那我们就惨了。心里正紧张着，忽然沟对岸传来李猛的呼喊，着实吓了一跳。老罗说，李猛那边有一个岩洞，早些年打猎人和采药人经常在那过夜，我们要不就在那边住下，明天再继续爬山。我看看雨渐渐大了起来，根本没有停的意思，体力也实在难以支撑下去，便同意了老罗的想法。我们听见李猛的声音似乎很近，想穿过溪流和丛林直接过去，却发现中间隔着一条深深的峡谷，根本没有路。老罗一声又一声地呼唤李猛，问清了道路。我们便沿着溪流和杜鹃林一直向上走，走到峡谷的尽头，穿出丛林，眼前突然出现了一幅激动人心的画面：透过几棵高耸入云的大松树，一条漂亮的瀑布从天而降，清冷的水流纯净柔美、舒展有力，像女人随风飘动的长发。瀑布下来后形成了一个清澈见底的大水潭，水流稍加盘旋逗留后便欢快跳跃着，在两岸盛开的杜鹃的簇拥陪伴下，向峡谷延伸的远方流去。溪流的对岸，瀑布的下面是一大坡冰雪，洁白无瑕，像用杜鹃花瓣攒成的一样。我跟小尹说，吃了这么多苦，单单看到这幅图景，就不虚此行了。

下了陡坡，来到瀑布脚下，小心翼翼地涉过小溪，来到那一大片冰雪中。它似雪非雪，似冰非冰，比雪硬，比冰软。老罗说，这叫"雪泡"，在这地方走路要异常小心，既容易掉进冰窟窿，又容易滑倒滚下去。我一步一个脚印地踩着老罗的足迹走。过了一会儿，老罗和我爬到了对岸，在杜鹃树下等了好长时间，还不见小尹的身影。我有点着急，担心发生不测，赶紧叫老罗去找。不一会儿，老罗领着小尹上来了。原来他落在我们后面，追赶心切，想走近路，一下子掉到雪窟中，把脚崴了一下。所幸洞不深，只陷了半个身子，老罗用力把他拉了出来。

过了沟，沿着沟西岸展开的一个长形台地上，有一大片开着硕大白花的杜鹃林。这些树有一人多高，大都长在险要之处，难以靠近，只能远观。此时，雨小了，丝丝如牛毛，又如织女手中的透明丝线，细致认真地编织着一幅超凡脱俗的美丽图景。这杜鹃花有牡丹和芍药那么大，却不像她们那样肥腴慵懒，而是清秀灵动，静雅脱俗。白色的花开在簇拥在一起的墨绿色叶子间，错落有致，灵巧有序，仿佛是丹青高手画出的一幅幅工笔画。薄薄的雾起来了，一丝一缕地将她们笼罩起来，缠绕起来。就如仙女那皎洁的面容盖上了一层透明的轻纱，她在轻纱后面向你展露着灿烂可亲的微笑；又如美人浴后走进白色帐中，那姣好的容貌和摄人魂魄的身姿迷离可现。远远看去，这挨挨挤挤簇拥在一起的杜鹃花，更像一轮白白的圆月被天边飘来的一片淡淡薄薄的云轻轻罩住一般，云并没有遮住月儿的美丽，只是使她不再那么显露无遗，不再那么完整工细，增加了更多的神秘、朦胧和魅力。我虽已是身心疲惫无以复加，但看到这幅动人心魄的图画，仍是恋恋不舍，驻足良久。走出一段距离，回过头再看，这幅图景又变了：远远看去，那洁白高雅的杜鹃隐约显现在薄薄的云雾中，宛如晨曦或薄暮中的星星，细碎耀眼，一闪一闪地放射着诱人的光芒，用那星光般的话语，透露着圣洁静雅的深情，瞬间又永恒。

夜宿猎人岩洞，日照金山

下午三点，我们又向东北方走了几十米，爬上几丈高的陡坡，便来到了宿营地。李猛和小罗已在这里埋锅造饭了，看着眼前炊烟升起，湿气蒸腾，我有一种回到家的感觉。这是一块在一个小山谷中不到十平方米的小平地，两块一丈多高的大石块支撑出一个一人多高、上窄下宽、呈三角形的大山洞。山洞坐东朝西，洞的背面一直透到山谷里，可以看到山谷一直向上蜿蜒延伸的样子。洞的前面只有一米多的宽度，再往下就是我们刚刚爬过的那个几丈高的陡坡，出了洞，不小心就会一步迈下悬崖。洞的左边是和大石块连在一起的山崖，右边是一个缓坡，再过去就是密密的灌木丛。洞的下面还可以零星地看到冬日未化的冰雪。我猜想，夏天一定有溪水从这个洞中潺潺流过，该是另一番景观。我们在洞口挡上了一块大塑料布，这样，洞更像一个家了。我想，先民们可没有我们现在的生活条件，那时他们整天面对着这苍茫久远、亘古不变、默默无语的群山，心里在想什么呢？现在我们处身于他们生活过的环境中，真有一种想和他们对话的强烈愿望。猎人呢？猎人在这样淫雨绵绵的晚上，在这与世隔绝的山洞中，都想过什么呢？还有那些采药人呢？老罗说，这个洞历来就是打野牛、盘羊的猎人和采药人住的地方。我此时是多么想念他们，多么想让自己的精神和他们的精神联结起来、融合起来呀！我觉得此时我的精神世界中保存着他们的精神记忆，绵延着他们的思绪，正在这场境中被渐渐唤醒。仿佛他们千百年前弥散到这周围崖谷、杉树、杜鹃和冰川中的生活和精神，此时在我的思念的牵引下正慢慢地聚拢过来。

外面的雨又大了起来。我的精力和体力消耗殆尽，一头倒在洞口，躺在棕褡子上，静静地望着天空，突然发现洞顶峭壁上伸出来的杜鹃枝叶在灰蒙蒙、空荡荡的天空中形成的剪影十分美丽，便躺在那里拍了几张照片。老罗他们忙着收拾东西，准备晚饭。我想好好感受今天经历的一切，便又打起精神，爬起来静静地坐在洞口，呆呆地凝望着远处的雪山和近处的杜鹃花，谁知却连感受的能力也没有了，脑子里空荡荡的，什么也浮现不出来。

过了一会儿，我们喝上了开水。四点多，饭也做好了。每人分了一块煮好的腊肉，肉汤里煮了一大锅面条，还放了青菜。饭吃得似乎不是很香、很多，原因在于我累得缺乏吃饭的力气，再加上胃还是不舒服，酸酸的，隐隐作痛。但吃饭的情趣和味道却是别开生面、前所未有的，饭的丰盛程度也出乎我的想象。老罗他们想得周到，连碗筷都一应俱全，还拿了一塑料桶苞谷烧酒，给我们这特殊的际遇增添了情趣，给这寒冷的雨天增添了温暖。

五点多，洞里跳跃的火光越来越明亮，这表明大山里的夜提前来临了。雨下得大了起来，高山的冷风夹着冰冷的雨滴，一阵阵向洞中袭来。天气渐渐冷了，冻得我瑟瑟发抖。洞里的地阴湿湿的，地上布满了大小不一的石块，我们在上面铺了一块塑料布，垫了一块棕褥子，盖上了一条薄棉被，头冲着北边的洞壁，脚伸向南边的篝火，睡下了。

虽然疲惫不堪，虽然老罗他们把最好的条件让给我，但我一开始还是睡不着。一是身下的石头硌得难受；二是天气冷得让人发抖；三是伸不开腿，窝着难受，因为脚下就是火。洞里地方小，只能勉强躺下四个人。老罗和李猛没睡觉，两个人一边喝酒，一边围着火塘热乎乎地聊起了村里的事。我迷迷糊糊的，听不真切。老罗把他拿的两条秋裤给了我一条，套在外面，感觉比原先暖和多了。我每隔十来分钟就要翻个身，调整一下姿势，重新整理一下身下铺的、身上盖的，总想找到一种舒服的感觉，可没过一会又变得不舒服了。就这样，似睡非睡，翻来覆去，不断地折腾着。有时实在难受，就坐起来，烤火聊天。

到了十一点，李猛说土豆烤熟了，喊我起来吃，我也是实在躺不住了，就爬了起来。篝火旺，开水沸，雨滴滴，夜沉沉，精神也开始活跃起来。这时，我想到了屠格涅夫的《白净草原》和苏轼的《赤壁赋》，想到了我前几年在湖南八大公山原始森林夜宿小顶坪的难忘经历，还想到了比人生，比社会，甚至比自然更久远、更超越的东西。想到了被压缩成一粒尘埃的渺小生命，被切割成瞬间存在的生命，如何与浩渺无边的宇宙，与亘古绵延的宇宙相连接、相提并论呢？老罗和李猛他们见我有了点精神，也来了激情，大声嬉笑说唱，变成了思想家和艺术家了。罗前里一直在火光照不到的角落里沉默着，突然对我说："我们今天吃了这么多苦，爬到这个山洞里来,度过一个这样的夜晚,真是难得呀! 我和你们真是有缘呀! 我是一个最底层的农民,你们回到北京,我去不了北京,你们也不会再来了,就是来也不会到这个山洞里来了。这可能是我们今生今世最后一次见面,真是难得呀,太难忘了! ”他的话简直像一个存在主义哲学家说的。有人提议唱歌吧,把歌声,把只有在这大山的黑夜中才能发出的生命的歌声、生命的呼唤唱出来吧,唱给那一直对我们默默无语、毫不在乎的永恒和广漠。老罗本来就是一个激情浪漫的人,我这样一说,他马上来了劲,其余的人也都响应着。歌声于是在这高高的山上、黑黑的夜里响起了,伴着跳动的火的光亮,传得很远,很长,很深。我相信,那一夜的歌声一定激起了大山里有生命的和无生命的一切存在者的注意。它们一定惊诧于这个山洞里这几个生命的存在,一定会对我们的存在产生一些好奇和敬畏。

凌晨一点多,我们都唱累了,也困了。小尹主动让老罗睡觉,他来看火,火是不能灭的。我们烧的都是不发芽的杜鹃,被雨浇得很湿,洞中原有的一些干柴已烧得差不多了,火如果灭了,再生很难,这样漫漫的寒夜是更难熬的。

雨还在下,我在为明天前程的担忧中迷迷糊糊地进入了梦乡。

清晨六点醒来,听听外面,雨似乎停了,远处还隐隐约约传来鸟叫声,我的心激动地一跳,天晴了! 果然没过半个小时,洞口对面的山峰虽然还包围在云雾中,但我突然发现有几缕阳光射了进去。阳光是金黄色的,这几缕金色的阳光如在凄冷的山谷中投进了一些温暖的火种,把整个群山扰动了。对面山峰那一团团被寒夜冻得凝滞的云雾,开始活跃起来,蒸腾起来,一种神奇的气息在群山中流动飞升。日照金山! 我脑海中迅速闪过一个画面,蓦地想到了人们常说的雪域奇观。据说只有在晴天日出或日落，太阳和大地成十五度角时才会出现这一景色。中央电视台专门在海螺沟等了一周，也未能拍到这个景色。想到这里，我二话不说，立即拿着相机冲出了山洞，来到一块平坦的高地上，朝磨子沟冰川看去。眼前的景色让我惊异万分：云雾打开了，太阳出来了，我看不到她的面容，却看到了她的光芒，看到了她的光芒照射下的圣洁的冰川！金黄色的磨子沟冰川清晰亮丽、真真切切地呈现在我的面前！我太激动了，我太幸运了，自然太公正了，她给了极度辛劳的我一个最好的回报。然而太阳、大山和云雾太吝啬了，几分钟后，就像商量好似的，金色的雪山便隐没到厚厚的云雾中了。又过了一会儿，待云雾再次打开时，日照金山已变成"日照银山"了。老罗说："我们经常上山，这种景色也是偶尔才能碰上，你到这里能看到这种景色，真是太难得了！"

牛场梁子，爬上了一个精神的高度

七点半，吃完饭，我们又出发了，目的是再爬上六七百米，到老百姓采虫草的接近 4500 米的高山上去。首先横在眼前的是一个四五百米高、坡度六七十度的山峰。山峰的下面是近百米高、几十米宽的大雪泡，上面是一片枯草和刚发芽的嫩草覆盖着乱石的陡坡，有三四百米高。虽然经过了一夜的休息，但我的体力并未恢复，从 3500 米向 4200 多米的高处爬山，每走一步都十分吃力。我几乎是每走三五米就要停一停，每走十几米就要坐下来休息一下。老罗一直在我周围悉心照料着我；李猛和小罗走得比野牛还快，不一会就远远地把我们甩在后面了。这里离雪线几百米，已是长虫草的地方，他俩不时到南边的悬崖下搜寻。我也按老罗的描绘密切注意眼前的迹象，谁知除了黑黑的泥土、黄黄的枯草、团团的白雪，什么也没看到。

天晴了，对面山峰上升起了一丝丝、一片片、一团团漂亮的云雾，风吹云动，形态万千，气象万千，不断地给我疲惫的心灵注入欣喜和激动。每每累得实在走不动了，回过头，或者干脆坐下来，欣赏一下这美丽的风光，便唤起一些新的动力。往上走，磨子沟冰川越来越清晰了。磨子沟冰川不像别的冰川那样纯洁干净、像雪一样，冰川中间露出一块空旷的褐色山崖，像一个茕茕孑立、踽踽独行的老者，生动可爱。老罗说，当地人叫"雪佛爷"。

九点钟，突然听见对面冰川方向传来惊天动地的轰鸣声，原来发生雪崩了。远远望去，一大块冰川坍塌下来，向沟底冲去，势不可当，壮怀激烈。塌下的地方，映射出淡青色的光芒，阴森可怖。旋即，冰川周围蒸腾起团团雪雾，弥漫了整个峡谷，蔚为壮观。

爬山途中，突然听到山顶传来李猛他们的吼叫声，接着看见一块被他们踩下的比脸盆还大的石头从上面飞滚而下，好在老罗我们都在南边走，石头是从北边滚下，呼啸而过，虚惊一场。事后，大家想起来都十分后怕。

我们爬的这个陡坡南边是海拔5000多米的雪峰和陡崖，人站在下面，感觉高不可越，危不可攀，寒气逼人；北边是大片大片还未开花的杜鹃林。这宽几十米的浅浅的山谷，原来也一定是被冰川覆盖。老罗说，这里其实是一个大花果山。一到夏天，中间是一片大草坪，百草丰茂，深不见人；两边万木披绿，千芳竞秀。到了秋天，各种各样的野果子挂满枝头，五颜六色，看都看不够，别说吃了！这里有很多草药，特别是贝母很多，贝母鸡喜欢吃贝母，每年夏天都有成群的贝母鸡栖息在这里。贝母鸡花白色，长得比家鸡还大，三五成群，咯咯乱叫，十分可爱。当地人说，吃贝母鸡的肉比吃贝母更能治病。说话间，忽然听到南面山崖上传来"叽咯咯……叽咯咯……"的叫声，清脆明亮，婉转悠扬。老罗说，这就是贝母鸡，就在高处的崖头上。顺着他的大手所指的方向看去，果然隐约看到矮树下一只缓慢跳跃的贝母鸡的剪影，的确比家鸡修长硕大。小罗说，贝母鸡体重，飞翔能力不强，喜欢滑行。它们觅食总是从半山坡往山顶上一点一点地走，到了最高处再滑到沟对面的山坡下，然后再重新往高处爬，一天要在一个地方重复多次。有经验的猎人发现贝母鸡在崖顶，不去追，而是判断它滑行可能降落的地方，事先蹲伏在那里，守株待兔，必有所获。

眼看离山顶还有一百多米了，小尹已实在走不动了，我叫他原地休息，我和老罗继续前行。最后的五十米特别陡，感觉几近垂直，而且覆盖着没膝盖的厚雪。我咬咬牙，凭着一种不登峰顶决不罢休的信念，手脚并用，拼命地往上爬。我清醒地意识到，如果我像小尹一样放弃，不登上峰顶，那将会悔憾终生，肯定比当年王荆公游华阳洞还要后悔。"哗啦啦"，就在旁边几米远的杜鹃树下飞起了一只漂亮的贝母鸡，看得清楚真切，让我又惊又喜。

腿软绵绵的，脚下踩的也是软绵绵的，心跳加快，呼吸急促，头脑又晕又胀，只有我的意志是清晰坚定的。

在老罗的扶持接引下，我终于爬上了海拔4200多米的峰顶——牛场梁子。天又阴了起来，雾气弥漫了四周的景色，只有周围的杜鹃林，林下的白雪和老罗、李猛、小罗我们几个人是清晰的。更清晰的是我的心灵和精神，我清晰真切地感受到我跃上了一个心灵高度——我的精神世界的最高峰。我静静地坐在杜鹃树下半米多深的雪地上，体验着此时的精神感受：雪从来没有这样白，杜鹃的叶子也从来没有这样的绿，叶子中间的花蕾比开放的花朵还可爱，淡黄的底色中点染着红褐色，世界上再也没有什么东西比它们更能象征潜能和希望了。老罗说，再过半个月，这里就是杜鹃的花海，比下面的杜鹃花要漂亮百倍。我对老罗的话深信不疑，因为我已从这一个个硕大的花蕾中凝视出了未来的一切。

李猛全身躺在一棵伸向悬崖上空的杜鹃上，闲适自得地看着我微笑，好像一个冷眼旁观的智者，已经彻底理解我此时的内心感受。小罗不停地用黄色的衣袖擦着红通通的脸上的汗水，用明亮纯朴的眼神看着我，与我无声地交流着。我觉得他是一个农民哲学家，让人肃然起敬。我想到昨天夜里与他的对话，猜想他此时此刻一定又在思考什么质朴而深刻的哲学问题。老罗则在杜鹃树下一尺多厚的雪地里，东走走，西看看，嘴里还不停地赞叹着我的爬山毅力。在纯真的自然面前，我和这几个农民对生命的感悟、对事情的理解是如此相近。我感觉我们是那么的平等亲近，大家与那个最伟大的真理之间的距离是相等的，知识、学历、财富、权位，此时此刻真的一文不值了。

记住这一刻吧：这地方叫牛场梁子，海拔4200米，上来时是十点，下去时是次日十点二十。为了这一刻，我花了二十多个小时，在雨中走了二十多公里，爬高了两千五百多米。4200米，这是我有生以来完全靠自己的体力从海拔1700多米爬上的最高的地方。我把自己的人生气度、人生勇气、人生底气一下子提升到了一个前所未有的高度。这是一个心灵的高度，这是一个精神的高度，这是一个生命的高度。坐在厚厚的雪地上，看着周围那一树树超凡脱俗、生机待发的杜鹃，想象着她们开放的情景，端详凝视着头顶触手可及的天空，静静地过滤着我所经历的自然、人生和社会中的诸多事情，人生如初，一切仿佛回到了绝对的纯净和本真，无限的未来正在那里萌动生长。

此时天又下起雨来。老罗说，到老百姓聚集采虫草的地方还要爬二百多米被雪覆盖的山，而且那地方已完全被大雪覆盖了，根本不可能看到虫草，不主张再往上爬。我觉得他说的有道理。更为重要的是，我认为我已登上了心灵中的高度，我已找到了我要找的感觉。我决定下山，但还是有些不舍，朝我们原计划要去的那个最终的目标方向走了几十米，拍了好几张照片——那是一条杜鹃林下的雪野小径。

下山，明珠花园的梦

下山的时候，李猛又给我做了一个更好使的杜鹃拐杖。有了它的帮助，速度就快多了。

十二点多下到山底，过磨子沟冰川河时，李猛和小罗把一根木头抬起来，给我当桥栏杆，老罗护送我过河。过了河，我们就在几块大石头上休息，吃了点东西。我赶紧拿相机补拍了来时没拍的风景。李猛和小罗说，还要到另一个采虫草的地方看看。他们总为没采到一根虫草而遗憾。岂不知，我此行爬山之意不在虫草，而在雪山云雾之间也！

过了两岔河，又走了一段，李猛他们追了上来，后面还跟着两对从山上采虫草下来的小两口。他们说，山上下大雪，什么也看不到，三天只采了一两根虫草。他们走起路来一路小跑，像兔子一样，一眨眼就没影了。快到石板场时，雨又下得大了，我打起伞。下一个大坡时跌了一跤，险些从坡上滑下去，把手心擦破了。

四点整来到石板场。小潘居然在那刚好容下越野车的山坡上掉转了车头等我，小武给我的保温杯里注满了开水，打开盖子，热气腾腾，用力喝一口，一股暖流顿时从心底涌起。那一刻，我感觉他们是世界上最可爱、最亲近的人！小潘说，这是他当司机二十多年最艰险的一次掉头，稍有闪失就会滚到冰川河里。后来他还常常自豪地提起，说世界上最难的事就是"磨子沟掉头"。上了车，我又回到文明的世界，回到了人化的自然之中了。小武要把我的杜鹃拐杖扔掉，被我制止，我要把这一段高山的杜鹃一直带在身边，杖过雪山，指点冰川，有她在身边，那隐没在远方和时光中的生命体验可时时被牵连出来。

小武上车后赶紧给海螺沟管理局打电话报平安。他说，昨天山下下了一整天暴雨，大家很担心发生泥石流，每隔二十分钟就给我们打一个电话，却怎么也打不通。

五点多，把老罗他们送回家后，我到海螺沟管理局食堂吃了一碗热姜汤面，又给肖锋局长打了个电话。他不放心，昨天本来想找几匹马，亲自陪我上山的，被我婉言谢绝了。

六点多，回到明珠花园。此时，又软又暖的大床成了我生命的第一需要，倒头摊在上面，一觉就到了第二天早上九点多。睁开眼睛，困意犹在，又闭上了，似睡非睡。我把这两天的情景像放电影一样，顺着演一遍，倒着再演一遍，反反复复，细细品味，轻轻过滤，一次比一次美好，也一次比一次朦胧。或许真的又睡着了，在梦中诗化地涌现着刚刚过去的光阴故事，像在物理学家所说的"平行世界"中。

老　王

　　爱因斯坦说："大自然在她的儿女中间并不是平均地分配她的赐物；但是，多谢上帝，得到优厚天赋的人是很多的，而我深信，他们多数过的是淡泊的、不引人注目的生活。"这段话让我想起了三十多年前在燕山深处乡村中学教过的好几个极具天赋而今又默默无闻的学生，又让我想起了当年在九龙县下乡时认识的老王，想起了他因天赋而带来的曲折人生。

　　那天上午游伍须海，正巧有一个镇的文化站站长老王陪同。老王很健谈，对基层文化情况很熟悉，越聊兴趣越浓，我索性拉着他离开陪同人员，跑到湖边，躺在几棵大松树下的一片草地上，听他讲起了过去的事情。

　　老王名叫王人龙，1954年出生，原来是文化个体户，在镇子里的十几个村寨放电影，前几年因对农村文化建设有贡献，已转成了国家正式职工，每月可拿两千多元工资。他在村里很有威望，是农村中有文化的能人，村民谁家有大事都愿找他商量，请他帮助解决。他爱人早年是镇舞蹈队的，人长得漂亮，比老王小不少，两人因文艺走到一起，情投意合，很有共同语言。他有三个女儿，大女儿在邻乡当副乡长，二女儿会画画，三女儿在县广播局当记者，就是这两天一直跟着我们搞报道的小王，人机灵，也很勤快。老王热爱绘画，也会木工，属于齐白石早年干的那种细木匠，算是一个民间艺术家，现在还经常出去给人家房屋和寺庙做绘画装饰。

老王自幼酷爱画画，天资聪颖，无师自通，画什么像什么。上学后，成绩一直出类拔萃，深得老师喜欢，十里八乡也小有名气。他为了练习画画，经常偷偷地跑到讲台上拿老师的彩色粉笔，老师知他喜欢画画，常常默许，不计较。

老王十二岁那年，赶上了"文化大革命"，雪山脚下的小山村也掀起了一道道波澜，人人都很紧张，不知什么时候一不小心灾祸就会落到自己头上。

有一天，村子附近的一个岩洞里发现了一幅木炭画，旁边被加了一句攻击领袖的反动口号，有人举报，这属于"反革命"案件。县里高度重视，派了专案组来村里调查。村里人都知道老王爱画画，他自然就成了众人目光的焦点。他家庭成分是上中农，被视为风大随风、雨大随雨的处于十字路口的动摇派，是人民团结争取的对象。还有人说，"王人龙"这个名字起得就有野心。这样一来，众口一词，越说越像，老王就成了怀疑和调查的重点。专案组把老王关起来审了一夜，但老王骨头很硬，矢口否认。专案组见是个十二岁的孩子，一时拿不到证据，也没了办法，无法结案。"反革命"找不出，专案组不能走，村里人人自危，不得安宁。有人跑到专案组说，王人龙和同学邓正中要好，天天在一起玩，邓肯定知道内情。专案组找到邓正中审问，他开始说不知道，没看见。专案组就设圈套哄他，说岩洞里那幅画画得很好，可见画画的人有天赋，要是小孩画

的，调查清楚，承认错误就没事了，还要保送他到国家名牌大学专门学画画，不能埋没人才。邓正中和王人龙同年同月同日生，有时也跟着画画，一听这话便动了心，就按照专案组的授意，说是王人龙和他一起画的，还自称他画得也好，不比王人龙差，要保送就连他一起保送。这样，老王和邓正中就被关押了。在狱中，老王死不承认，被指斥为顽固不化、拒不认罪，应当严惩。邓正中是个软骨头，虽然知道保送上大学无望，却表示要戴罪立功。办案人员要他供出背后的大人指使者，他便供认是他的父亲。他父亲原来是四川一个大军阀的侍卫副班长，身份不好，又得罪了不少人，这下正好给了好多人出气的机会。专案组到村里取证，人人都说是他干的，结果被判了重刑。老王在县城的监所关了一年零两个月。老王说，在狱中，上午吃一小团糌粑，中午啃一个窝头，晚上吃点渣渣饭，两三个人一个房间。因为毕竟是个孩子，还有点手艺，有时帮监狱干点零活，监狱里的人同情他，倒是没怎么挨打。监外执行在村里进行，有专人监督，必须定期请示汇报，外出要请假，不准乱说乱动，老老实实接受"改造"。

"文革"结束后，有一年老王在一个退伍军人家里做木工，听到收音机里说中央正在平反冤假错案，心里顿时激动不安。回到家里连夜写了四封控诉信，分别寄给州、县有关部门。一个星期后，还是当年审判他的那个人保组叫他去听审。组长大呼小叫，拍桌子瞪眼，想把老王压制下去。老王不服，也拍桌子大吼："你们抓我时我十二岁，五十来斤；现在二十多岁，一百多斤了。我已不是那时的孩子了，你们吓唬不住。有本事你们明天就把我拉出去枪毙，一百多斤也不要了！否则我就到州里、到省里去告，解决不了，就一直告到中央！"老王说，那时大的形势已变，人保组底气也不足了，怕事情闹大，也软了下来，就花言巧语地安抚他，把他打发走了。第二次又叫老王听审，劝他不要上告，还叫老王提条件。老王提出要上大学学画画，想当齐白石；要安排工作；要开大会宣布平反；要发抚慰金；还要政府给他找老婆。工作组说都可以商量，回去研究研究答复。一拖再拖，最后什么条件都没落实，只以九龙县委办公室的名义下了一个文件，做了一个结论，说弄错了。

我好奇地问老王，那个叫邓正中的同学下落怎样。老王说，他现在在乡卫生站工作，有时见面，闭口不提此事，连一句道歉的话都不肯说。

老王讲完自己的故事，沉默了一会，话题一转，望着高处的雪山说，这里虫草产量大，质量好，一般一家一年可挖一两斤。但药效都是吹出来的，大城市和沿海地方的有钱人纯粹是一种心理作用。20世纪80年代，这里的虫草只有十四元一斤，他弟弟有一天挖了两千七百多根，粗壮的顺手就剥皮吃了，也没见身体好到哪里去。

我说："时代变了，什么都在变。时代错了，可以改过来，但对于个人命运而言，那就是全部。正如人们所说，人生的确是一次有去无回的旅行，我们能做的就是欣赏眼前的风景，期待更好的远方。"听了我的话，老王把目光收了回来，落到草地上，呆呆不语。

流过草地的小溪已结出了一片片冰凌，画着优美的曲线，哗哗哗地汇入海子。绸缎般的阳光轻柔地覆盖在草地上，像蒙上了一层晨霜，白白的，薄薄的。两只乌鸦若有所思地在上边踱着细碎的步子。几只散落的牦牛，不吃草，抬头望着天空，伫立不动，一副若有所思的样子。草地边上有一片枯树，影子清泠泠映在湖水里，不屈的枝干伸向碧蓝的天空和远处的雪山，仿佛在抗争，又像在呼喊，在深冬凄美寂寥的荒寒野岭中，勾勒出了一幅生命精神的剪影。

雪野记趣

康定的雪下得很早，也很大，但不知何故，在这里经历了两个冬天，一直没有找到童年"燕山雪花大如席"的那种感受。腊月回家乡承德过春节，不见一片雪花。与童年好友相聚，一边哀叹生态环境的变化，一边追忆起童年的雪景。家在围场的"小中专"同学老成来电话说："今年坝上雪大得出奇，冷得冻死人，不怕，你就快来吧！"

从老家南营子小山村到老成家二百多公里，中午十二点出发，沿着当年清朝皇帝上坝打猎的路，走走停停，晚上六点多才到。一路上，古道朔风，远山斜阳，高林秀水，碧空白云，沉雄放旷，意态飞扬。武烈河、龙凤洞、皇姑屯、庙宫湖、锥子山、刀把子梁，一个个悠远绵长的历史故事涌进脑海，一幅幅清新冷峻的画面跃入眼帘，拼接、混合、变幻、积淀，渐渐融成了一条完整连贯、气韵生动的意象河流。晚上，小酌微醺，睡老成家烧得很热的大土炕，屋外"北风号怒天上来"，屋里"炉火明灭话短长"。夜里，睡得很深很香，一路沉淀在脑海里的那条精神河流不知不觉又在梦里飘荡起来：

驱车坝上行，群峰如浪涌。夕阳残雪里，枯草乱风中。

寒气侵入骨，豪情荡其胸。雉鸣惊飞去，兔走却从容。

暮色渐环合，一剪山峦影。不知身何处，人融淡墨中。

第二天早晨八点多，驾车沿着老成家的那条大山沟往高处爬，去坝上看雪。老成家属接坝地区，离高高的坝上还有几十公里，冰雪路开车异常艰险，好几次抛锚后重新启动十分困难。半路上，远远地看到一沟白桦林，风雪之中，衬以斑斑驳驳的猩红栎，显得婀娜多姿，娇美动人。白桦林中故事多。受了她们的吸引，我一个人下了车，拿着相机朝沟里走去。一路上，寒风呼啸，大雪没膝，举步维艰。诗意的想象和浪漫一时荡然无存，我和寒冷在生理极限上搏斗着，身欲退而心不忍，意欲收而情难遏。坝上吹来的风怒吼着，真如刀子一样，一片片飞来割在脸上，疼痛难忍；周身像千针齐刺一样，了无章法，无处躲藏；手伸出来像被猫咬一样，疼到心尖。无遮无拦，无依无靠，无计可施，我索性在雪野中肆无忌惮地狂吼起来，一是释放难忍的疼痛，似乎我每喊一声，寒冷就减弱了一点，风神也退缩了几步；二是向天公示威抗争，给自己增加底气和勇气，似乎每吼一声，自己周围的生存空间就大了一些，生存下去的时间也多了一点；三是借此排解城市生活的乏味和郁闷，我知道没人听得见，又感觉似乎全世界都能听得到。到底还是雪野白桦的魅力占了上风，到底还是我的意志胜利了。扑棱棱，惊飞几只漂亮的山鸡；仓皇皇，穿过了一大片开阔的荒野。一进入那条美丽可爱的山沟，浪漫的心情又被点燃了。这是一个童话般的世界，一切关于白桦和白雪的想象，都展现在我的眼前。我仿佛进入了一条仙人谷，每一棵桦树都像身着白衣的仙女，素洁高雅，隽秀飘逸，超凡脱俗。她们立于朔风白雪之中，笑迎严寒，远避众生，以自己的娇媚消解寒冷，以自己的美丽与白雪辉映。她们没有在严寒中退缩，也不是和它针锋相对，进行硬碰硬的斗争，而是以一种更强的力量（叫"软力量"吧）战胜了坚硬的寒冷，让寒冷成了衬托她们美丽的底色和背景。夏天，和风细雨、花红柳绿中，她们任小鸟在枝叶间唧啾跳跃，任蚂蚁、蜗牛在树干上攀爬游荡，深沉雍容，不争不显，不厌不烦，更不借机张扬滥情；秋天，当坝上万山红遍、层林尽染之时，她们也只是默默地奉献出一抹黄色，为秋天的图画增添一些色泽，从不与人争奇斗艳，请赏邀功；冬天，冰天雪地、万木萧疏中，她们树叶尽脱，特立独行，却显得风情万种，仙风凛凛。这是只属于我一个人的白色世界，白雪，白桦，白草，还有头顶上触手可及的白云，就连树丛中的小野兔也仿佛变得白净素洁起来。我索性走到白桦林深处，用围巾掸出一片空地，静静地躺在一块大石头上，望着伸向天空的枝丫和上边的白云，一边沉思着过去、现在和未来的事情，一边想象着这里夜深风静之时，大山的精灵在星空和林间游荡，一轮明月在白桦顶上悄悄升起来的样子。沉浸、生长、飞扬，我的精神迷迷茫茫地向更深、更远、更美好的地方行走伸张……

离开了白桦沟，继续北行，风物又变。车子顶着凛冽的寒风，又跃上了几百米，就爬上了海拔1000多米的坝上。一时间，境界顿开，茫茫雪域，逐眼而来，一推天边。坝上的风贴着地面吹，在雪野上卷起阵阵白浪，又如遍地丛生飘动着的鸟兽白毛。人们把这种风叫"白毛风"。俗语说："坝上白毛风，从秋吹到冬。鸟兽无处藏，人来冻成冰。"旷野上很少看到成片的白桦林，她

们或者一棵迎风独立，或者三两成伴攒聚簇拥，或者五六成群相偎相依，一棵棵孤高挺拔，线条优美，枝条舒张，形态各异，像一幅幅写意画，比之于刚才看到的那一沟白桦林，另有一番风神气韵。

路上就是这样一幅画吸引了我。我在车上看到一条河沟的对岸是一片无边的雪野，平展洁白得像偌大的宣纸，霜素凝鲜，一尘不染，几株矮树攒三聚五地傲立雪中，逸笔草草，气韵生发。我不顾老成劝阻，顶着白毛风奔了过去。寒风割面，几欲吹倒，无法前行，只好转过身来，倒行向前。好在有了刚刚闯白桦沟的经验，心里有了底数，勇气也多了起来，脚步也拿得稳。沟底是一条窄窄的河，河床已被积雪填满了。沿着河床上下走了一段，无处跨越，只好择一狭窄处，涉雪而过。不知深浅，一脚下去，哗啦一声，半身跌入雪窝中。好在雪窝不是太深，我索性不动了，正好一边静静地体验跌入雪窝的殊异感觉，一边慢慢合计着怎样爬出来。稍一动弹，突然咔嚓一声，身体又陷下去一大截，双腿跌入没膝的冰水中。原来雪下面是一条暗河，大雪覆盖起到了保温作用，冰冻得并不结实。我双腿拖着雪水，抓着岸边的灌木和茅草，挣扎着站起来，爬出雪窝子，鞋子和裤子马上就冻成冰块了。回头看看刚刚出来的那个地方，突然发现雪地上有斑斑血迹，不知何故，浑身打量一下自己，手上正血流不止。原来在雪窝中挣扎时，左手掌被冰锋划了一条一寸长的大口子，严寒起到了麻醉作用，一点疼痛都没感觉到。经这么一折腾，原本半僵的手脚更不听使唤了。我拖着如冰似铁的双腿，单手举起相机，摄下了心中的图景。回到车上，暖风一吹，冻僵的身体开始变暖、变柔、变敏感起来，钻心的疼痛也开始了，一阵强过一阵。

就这样，我在坝上荒野迎风逆雪、踏冰涉水，度过了一天时间。下午五点多，看看天色已晚，只好恋恋返回。临别，我又一次走出车外，一个人爬上高高的山梁，放眼四顾：风吹落日急，雪照残阳冷，茫茫雪野，天地一白，鸟兽俱绝。顿觉天地独行，豪情万丈，悲欣交集，伫立沉吟：

谁惹风神怒？狂吼乱飞刀。割面直入骨，削手如火烧。

迎风痛难忍，转头无处逃。身凝浑似铁，心动冰水搅。

雪开新境界，云荡卷怒涛。栎染苍岩秀，白桦雪里娇。

沙棘如钢针，直刺风白毛。枯草连天际，群峰入怀抱。

身微思浩宇，心气比天高。何来荒寒地？旷野长英豪。

城南瀑布

出康定城，南行十余里，见小村掩映竹树中，右拐进山谷，迎溪流再西行一里，便可到飞澜瀑布。"飞澜"，是我给她起的名字。记得刚到康定不久，一日从成都回，停车小憩，见一条清澈的小溪从沟里流出，轻盈可爱，远远地听到沟里传来瀑布声，为一山所掩，看不见面目，顿生好奇之心。问了一下路人，说村叫升航村，沟叫大沟，瀑布无名，也没人来，康定像这样的瀑布多的是。我不听友人劝阻，到了瀑布脚下。那时见她在高高的山崖上飘逸着美丽的身形，宛若飞舞的波澜，便起了这个名字，后来便传开了。

记得那是早春三月时节，小村田野里，菜花刚刚泛出黄意，果树长满含苞待放的花蕾，瀑布周围的崖壁上挂满了冰凌，像一群冰清玉洁的白鹤，伴着瀑布一起跳舞，还有几只橘红色的小鸟飞跃在水花间，欢快地鸣唱。这就是我第一次见到她的感觉和印象，后来便念念不忘。山花烂漫时节去过，浓荫蔽日时节去过，红叶漫山时节去过，白雪飘落时节也去过。每次去都是一个人，大多是在周末，带上一本要看的书，常常在潭边的大石头上一坐就是大半天。一边读，一边思，一边看，一边想，兴致来时，也吟也唱。

一个人的山，一个人的水，一个人的世界，就这样一次又一次静静地体味着、梳理着缓缓流动的生命时光。

离开康定前，最后一次去看飞澜瀑布是深秋时节，那次印象最深。

山城夜里下了一场小雨，高处的山上下的是雪，一片银白。我想象着飞澜瀑布此时的样子，早晨太阳没出就出发了。还是像之前一样，把车停在小村那个院坝里，沿着小溪往上走。溪边的小路已结了薄薄的冰，本来就怪石嶙峋、草木横生的路更加难走。水还是那么清澈，人的影子映在溪水里，被不停地激荡着，扭动着，变幻着。我驻足凝视，思绪仿佛也从头脑中顺着目光流到了溪水里，和水融在一起，随着溪流的跳跃流淌而婉转波动。一进峡谷，山风凛冽，寒气袭人，英气逼人。我一下子闯入了一个玉树琼枝萦绕的冰凌世界。这个世界是由夜里的细雨和清晨的繁霜塑造成的。与雪的世界不同，霜的世界更加轻盈灵动，活泼烂漫。与冰不同，霜给人的感觉更加高雅娇柔，像游荡于这仙山中的白色幽灵，将自己附着于千枝万木之上。它们让自己超逸脱俗的灵魂物化在哪里是很有选择的，泥土上没有，岩石上没有，杂草上没有，它们把云杉、冷杉、红杉、白桦等大树作为自己的栖息之地，又仿佛给这些树披上了素雅的衣服，创作了一幅幅摄人心神的画卷。盐肤木上那挂满枝头的红果子、白果子和粉果子，在霜的映衬下，展现着一种冷艳高贵的精神气质。远处山坳里那一片片、一丛丛、一抹抹的霜林，衬着木叶尽脱的灌木和初冬残存的黄叶，恍如家乡燕山深处满山遍野如云如霞的杏花，娇媚迷人。这白的霜、黄的叶、蓝的天，凝结在流动的云下和巍峨静谧的山上，涌动在眼前，涌动在心中，让人久久沉

浸其中，回味无穷，想象无限。可谓"霜结万木白，泉飞一壑清"。我还在一棵浓霜覆盖的云杉枝丛中偶然见到一只小鸟，它灵动跳跃着啄食霜凌，轻盈可爱，淡雅别致，意境清幽，仿佛是在关阔老师清新静雅的画境里"冷啄梅花雪"呢！这个世界是这样独特，什么是云，哪里是雾，何处是霜，一时间难以分清。我想它们原本是一个东西，是可以瞬间变幻的，你永远看不清它们的真面目，只能通过这些表象来感悟它们的本真存在。

穿过了冰霜云雾，走到飞澜瀑布近前，我感到她那春天的多情、夏日的轻柔、秋天的浪漫都不复存在了。原先瀑布脚下那片碧绿的草坪已变成了枯黄色，潭边那一片粉红色的小花也已凋谢，倒是瀑布两侧黑色灌木上比黄豆粒还大的红色果子，在瀑布飞花和清气的冲涌浸润下，显得鲜亮润泽。抬头仰望，瀑布从三四十米高的山崖上喷涌而下，再往远处看，就是和蓝天融在一起的冰凌世界，瀑布就是从那个地方直接流出来的。她宛若一溪雪、一团云、一群羊，被一种强大的力量驱赶着，穿过树枝、红叶、野果和惊飞的水鸟，携着清冷迅厉的山风，从崖顶倾泻而下，势从天降，怒不可遏。可一流下来，飞动的水被山风一吹，让岩崖一挡，便瞬间飘散开来，激荡出去，情态为之一变，幻化成了一个身着白色轻纱在水潭上翩翩起舞的少女。这少女不但裙纱在飘动、舞姿在变幻，而且情绪也在变，每一次变幻都是那样大胆恣肆、出人意料，但又符合自由的法则，符合自然的法则，是自由自然的融合与统一。

这瀑布，远远看去，如一团变幻形态的云雾，可却比云雾要厚重得多；又像是阳光下崩腾的大雪，可远比雪要轻盈得多。近看时，她柔美中透着一股执着的力量，看似随意的飘动挥洒中，却透着确定的精神追求。那弥漫飘散的雾气、水珠向你拥来，仿佛有一种不可抗拒的力量让你与她融合在一起。

从沟里出来，见一农人在花椒树下细心地耙梳菜畦，开始种冬天吃的青菜，从飞澜瀑布流出来的溪水滋润了她的田园和生活。小路前面，有两个小女孩像林间小鸟一样跳跃嬉闹，叽叽喳喳，天真烂漫。见我走近，倏忽而逝。我一下子想到了聊斋故事，正在迟疑困惑间，她们却突然从果树后互相推挤着走了出来，好奇而又陌生地看着我。我也好奇而又陌生地看着她们，并与她俩轻松闲散、似有若无地说了几句话，感觉好极了。

离开小村，太阳出来了，冰霜开始融化。隐约听着飞澜瀑布渐渐远去的声音，心里想着她此时的样子，回味着刚刚体验的精神感受和心灵图景，蓦然听到村边田野里传来几声清亮的山歌，断断续续，撩人心弦，辨不出意思，却勾起了我心底的一些语句：

雪山永远皎洁灿烂，

天空却是风云变幻。

有雾凇沆砀，

还有溪流婉转。

有山鸟啼鸣，

还有野花烂漫。

有细草如茵，

还有秋色斑斓。

有一轮明月悄然爬上山巅，

还有卓玛轻轻放牧着白云，

让清亮的山歌响彻云雾弥漫的山间，

还有……

泰戈尔说："我的歌将替你的梦添上一双翅膀，把你的心载到未知世界的边缘。"我想，城南飞澜瀑布就是一首永远回响在我心底的歌，不断触碰另一个世界的边缘。

桃花掩映下的悲凉人生

　　海螺沟磨西台地是雪山脚下一块几平方公里的大坝子，海拔1500多米，气候宜人，物产丰富，景色幽美。初春时节，菜花遍地，溪流潺潺，杜鹃声声，细雨绵绵。下乡十几天，宛如生活在古人山水画境中一般。

　　一日晚饭后，与海螺沟管理局的朋友在油菜田边散步，自由闲散地交谈着当地的风物故事。伴随着她轻柔低婉的话语，我的目光扫过了北边的莲花雪山、西边的磨子沟冰川、南边的摩岗岭，扫过了脚下的燕子沟河、雅家埂河、大渡河，扫过了天边的夕阳、晚霞和一弯新月，停在了东边赵家山半山腰一个桃花掩映的小村落上。她神秘地对我说，那是一个鲜为人知的地方——麻风病村。解放初期，政府把川滇大山里的麻风病人集中到这个小山坳里，统一治疗和管理，避免了传染，病人生活也有了出路。如今村里还有十几个病人，都治好了，不具有传染性，只是落下了残疾。外边的人忌讳，很少到村里去，州一级的领导还没去过。那里藏着很多故事，可以去看看。我连声应允，日程也就这样定了下来。

　　第二天，我早早地就被宾舍前一棵康定木兰树上的布谷鸟唤醒了，推开窗子，一束朝阳、一阵清风、一缕花香飘了过来，一个晴朗的日子又开始了。看看时间还早，我一个人拿着相机出了房间，跑到明珠花园酒店的观景台上拍了几张清晰的雪山照片。为了找到最好的角度，我奋力爬上了铁栅栏，像一棵树一样立在上边，将盛开的油菜花、杏花与高洁冷峻的莲花雪山融合在一幅美丽的图景里，别有意趣。清风徐来，小鸟欢快歌唱，野花带露开放，天空清澈澄明，白云静静飘荡。我的心情也如天气一样亢奋飞扬起来，充满了期待和想象。

九点多，海螺沟管理局的朋友陪我去麻风病村（康乐村）。车子过了雅家埂河，在崎岖陡峭的土路上奋力向上爬行，十分艰难。我感觉人和车子都像吊在山崖上，随时会跌落谷底，心也被吊了起来，一直放不下。爬了几百米便没了路，只好步行向村子走去。

村子坐落在半山腰上，视野十分开阔。驻足环视，可与西面的海螺沟雪山、磨子沟雪山和北面的莲花雪山凝望对视，那景色清晰明丽，仿佛儿时在场院大柳树下看电影一样。站在那里，还可以俯视整个磨西台地和西山脚下的蔡阳村，几条冰川河的优美轮廓和蜿蜒线条也尽收眼底，一览无余，甚至还可看到她们舒缓优雅地汇入大渡河的样子。特别迷人的是北边的莲花雪山，静雅娇媚中透着几分冷峻，洁白的云彩如飘带一样萦绕在山间，给雪山平添了一种圣洁高冷的精神气质。此时的莲花雪山真如一个从远古走来、历经风霜的冰雪丽人，简约而神秘，直白而深邃，比我几年前在散文中描写过的黄山白玉兰更多了些雍容大度和深沉孤高。这场景，就连长年在这工作生活的朋友也连连叫绝，声称很少遇见。看到这个画面，刚到康定时写的几句诗又从我的脑海里涌现出来："横断云雪似阿娇，大渡河流玉带飘。闻歌康定情天下，芄野尘梦度春宵。"

山坳中的麻风病村掩映在一片盛开的桃林中，土质肥沃，水源充足，草木繁茂，景色怡人。二十几个木墙黛瓦的小院落，闲散有致地镶嵌掩映于油菜花地和桃杏花之间，枝头上不时响起几声清脆悠长的鸟鸣，更增加了这里的诗情画意。谁能想到这世外桃源般的地方，却是命运最悲惨的一群人的居留地，一个个悲凉哀婉的人生汇聚到这里，在这里一起静静地流逝，不为外人所知，外边的世界似乎也和他们没多大关系。我想，这幅美丽的风光画卷或许是对他们人生遭遇的一种精神补偿吧！可他们能感受得到吗？

来到村口田间小路上迎接我们的村长叫朴文伦，五十多岁，听说是个来自康定的麻风病人。我主动伸出手去，他也怯怯地伸出了自己的手，跟我握在一起，久久没有分开。村民们陆陆续续聚集在一个铺了水泥的小场院里，与我们攀谈，摆起了"龙门阵"。有人说，过去在藏区的村落，若发现某人得了麻风病，他就会被秘密烧死。现在他们都是治愈了的麻风病人，没有传染的危险。麻风病人治愈后，相互婚嫁，生了孩子都很健康，只是有相当一部分人留下了残疾，肢体脱落，缺胳膊少腿，丧失了劳动能力。近年来，政府加大了对他们的关怀，将他们纳入了低保，还专门安排了医务人员，他们的基本生活能得到保障。交谈期间，一个下身瘫痪、双手皆无的老婆婆，艰难地把自己的身体拖到院坝里。她叫李润莲，现年七十岁，孤寡一人，日常生活靠自己维持。我很想知道她过去的故事和现在的状况，但听不懂她的口音。通过朋友的翻译，她努力回答着我的提问。我掏出自己钱包里仅有的

七百元钱送给她，她用两根"肉棒手"紧紧地夹着，连声说谢谢。我凝视着她那张历经风霜磨砺仍透着几分清秀的脸，努力沿着时光的河流回溯着她的青春和童年，脑海中一个版本一个版本地猜想编织着她的生命历程，想象着发生在她身上的一个个命运故事。这勾起了我对过去山村时光的回忆，也触碰到了我平时思考的一些哲学问题。这时，一个麻风病人大声喊道："我们永远跟着共产党走！"我的思绪一下子被打断了。

离开了场院，又逐户走访了几位已经瘫痪的老人，听他们用含混不清、模糊难懂的川西口音讲自己的故事，大多残缺不全、支离破碎，但我感受到的东西却很深、很细、很真切。

快到中午了，我流连难舍地离开这个桃花掩映的小村落，和村民一一话别。车子渐渐远去，我被打断的思绪渐渐接上了。桃花、雪山、麻风病人、烈火、眼神、少女、小鸟、呼喊、寨子、溪水、牛羊、泥土……一个个错杂流动的意象随着扭动颠簸的车轮在我脑海中组合着，拼接着，混搭着，我没法把它们统一起来、固定下来，任它们牵引着我的精神向更深更远的地方延伸。

一只碉里故事多

　　一只碉是我当年下乡时住过的一个小藏寨。如果你想象自己驾上一叶扁舟，从烟波浩渺的长江入海口出发，一路逆流而上，经三峡入蜀，至宜宾则北转入岷江，至乐山西折，别岷江进大渡河，再过汉源，经泸定到丹巴县城，然后别大金川河，东折进小金川河，沿河再走几十公里到太平桥乡，见吊桥西侧有小溪蜿蜒流出，可弃舟登岸，沿溪边小路走几百米，到了半山腰，便是一只碉村。据说当年乾隆打金川损兵折将，一气之下将大小金川所有碉楼全部拆掉，不知什么原因，唯独这里剩下一个孤零零的碉楼，村人于是取名一只碉。2018 年元旦，我一个人在村委会主任兴海家住了五天，白天晚上都和他在一起，听他讲这里的故事，娓娓道来，栩栩如生。如今回想起来，这些故事好像小金川河谷黑黑的山脊上升起的月亮一样，悄悄浮现在我的眼前，有几分模糊，有几分遥远，却还是那么鲜亮澄澈。

兴海的家史

　　兴海父亲原有兄弟六个，现在只有他一个在世。有一年，兴海的爷爷奶奶得病，找喇嘛来看，喇嘛说是老六克父母，于是家里人就用绳子把两三岁的老六活活勒死了。病人还不好，喇嘛说，老五克父母，于是就把五六岁的老五关在一个房子里活活饿死了。病人还是不好，喇嘛又说是老三克父母，又把十二三岁的老三关起来，要饿死。孩子闹，就在馍馍里包上鸦片，想毒死他。这孩子知道鸦片有毒，就把鸦片掏出来扔了。没过几天，两个病人双双去世，才把他放了出来。这个侥幸活下来的孩子就是村支书高兴贵的父亲。他1980年被泥石流冲走，连尸体也未找到。高兴海的父亲排行老四，不知怎么被喇嘛跳了过去。要是兴海的爷爷奶奶不去世，接下来他的命运也难说。

兴海是在碉楼一层的猪圈里出生的，险些被猪咬死。兴海说，过去这里妇女地位很低，人们认为生孩子不洁，必须在牲口圈里生。要是生龙凤胎，更不吉祥，一定要把女孩弄死。直到现在，出租车拉孕妇都很不愿意，认为玷污车，回来必须给车披红挂绿放鞭炮，以驱邪气。

兴海的婚事

兴海说，他们这一代婚姻还是不自主的，讲究父母包办和亲上加亲。过去"红爷"（即媒人）很重要，一般要到女方家去三次才能说下。最后一次，女方父母将一个大瓶子装满米交给媒人，媒人带回去交给男方，供在神龛上，算是正式定亲。出嫁时，女方父母要烙一个锅盖大的锅盔，中间一圈夹排骨，外圈夹肉，一起背到男方家。里一圈切开分给男方父亲那边的亲戚吃，外一圈切开给男方母亲那边的亲戚吃，算是把骨肉都给了男方。

　　兴海年轻时自己谈了个朋友，家长不同意，说，一不沾亲，二不带故，不孝顺咋办？于是就给他定了舅舅家的女儿。舅舅家在离一只碉很远的长胜店村，家里有三个女儿，听说大姐长得最漂亮，却都没见过面。结婚前，他舅舅带着大姐来串亲，兴海以为肯定是这个，相中了，又是给砸核桃，又是给削苹果，高兴得合不拢嘴。成亲那天，娘家哥哥把新娘背来，谁知一看是妹妹，他跳出墙头就跑，家里人一起捉也没捉住，跑到小金县一躲就是三天。父母捎信说，脸面叫他丢尽，再不回来，就跳崖去死。他只好回来入洞房。日子一长，发现这个女人很贤惠，很孝顺，也很通情达理，渐渐培养了感情。有一天晚饭后，兴海和我坐在楼顶的草棚子边上又讲起这个故事，正好他爱人送茶来，兴海让她证实，她用羞涩的目光看看兴海，又看看我，点点头。借着朦胧的月光，我似乎看到她的脸有些泛红。狡黠的星星不停地眨着眼，似乎知道这世间的一切秘密。

兴海说，现在年轻人的婚姻父母决定不了，他儿媳妇是他爱人妹妹的女儿，不过是真正的自由恋爱，虽已过了三代，也还是亲上加亲。

弟弟的脾气

有一天晚饭后，到坡上兴海弟弟家串门。弟媳妇和孩子正在火塘前烤火。弟媳妇说话很害羞，从不主动答言，我每说一句话，她总要重复一遍，以掩饰心里的紧张。弟弟耳聋，是上小学三年级时得的病，打青霉素没打好导致的。他从小聪明过人，聋了后，靠看老师口型听课，直到五年级成绩还名列前茅。老村支书的漂亮女儿不嫌弃，从小和他在一起玩，青梅竹马，交流无碍。到了谈婚论嫁的年龄，兴海家托人去说，老支书心里不同意，嘴上却讲那是他们俩的事，行不行要看他的本事。结果女儿怀上了孩子，老支书心里着急，却拉不下面子，弟弟赌气就是不上门，事情一直僵在那里。直到女儿把孩子生在家里，老支书才厚着老脸叫男方三天内去接人。弟弟说："我不去，我的本事已拿出来了，给不给人，他自己定，给就送过来。"按照当地风俗，儿子结婚后，父母其他的孩子就分给大的管。弟弟是分给兴海的，兴海媳妇只好在老支书家放了一通鞭炮，将母子接回，孩子一直由兴海家抚养。直到弟媳妇生了第二个孩子，老支书和兴海弟弟一家的关系才修好。

兴海说，弟弟脾气倔，说一不二，认死理，谁也惹不起。那年地震后他家修房子还差四千块钱，跟大哥要两千，给了一千，弟弟不由分说到猪圈捉了一头猪就走。跟兴海要两千，也只有一千，吓得兴海赶紧东挪西借又凑了一千，弟弟还嫌给迟了，叽里呱啦吵个不停。

二代野猪

这里野猪多，大部分都在雪山脚下的青杠林中，主要以青杠果为食，个个长得又肥又壮。每年一到五月，很多家就把母猪赶到那里去，随便搭个猪棚，半年也不去管它们。这些母猪和野猪交配，生下小猪一起带，到了十月份，家家再把自己的母猪和一窝小野猪领回来。这种杂交的二代野猪不好养，不吃熟食，野性难改，咬鸡、咬鸭、咬羊羔，还咬小牛犊；能把一般的猪圈拱烂，见洞就钻，常常会把自己憋死。但这种野猪肉好吃，用它做出的腊肉更不一般，到县城能卖上个好价钱，渐渐形成了品牌。

兴海曾带我到邻居家看过这种二代野猪。那猪棚的地面和墙壁都是用石头和水泥砌成的，上面罩着铁丝网。那野猪见了我也不理，毛又黑又粗又长，眼睛盯着壁角，一副桀骜不驯的样子。

猫子鱼

一天上午到山上转悠回来，顺道到老村支书家做客，他就是兴海弟弟的老丈人。老支书今年整六十岁，当了二十八年支部书记，很健谈。他说，这些年生态环境变化很大，小金河的水时大时小，没有规律，那种人一扛起来两头着地的猫子鱼很少了。过去猫子鱼很多，好逮，又好吃。春天猫子鱼要到浅水的地方产卵，看准了就在那地方埋几个五爪的大铁钩子，用白石头在附近做好记号，把钩子绳引到河对岸，悄悄地盯着白石头等待。一旦看到白石头被挡住了，就猛拉钩绳，将钩子深深地扎在鱼的身上，再慢慢地把鱼拉上来。

兴海引来一股山泉，在弟弟家门前围成了一个屋地大小的水潭，找来几只小猫子鱼养在里面，五六年还长不到半斤。离开一只碉那晚，兴海捉来一条一斤大的给我吃，我觉得那是我有生以来吃的最贵重的鱼。

格涅[*]三日

一

那年十月，正当秋林霜染、红叶满山的时节，我到藏区有"第十三女神"美誉的格涅神山游历了三天。那里雪峰耸峙、溪流纵横，山高路远、偏僻神秘，一个个传说故事像山间云雾一样飘来荡去，置身其中，仿佛游荡在一个世界和另一个世界的边缘。

从理塘去格涅有喇嘛垭和章纳两条路，我走的是章纳。那些天连续在高原上奔波，傍晚到章纳乡，写完几天的日记，已是凌晨一点，疲惫不堪。睡梦中感觉口干舌燥、胸闷气短，难以忍受。欲挣脱，却被缚得紧紧的；想醒来，却被封得牢牢的。就这样，生命时光在似睡非睡、似醒非醒的痛苦中不停地煎熬着。恍恍惚惚，朦朦胧胧，一切的一切似乎都是虚幻不实的，只有感觉存在着，感觉到的感觉似乎成了这个世界唯一的真实、唯一的依托和唯一的希冀。

折腾到三点半，终于醒了一次，便披上棉大衣走出屋子，希

---

[*] 藏语音译，又作"格聂"。

望摆脱屋子里那个可怕的梦魇。屋檐下，惨淡的灯光映照着章纳黝黑的夜空，索曲河不知疲倦地流淌着，不厌其烦地喧闹着。我对着隐约的雪山和迷茫的星空凝望了一番，质询了一番，深深地吸了几口气，觉得那个压迫我一夜的东西暂时地退隐了一些。夜鸟在河对岸的林中轻轻地叫了几声。

回到屋里，感觉舒服了许多，困意袭来，继续睡去。谁知情况更糟。刚一闭眼，那个恶魔便尾随而来，立即压我的胸，压我的心，压我的嘴，压我的鼻，压我一切生命活动的地方。睡眠像天然的帮凶，与恶魔合谋，一起来坑害我，利用疲惫和困倦哄骗我到它那里去。我一到那里，它们便毫不留情地把我幽闭起来，绑缚起来，向无边的黑暗、无底的深渊和无望的泥潭驱赶拖拽着。当我知道上了当，想返回，却怎么也走不脱，只好在那里挣扎堕落，渐渐沉陷。我辗转反侧，变换着身体姿势，调动全身力量与之抗争；我口鼻并用，长短相兼，变换着呼吸方式和节奏与之斗争。睡梦中，我想喊却喊不出，想跳也跳不起来。胸口仿佛有一个需要爆炸的东西重重地压在那里，没有导火索，但炸药却在不断添加，似乎只有爆炸才能解决一切问题。然而，我害怕爆炸，因为爆炸就意味着生命的终结。但当重压持续加剧时，我担心重压最终将我带走，还不如叫它爆炸。

我宁愿让我和那个重压一起灰飞烟灭，让复归于初的满地尘埃在虚空中重新孕育新的生命。

睡梦中，似乎有人提醒我，睡眠是一个人生命力最微弱的时候，容易受这个恶魔驱使和奴役，你要赶快醒来。于是我便鼓足了最大的勇气和力量，低吼一声，用力睁开了眼睛。果然，我醒来，我强大，这个恶魔仿佛也懂得审时度势似的，抵挡一阵，便鸣金撤退了。我又走到屋外，继续凝望章纳的夜空，聆听索曲河的水声，回味着刚刚发生的一切，感受生命时光像身边河水般流逝。过了一会儿，冷风又把我吹回屋里。我静静地躺在床上，不敢睡，清醒地等着它再来，准备鼓足勇气与之搏斗，可它就是不来。不一会儿，还是睡眠先来了，它再一次诱骗我，继续那个可怕的梦魇。

章纳如水般的夜空和我的生命时光交融在一起，就这样撕扯着，纠缠着。六点半左右，夜由黝黑一团渐渐变亮，微茫的光悄悄扩散开来，远山渐渐露出了模糊的轮廓。我不愿再继续黑夜过程，索性坐起来，睁大眼睛盯着窗外格涅雪山逐渐清晰的面容，等待着光明的到来，等待着光明来帮助我一起驱散这夜的恶魔和眠的骗子。当格涅雪山被清晨最早的一缕朝阳染成金黄色的时候，它们早已逃得无影无踪了。

七点半，我把当地的朋友叫醒，向他们讲了夜里的遭遇，一起商量了在格涅的行程。他们说，章纳的海拔只有 3700 多米，我的身体尚有如此反应，以后几天的行程大都在 4000 米以上，会怎样很难预料，必须做最坏的打算。我则认为，夜里的反应主要是连日劳累所致，不完全在于海拔和缺氧。所以格涅还是要去，不去，以后很难有机会了。我决定将在格涅停留的时间由一周减为三天。

早晨九点收拾好物品，出发前往则巴村，这是格涅的核心地段，几乎与世隔绝。我们沿着冷曲河往上走，途经乃干多小村。路上有理塘县老朋友泽仁照顾，遇到困难迎刃而解，一路风光怡人，心情飞扬。泽仁把马让给我骑，他一路牵马，不时回头看看我，我一直行走在他那诚挚亲切的目光环绕中，感觉很踏实安全。如今回想起来，好像他那淌着汗水的紫红色脸膛，随着马背的起伏，仍然在我眼前不停地晃动着。

十一点半到乃干多村。村人见面点头微笑，不论识与不识，皆自然随意。我于路边溪流中拾得一石，古朴斑驳，几点猩红，自然有趣，暂寄一灌木丛下，计划返回时带走。谁知回来走的不是这条路，甚为遗憾。多年过去了，我还会偶尔想起她。她现在在哪里呢？也许还静静躺在那片灌木遮蔽的鲜花丛中吧；也许被夏日的洪水冲到别处去了吧；也许被另一个过客捡走了放在自己的书桌上，一边读书一边欣赏吧！十年过去，茫茫未来，一切都不确定，一切皆有可能，唯一确定的是她在我心中的那个位置，那个存留的瞬间，那一丝牵挂和怀想。

两点多到冷达，这里没有村落，是一片大草原，海拔渐高，秋叶更黄。我们在河边生火烧水，喝了茶，煮了面。我盖着军大衣，在大石头上躺了一会儿，虽有困意，却不想睡去，也不敢睡去，唯恐夜里的恶魔如影随形跟到这里。我眯着眼，不忍心让美景从眼前须臾溜过。秋林靠近河边空地，衰草像修剪过一般整齐，十几匹黄马、白马、黑马徜徉其间，"秋林衰草得自由"，它

们的生活是那么令人钦羡。回首仰望，格涅露出大半个身形，洁白纯净，光彩照人。身边的溪水似乎并不在意这醉人的秋色，哗哗地流向更远的地方，奔自己的前程。蓝天下，远山顶上变幻着各种姿态的云彩却是情深意浓，环绕着溪流、雪山和秋林，缠绵缱绻，离我们不远也不近，永远保持着恰当的距离，让人美好地观看。

"秋山人在画中行"，三点多，我们涉过从冷古寺流出来的那条河，转到西边的山坡上，继续行走在中国山水画塑造的审美意境中。转过几道山弯，爬上一道高岗，则巴大草原豁然呈现在眼前，视野极为开阔。向前看，白云下，衰草连天，山峦线条沉雄灵动，优美动人；猛回首，格涅雪山近在眼前，大胆直接，触目生辉，从长焦镜头看过去，更是异常清晰。

五点多，我们过冷曲河。泽仁担心骑马不稳，人掉水里，叫大家下马蹚水过河。河水冰冷湍急，我几次差点跌倒河中。上岸后，坐在河边一棵躺倒的大树上，回望来时路，迷迷茫茫，飘忽模糊；眺望要去的则巴小村，隐隐约约，欣然怅然。细细品味着一天的经历、见闻和遐思，心底忆起了王昌龄的诗句："人依远戍须看火，马踏深山不见踪。"恰合当时情境，心绪一下子飘到了更深更远的地方。

六点多，进了则巴村，仿佛到了一个别样的世界，时间和空间都和昨天隔开了。泽仁说，这地方不通公路，不通电，没有现代通信，为纯粹的牧业村，至今还有几十户没有定居下来，过着原始游牧生活。泽仁把六十八岁的村支书泽邓珠叫来攀谈，我们坐在一片草地上，一边眺望着西边的晚霞和雪山，一边漫无边际地聊了起来。村支书是一个优秀的民间演说家，很健谈，我们问的问题他都能饶有兴味、绘声绘色地解答。他每讲一个道理，都喜欢用比喻，个个生动精妙、妥帖自然。天渐渐黑了，下起了丝丝小雨，我们就到他家中的火炉旁继续聊天。他家有太阳能发电设备，点起了一个昏昏淡淡、明灭闪烁的灯泡，还有画面花花搭搭的卫星电视，渗透着现代文明的几丝印迹。

夜里大家就横七竖八地围着火炉打起了地铺，困顿之中，很快酣然入睡。虽然海拔4100米，章纳夜里那个可怕的恶魔却没有出现，叫我暗自庆幸。

半夜醒来，头脑清冷，已无困意。我不愿打扰昏睡的人们，一个人悄悄走出小屋。细雨停了，空气清新润泽，秋虫唧唧。仰望则巴的夜空，星光明亮，银河迷蒙，没有月牙，也看不到雪山，却似乎比章纳更纯更净，隐藏着更深远、更恒久、更神秘的东西。

我想，秋冬之时，古今之间，天人之际，交汇流转，旧的东西要去未去，新的东西将来未来，一切都在迅速变迁，一切又都停滞不前，此中兴味，悠远绵长，似乎一切可以改变，但不可预见。

二

清晨六点多醒来，在被窝里转动一下脑袋，清凉澄澈，感觉殊异。透过窗口射过来的微茫晨曦，蒙眬中环视着破旧的屋舍和横七竖八睡着的人，仿佛置身一个莫名其妙的场境中，我和周围的一切似乎被另一个我或更高级的存在者观察着，探究着，牵引着。时间的河流被什么东西阻断了，两岸的风景驻留不动，所有的思绪只能从当下涌现，想象也从没有记忆的地方开始。这情境好像一滴水墨洇在白白的宣纸上，随着晨曦的扩散而漫漶展开；又宛若一块小石子悄然落在镜子般的湖面上，涟漪轻荡开来，渐渐和映在水中的星光融在一起，向更深邃、更辽远、更神秘的地方涌动着，渗透着。

散漫无边的沉思和放荡不羁的遐想突然被泽仁打断了，他翻了个身，半眯着眼睛嘟囔一句："今天是阴天，不用起那么早。"

沉睡的人还在沉睡，继续着他们昏睡中的快感，但我还是起来了。出了老支书家的院子，迎着从雪山脚下漫过来的轻烟薄雾，沿着矮矮的石墙一直往西边走。路边松松散散的院落孤寂沉默，不见烟火和人影，偶尔从拐角处窜出一只小猫，亮晶晶的眼睛瞪了我一下，便"喵"的一声，迅速跑开了。快到村子尽头，看到一个男子在搭晒牧草的架子，我上前打了个招呼，和他攀谈起来。他叫扎西，高中毕业，是这个村受教育程度最高的人，也是村里唯一能流利讲汉语的人。扎西原来是理塘南边乡城县人，十几年前，他在格涅雪山采虫草时，认识了这一带有名的美女玉琼卓嘎，五月杜鹃花开时节相遇，爱情的溪流随着冰雪的融化越涨越大。两人的婚事却因相距遥远，家里不同意，产生了不少波折。扎西一气之下跑到这里做了上门女婿，日子就这样过了起来，生命的时光慢慢流逝，一切复归于平静。听到我们说话，卓嘎也出来了，修长的身材走起路来像轻轻跳舞一样，好奇的眼神略带羞涩，不说话，只是浅浅地笑，透过岁月的风霜，可以想见昔日的风韵。她怀里抱着一个吃奶的孩子，后边跟着一个刚刚会走路的，半个身子藏在妈妈裙角的后面。昏暗逼仄的屋里还有两个更大的孩子，不时把头从窗子里伸出来朝这里张望。卓嘎怀里那个孩子的眼睛异常清亮纯净，特别引人注意。这双眼睛，疑惧中透着倔强，天真中透着神秘，润泽中透着清爽，明亮中透着深邃。我从长焦镜头里放大了仔细凝视，那里好像汪了一潭水，清晰地映着远处的雪山和蓝天、近处的村舍和草原，还有正在拍照的我。

　　九点多，听完扎西的故事，喝了好几碗卓嘎新打的酥油茶，还听了几首她唱的山歌，便告别了则巴村，沿着村西边的山坡往格涅神山脚下走，那里有闻名藏区的冷古寺。山上全是绵延到天际的草地，三三两两的矮树像奔跑的野兽，又像跳动的音符，给空旷寂寥的草原增添了生动的气韵。没有明晰的路，全凭泽仁的感觉，一行人随着山峦的起伏轻轻浅浅地勾画着优美的线条。溪流红叶，杂花野鸟，乱云怪石，两个随行的藏族青年唱着山歌，美好的事情随着颠荡的马背和蜿蜒的山路一个接一个地涌入眼帘。高原行走的艰辛忘却了，庸常的想象和期待涤除了，生命的未来成了陌生世界空间的自然延展，异质而连续，流动而跃迁。

十一点多到了安多寺遗址。穿行于断壁残垣之中，见墙石斑驳、苍松壁立、荆草密布、雉走狐奔、野鸟飞鸣，仿佛在另一个世界游走。念昔日繁盛已成陈迹，不禁悲欣交集，沉郁万千。忽忆关阔先生喜书纳兰性德《望海潮·宝珠洞》一词，更添惆怅：

> 汉陵风雨，寒烟衰草，江山满目兴亡。白日空山，夜深清呗，算来别是凄凉。往事最堪伤。想铜驼巷陌，金谷风光。几处离宫，至今童子牧牛羊。　　荒沙一片茫茫。有桑乾一线，雪冷雕翔。一道炊烟，三分梦雨，忍看林表斜阳。归雁两三行。见乱云低水，铁骑荒冈。僧饭黄昏，松门凉月拂衣裳。

泽仁说，这个庙已有三百多年了，当年是为拉卜楞寺转世活佛所建。寺庙建好后，活佛在这里住了好长时间，甘肃的喇嘛担心他流连不归，便派人强行把活佛带走，寺庙从此废弃。我对泽仁说："此时此地，想一想三百年前和三百年后的事，是不是很有意思呢？在当下这个时光交会点上，我们驻留此地，追念已逝活佛，怀古论今，此境转瞬即逝，你我也不过是时光夹缝中的片羽一闪，或如滚滚风烟中的尘埃一现。三百年后，我们在哪里？时间就是这样无情地吞没曾经的一切，有谁能将它们从历史的尘埃中开显拯救出来呢？"泽仁是佛教徒，闻言，讲了一大堆佛家的道理，昏昏昭昭，不得甚解。

中午到了达青山岗。这里视野极为开阔，放眼山海，万千秋色奔来眼底，激情荡胸，逸兴遄飞。择一平坦草坡，枕石静卧，仰望皑皑格涅冰川，千岩竞秀，风流烟笼；俯瞰茫茫虎皮坝草原，万壑争雄，浪荡云奔；远眺巍巍冷古寺山门，松风阵阵，声如涛涌；侧目枕边离离衰草，秋虫唧唧，如歌如弦。泽仁叼着烟凑过来，我一时兴起要了一根，也抽了起来，思绪随着烟雾向巍峨的雪山散去，童年记忆从心底涌出。记得六七岁时，跟生产队饲养员去小河边放牛，扑蝶追鸟，摸鱼捉蛙，玩得累了，被他怂恿着抽了一支纸卷的旱烟。吸完后昏昏沉沉，躺在柳林里一睡就是小半天，醒来晚风一吹，头疼得要死，好几天都不好，从此与吸烟无缘。回首往事，旧日时光，雪泥鸿爪，恍如从前，惚如目前，弹指一灰，逝如风烟。

一点多离开达青山岗，下到虎皮坝。这是山谷中一块平坦丰茂的湿地，溪流纵横，静水攒聚。泽仁说，大的水潭常年不干，里面有鱼，味道很美。我们于是在此埋锅造饭，我负责看火，泽仁和一个藏族青年去钓鱼。不一会儿，我们便吃上了一锅鲜美的清炖鱼，还喝了点青稞酒。微醺小睡，飘然惬意，却被泽仁叫醒。他说，午后高原山风冷硬，恐着凉，不宜深睡。

五点多到了冷古寺山门，夕阳落照，霓霞流布，云烟氤氲。此地两峰攒聚，一溪奔涌，山门险要，易守难攻。山门脚下，溪流瀑布异常壮观，有红叶数枝伸出崖壁，英姿诱人，遂登高临流拍摄。然而一无角度，二无抓手，看看日光渐下，鲁戈难追，心急如焚，情急之下，叫友人拽住衣带，半身悬空，方得红叶激流数幅，气韵生发，来之不易，倍加珍爱。

入山门不远，进了一片原始森林，出了森林是一个偌大的水潭，水潭北边的山坡上便矗立着辉煌雄伟的冷古寺。寺庙全部映在水里，衬以斑斓秋色和霞光，更显得安详肃穆，宁静神秘。泽仁说，冷古寺是白教发祥地，后改为黄教寺庙。这里还是藏区三大苦修地之一，每年都有很多僧人到这里苦修。传说过去有些高僧修成后，可在崖壁上奔走跳跃，比岩羊、雪豹还敏捷，还有更厉害的，可以像鸟儿一样，在山峰间飞来飞去。

六点多进了冷古寺，住降措旺堆喇嘛的扎空（即僧房）。旺堆喇嘛宽厚仁慈，温和沉静，一双深邃恬静的眼睛透着佛家的智慧。泽仁当翻译，我断断续续地和他聊了很久。他今年五十七岁，巴塘县人，父母已亡，晚境清苦孤寂，只有一个妹妹，偶尔会来看看他。他七岁出家，没上过学，说不了几句汉语，对冷古寺外面的世界了解很少，但他对一些哲学问题的看法很独特，往往一语中的，直击本质，令人叹服。他的日常活动就是转山念经，每年还要到格涅雪山脚下的山洞里苦修两个月。

晚上下起了小雨，没法出去，只好早早睡下。我睡在靠窗子的地板上，盖着大衣和旺堆喇嘛的毯子，很舒服。旺堆睡在同一个屋子隔出的小屋间，睡觉前还念了好长一会经，奇特的声韵在寂静的黑夜里慢慢扩散，让我产生了很多联想。早些年读希尔顿《消失的地平线》，很向往书中的那个寺庙。到甘孜工作，听说了冷古寺，总把它们联系在一起。有一次匆匆路过乃干多小村，傍晚当地人骑摩托带着我去游冷古寺，中途遇大雨，山洪暴发，道路阻断，没去成，还险些回不来。那时想，也许与冷古寺无缘吧，干脆全凭想象写一篇散文《月游冷古寺》。我想象在那个审美境界里，雪山极高极险极白，寺庙极古极简极静，月亮极大极亮极圆，溪水极清极深极冷，树极多，石极怪，人极美，事极奇，自由的精神在那里徜徉。

夜间似乎听到几声悠远的鸟叫，不知是飘在远山，还是飘在梦里。睡到半夜，突然听到外面一阵轰隆隆的声音，好像有许多石头从山顶滚下来，一下子把我惊醒了。旺堆喇嘛听到动静，告诉泽仁，是格涅雪崩，听着声音很大，实际离着很远，不要害怕。我看看外面，漆黑一团，再没了动静。屋里昏黄的灯一直没关，有气无力地照着破旧的佛龛和泥墙上模糊不清的藏文。我突然想到了六世达赖仓央嘉措，离冷古寺不远便是他的灵魂转世出生的地方。我在脑海里一幕幕地回溯着他昙花一现的生命图景，默念低吟着他的诗歌，凄魂曼绝，戚戚相通。想着想着，一下子又跳到了龚自珍，仿佛看到他当年落第归江南途中，于荒村野驿题诗的情境："空邮古戍，一灯败壁然诗句。"静静地沉思，静静地遐想，身心已如空气般全然消融在周围的事物中，难以聚拢组织起来，如疏云淡月，随风往还，又如空舟奔流，任意西东。不知不觉，东方已白。

三

昨夜，旺堆喇嘛说，天气好的时候，每天都可在寺庙旁边的悬崖上看到成群的岩羊，运气要好，也许还能看到雪豹。梦里一直惦念着这件事，早晨五点多便醒来，侧耳听听，敲打了一夜窗棂的雨声渐渐稀疏，一只画眉飞到门前的矮墙上轻盈地唱起歌来。我叫醒泽仁，一起到悬崖下去看岩羊。仰头看上去，山崖危立，烟云缭绕，氤氲神秘，一幅色彩斑斓的图画状溢目前。太阳出来了，半遮半掩地躲在云的后面，在黑白相间的崖壁上斑斑驳驳地飘洒着迷人的柔媚。丝丝缕缕的云雾像溪水一样溜过粗砺浑融的山崖，遇到簇簇红叶便恋恋不舍，淹留往还，宛若给红叶披上了洁白的轻纱，若有若无，若隐若现，演奏着一首清新婉转的晨曲。云在动，风在动，红叶在动，我感觉格涅神山的魂灵也在轻轻舞动，这是大山的舞姿，是自然的舞蹈。其实，真正动的东西还有一个，那就是岩羊。远远看上去，它们那轻盈的身形攒三聚五地散布在红叶和峭壁间，有时如雕塑一般矗立不动，与山崖浑然一体；有时又时缓时急地跳跃起来，像一个个好听的音符，给这幅秋崖红叶图增加了灵动的气韵。旺堆喇嘛走过来，对着悬崖发出了几声浑厚圆润的呼喊——"噜噜""噜噜"，岩羊像听到命令似的，跳跃着向我们走来。有人说，人生最美好的时刻就是看着心爱的事物向你走来。回味那时异常激越的心情，我深深地体会到了这一点。

早饭后，我和泽仁沿着冰川河谷的原始森林往西边沟里漫游。他说，再往前走十来里，到了这条河的尽头，就是格涅主峰脚下，那里与世隔绝，只有冷古寺的喇嘛转山，外面的人没去过。到了那里，可以看到寺庙遗址和几个高僧苦修的岩洞。山脚下有一个很大的湖，湖水深不可测，冷水鱼很多很大，还可以看到雪莲在冰凌下遍地盛开，仙鹤在草地上蹁跹起舞。我对泽仁说："你描绘得太美了，我一定要去看看！"谁知大约走了两三里，天下起雨来，而且越下越大，没有转晴的迹象。泽仁说，这种天气，我们没有准备，什么事情都会发生，必须返回。十年过去了，泽仁所描绘的这幅图景一直清晰地留在我的精神世界中，一想起来，遗憾怅惘之余，还常常欣然步入其境，神游一番。

十二点多返回冷古寺，游览一番，便告别旺堆喇嘛，返回乃干多小村。临别时，喇嘛用头顶头给我祝福，还执意将很多年前转山时捡的一块绿色石头送我。他说，这块石头来自我想去的格涅主峰冰川湖边，他捡回来后视若珍宝。我攥着这块石头上了马，不停地凝视着它，清风徐来，闻到丝丝酥油香味儿，蓦然回首，见旺堆喇嘛仍然站在寺庙门口的石墙边目送着我们，冷古一遇，青灯夜话，我不知他有怎样的怀想！

三点多过了虎皮坝，沿溪流森林往冷达走。途中见几只老鹰和乌鸦在河谷盘旋，走近看到一头野牛倒在水泊中，几只乌鸦大胆地跳上去啄食。越来越多的老鹰在我们头顶盘旋，几只落到高处的山坡上，静静地观察着周围的动静，寻找进食的机会，谁也不轻易飞到猎物身旁。泽仁说，这头野牛一定是夜里被狼或别的猛兽追杀的。他还绘声绘色地讲述了小时候在章纳下边那条沟里亲眼看到狼追杀鹿的情景。

快到冷达，突然大风骤起，不一会大雨就从冷古寺方向飘了出来，冷峻强硬。格涅雪山隐去身影，斑斓秋林一片迷茫，溪水却跳得更欢、叫得更响了。泽仁把仅有的一件雨衣给我穿上，自己淋着雨，牵着马坚定地朝前走，雨水和汗水顺着一绺绺湿漉漉的头发往下流，一双晶亮的眼睛不时回头看看我，嘘寒问暖，关怀备至。他说，这种雨来得快，去得也快，下不久的。果然一到冷达草原，乌云散去，阳光明媚，格涅雪山又清晰地露出灿烂的面容。我停下来，将酥软疲惫的身子平放在一块大石头上，在镜头里久久凝望着雪山，静静地与她进行着无言的对视和交流。

五点多回到乃干多。吃饭中间，几个村民抬着一个两尺多长的大刺猬进来，说是夜里掉进村里的蓄水池淹死的。我从来没有想到世界上有这么大的刺猬，身上还长着黑白相间的翎毛和短箭。泽仁说，这种刺猬在藏语中叫"夏帕"，是猪鸟的意思，其实学名是豪猪。格涅雪山里大的有一米多长，凶得很，背上的箭和敌手相遇时会发射出来，杀伤力很大，任何动物都不敢惹它，它没有真正的天敌。

晚饭后，泽仁带我去看望了他妈妈的朋友曲珍，一个年老的藏族女人。曲珍的丈夫和儿子都已去世，她与小孙女一起生活。曲珍布满皱纹的脸平静而安详，看不出多少哀怨和忧伤，似乎生命岁月的艰辛已经将一切融化了。

夜里住在村支部书记家。村支书降初四十五岁，红红的脸膛，朴实真挚，说话嗓门大，很直白生动，像晴天的雪山一样，不避不让，不遮不拦，清晰真切。谈着谈着，停电了，降初点上酥油灯。无边的幽暗包围挤压着昏黄惨淡的光亮，几天的时光似乎在一点一点地倒流，断断续续，停停走走，定格时间最长的是昨天早上则巴村玉琼卓嘎怀里那个孩子的眼睛。那真是一汪神奇的泉，我感觉这汪泉蕴含着这个世界的秘密，触摸着另一个世界的边缘：

> 传说，
>
> 大山深处的泉，
>
> 总和另一个世界相连；
>
> 传说，

两三岁孩子的眼，

总能看到鬼怪神仙。

你看，

这高原上的一汪清泉，

澄澈得让世间的一切无处躲闪。

雪山雪莲，

大河冰川，

白云舒卷，

飞鸟往还。

还有你！

当你和她对视的那一瞬间，

仿佛沿着一条幽邃的通道，

从这个世界的边缘，

触碰到另一个世界的门环。

美女的哀泣

这是一个高原挂职的故事。武哥英俊干练，有"州府第一帅哥"之称；阿莲多情风致，得"县里二号美女"之名。那日，武哥驱车千里，载我过县城，席间遇阿莲，把酒忆往事，似戏亦真，感叹唏嘘。听之感人，观之动人，不知当今芸芸美女，读之若何？其曰：

我一直以为我很美丽，因为耳边总萦绕着这样的话语。

谁承想你的忘记把我推向了绝望的谷底，我不知道什么才是真实的自己，也不知道我的人生定格到底在哪里。

记得几年前那次偶遇，正值我青春少女，浪漫花季。你对我说尽了柔情细语，像晚风轻轻地吹过湖面，荡起微微涟漪。我以为循着你那热切的目光，已深深地走进了你的心坎里。谁知你一别五年，杳无消息。

今天见了面，一眼就认出你，蓦然从心底涌出阵阵欣喜。没想到，我的出现并没有引起你的注意，几次暗示也没有唤醒你的回忆。你对我根本不在意，似乎我俩从来不相识！我不明白，为什么你把我忘得这样干净彻底，难道那次偶遇就没有在你心底留下一点痕迹？

你忘了？那一年，你说过你要陪我去看草原，听我的歌和洁白的鹤一起翱翔在蓝蓝的天宇；你说过你要带我去看东山的月亮，看我那长长的身影划过月光下林间的空地；你说过咱俩一起去爬雪山，牵手涉过雪莲盛开的小溪，让我那溪水洗亮的长发飘动在清清的风里；你还说过，你要带我走出高原，到很远很远的地方去看大海，驾一叶扁舟驶向茫茫天际⋯⋯

看起来，五年的忘记，才是我在你心中真实的位置。至于耳边响起那么多"美女"的赞誉，不过是周围人一个开心的话题而已。我终于明白，我一直生活在廉价的虚荣和美丽的谎言里！

如今，如今，捅破了这层纸，揭开了这个底，我对自己产生了深深的鄙视，更鄙视你今天笑脸背后的虚情假意。但是，为了眼前的尊严，我还得强装笑脸，以"二号美女"自诩，继续这无聊的话题，骗人骗己，把戏唱到底！

可有谁知，我的心在暗暗哭泣，滴滴泪水混着这杯杯血色美酒，无声地洒落在灰暗阴凉的心田里⋯⋯

隐逸的星尘

回望与怀想

那些美好的时光，

不要为她的逝去而忧伤。

或许她还在那个地方，

或许她已飘到了远方。

不要那么多回望，

也不要那么多怀想，

坚定地前行，

是唯一的希望。

只要你走得足够深，足够远，足够长，

你一定会来到她身旁。

穿越了岁月风霜，

你会觉得，

她还是那个样，

但又不全是那个样。

遥远的白桦林

遥远，更像一种时间，是时间把我们带离了那永远回不去的地方。

前些日子，我和一位物理学家聊天，他说，自然之中的信息是守恒的，一切发生的事情，所有的信息都在自然中完整地保存着。我把这个说法告诉了一个阅历异常丰富的艺术家，并问他，假如有办法以超越光的速度运行，瞬间抵达离地球几十光年以外的地方，接收我们生命历程中所有事情的信息，你最想看到的人生场景是什么？他略略沉思了一下，站起身来，推开窗子，透过京城迷漫的薄雾，凝视着燕山深处的方向，沉默了大半天，然后缓缓地说："远方的白桦林。"

"那是 1968 年冬天的事情。"他一字一句地说，仿佛在一点一点地寻找着时光的痕迹，循着一条幽邃的小径，一步一步返回那个遥远的地方。

我的思绪也随着他平地涌泉般的话语，深深沉浸其中——

那一年我十三岁，上了几年小学便不念书了，跟着大人在生产队干活，挣工分。虽然年龄小，但个头已足足超过了一米六，身体也结实有力，大人干的活我基本都能干。我们那一带处于坝上高原和燕山山脉的接合部，属滦河上游，降雨丰沛，林木繁茂，漫山遍野的白桦树构成了我们童年生活的美丽场景。小时候砍柴、采药、捡蘑菇、掏鸟不说，辍学后在生产队干的活也都与白桦树密切相关。冬天伐木常常以白桦树为主，这种树材质好，除了满足社员生产生活需要外，还可以卖些木材，为生产队创收。夏天，把冬天伐的白桦木运到坝上，可以卖个好价钱。我一开始跟着大人出车，打打下手，跑了几次，渐渐熟悉了套路。有一次，生产队人手掰不开，便让我单挑，独当一面。我和其他两个大人一样，一个人赶三辆牛车，不管什么活，一律均摊，算一个整工。我们天不亮就出发，九辆木轮车一字排开，满载大碗粗的白桦木，披星戴月往坝上赶。山路崎岖，荒野茫茫，当时政策不允许异地贩运，为了躲避拦截检查，我们常常避开大路走小路，为此多吃了不少苦头。白天怕被人发现举报，早晨太阳一出来，我们便把车赶到荒僻山沟里停着，熬到天黑继续走。夜里赶路也不敢掌灯，只能瞄着北斗的方向悄悄地走。乌云在头上翻滚，狂风在耳边咆哮，野狼在远山悲鸣，不时还有鬼火明灭，老人所讲的那些鬼怪传说不停地在脑海翻腾，让人心惊肉跳。最危险的是下大雨山洪暴发，车道变成了河道，波涛翻滚，瞬间水就没过了腰，每个人都拽住牛尾巴，大声吆喝着牛往前冲。有一次洪水袭来，我们刚好走到低洼处，想把车往高处赶，却怎么也上不去，只好原地停下，让牛站着不动，任河流纵横，浊浪奔涌，乱石攒身。我死死地抓住木头不放，紧咬着牙，心里默默地说，可不能松手，一松就完了。洪水过后，腿上伤痕累累，走路一瘸一拐，跟不上车子，大人便叫我坐到车上走。

一上坝，天光大亮，地势雄阔，境界顿开。九辆牛车排成一条直线，无须刻意择路，沿着模糊的车辙，迎着初升的太阳，自由前进，就像得胜的军队归来一样，意气风发，神采飞扬。牛也高兴起来，随意低头喝几口路边的泉水，掠几口眼前鲜嫩的青草，然后仰起头向着碧蓝的天空哞哞叫几声，向苍茫的高原宣示着它们的功劳。那时的多伦生态非今日能比，草肥水美，万类自由，成群的大雁嘎嘎叫着从头顶上低低掠过，清清浅浅的溪流恣意横流，不知从哪里流来，也不知流向哪里。沙丘细细缓缓，大半浸在清凉澄澈的溪水里，被冲出一道一道流畅的线条和花纹，在阳光的照射下，映出斑斓晶莹的色彩。仔细看，还能看到三五成群玲珑剔透的小鱼在水中游来飘去。遇到水深的地方，车轱辘一过，扎堆静栖的鱼儿被突然激起，哗的一声泛起一片白光。偶尔还会碰到几只藏在路边草丛中的狍子，它们被车声惊起，一跃一跃地骑着草尖跑到远处的沙丘上，回过头来怯生生地看着我们，金黄色的绒毛在初升太阳的照耀下熠熠生辉，像一圈圈黄色的火焰。多年后，读元朝诗人酒贤的《塞上曲》，又勾起了我这段难忘的记忆，缱绻惆怅，迷惘忧伤，正是："乌桓城下雨初晴，紫菊金莲漫地生。最爱多情白翎鸟，一双飞近马边鸣。"

其实，更能触碰我心弦的是酒贤《塞上曲》中的另一首诗："双鬟小女玉娟娟，自卷毡帘出帐前。忽见一枝长十八，折来簪在帽檐边。""长十八"让我很好奇，不知是什么花，问了好几个人也都说不知，却让我想到了遥远大山中那个叫杏花的女孩，脑海中涌现出那个白桦林中的往事。

那一年秋天，队里看去年冬天砍的桦木卖得差不多了，自己的林子已没有了砍伐指标，明年的收入又成了问题，便和离滦河大川很远的一个山村开展合作，我们出工出力，他们出林子，两家三七开分木头。

那个偏僻的大山沟有十几里长，阳坡长满了山杏树，阴坡长满了参天的白桦林。山沟里那个村子只有十几户人家，有砍伐指标，当地人不愿受那个累。于是，秋天一打完场，我们生产队便组织了七八个人的砍伐队进山伐木。我是最小的一个，其他都是成年人。砍伐队住在那个村东坡山根的一户孤零零的人家中。这户人家与村中其他十几户中间隔着一条小溪和一大块庄稼地，溪上修了个小木桥，只能走人，车辆要绕到大路上才能过。房东家背后是一座悬崖，成百上千块黄褐色的大石头横七竖八、乱石铺街般叠加在一起，直直通到山顶，就像人工砌成的一样，有一二百米高。山岩经千万年风雨侵蚀和自然变化，形成了流畅的线条和奇妙的花纹，岩缝间攒三聚五地生长着一些灌木和野草，远远看去就像画家皴擦点染出的一幅图画。悬崖上长年住着一群野鸽子，不飞时栖息在山崖半腰的几块大石头后面，露出灰白纯净的小脑袋，一晃一晃的，十分可爱。它们那晶亮乌黑的小眼睛不时看看崖脚的院落，似乎关注着那里发生的事情。崖顶上的石洞中还住着几只比老鹰大好几倍的猛禽，夜里的叫声像一个愤怒的老人在呼喊，越是夜深的时候叫得越响，浑厚有力，低沉深远，阴森可怖。悬崖的后面一直通到了高高的山顶，上面长满了杏树，春天一到，小院和悬崖便都被包围在如霞似雪般的花的海洋中了。小院隔着小河和田野，对着的西山坡上长满了一望无际的白桦林。我们去的时候，霜风已过，树叶未落，远远看去，一片金黄，一直染上山尖，染向天边。起风的时候，漫山摇荡，空谷回响，仿佛万千士兵挥舞着雪亮的枪戟，一起高声呼喊，震人心魄。不过，这不是我们要伐的林子，我们要伐的树在沟的尽头那面大坡上，还要再走五六里路。听队长说，那地方有几百亩从来没动过的老林子，桦树笔直挺拔，枝杈少，节子也少，每棵都有一抱粗，十五六米高，出材率高，夏天拉到坝上去，棵棵都能卖个好价钱。

房东姓张，四十出头，人长得英俊魁梧，性格豪放爽利，走起路来呼呼带风，眉宇间还透着几分英气。他解放前上过私塾，说话有根有派，讲故事栩栩如生，要害处三言两语，通透传神。他受过教育，入社后做过几年大队会计，属于大队的二把手，后来接连弄运动，因成分不好，不叫他干了，但熟悉的人还习惯叫他张会计。张会计很有威望，村里写春联、立合同等动笔墨的事都离不了他。清朝时候，他祖上来这最早，这十几里长的沟都是他家的，后迁来的人都是受了他家的润泽周济；解放后，他家被划成富农。他媳妇是离县城不远处一个大村落里地主的女儿，人长得干净漂亮，上过女校，有文化，一举一动中透着几分优雅。土改时，她哥哥和父亲都被农会枪毙了。没过几天，妈妈也死了。那时她已嫁了过来，算是逃过一劫。后来，运动一次比一次紧，他们这富农加地主的家庭自然在劫难逃，抄家、批斗、陪绑都是常事。好在张会计心肠热、人缘好，乡里乡亲的，村里的批斗多半是把上面敷衍过去也就算了。只有一次县城里的红卫兵瞄着他媳妇的线索来抄家，把他家里箱箱柜柜翻了个底朝天，书、旧物和值钱的都拿走了，说是"四旧"。老张不服，上去争辩，被打得在炕上躺了好几天。虽然如此，因为老张两口子精明强干，勤俭持家，他家日子还是比别人强，五间草房一字排开，高高地矗立在山崖下的高台上，一看就让人觉得心里敞亮。房上的草每年秋天都苫一次，整整齐齐，夏天一点也不漏雨。木格窗子的纸糊得雪白平整，镶在下面的一块玻璃也擦得干干净净，从屋里炕上看出去就是对面满山的白桦林，就像一幅画。白云在上面飘来飘去，仿佛触手可及；老鹰在空中盘旋，一会出去了，一会又回来了，牵动着人的情思；就连林中小鹿那怯生生的样子也清晰可见。张家人人识字，日子过得好，自然引起别人的嫉妒和猜疑，有人向公社报告，说他家藏着他媳妇从娘家带来的金银财宝，还有地契。这还了得！是不是想"翻天"？革委会派几个民兵挎着枪气势汹汹地来抄家，结果什么也没抄到。其实张家还真有个藏东西的地方，别人不知道，是他家小女儿杏花后来偷偷告诉我的，大人不在家时还偷偷带我去看过。那是她家后院崖壁上的一个天然岩洞，是过去躲土匪用的。这个石洞离地面有一丈多高，得搭个梯子才能上去。里面有一间房大小，打凿得光滑整齐，冬暖夏凉，住在里面很舒适。洞口有一墩栎树掩着，还长了一片茂密的野草，从下面一点儿也看不出来。杏花带我上去时，说这是她家祖传的秘密，让我赌咒发誓不许对外人讲。

杏花的名字是她妈取的，听杏花说，是来自一句什么"杏花消息雨声中"的古诗，她出生时，正值后山漫山遍野的杏花开放的季节。砍伐队里的人说，杏花长得的确像山杏花，瓜子脸上宽下窄，肤色白皙，双颊微微泛红，走路时，苗条的身材随着弯曲起伏的山间小路轻轻摇荡，如同微风中颤动的花枝。不过在我的眼里，她更像一株风中的白桦。不说她那亭亭玉立的身影，不说她那略显孤傲俏拔的气质，单那浓厚的眉毛，都与白桦树上的黑

斑相似。杏花还有一个哥哥，已成了家，住在西山脚下那片村落中，很少到这边来。村里别的小孩也很少过来，只有杏花和我要好。她比我大三岁，像一个小姐姐，有什么事都护着我，不像我们村里那几个天天欺负人、捉弄人的野丫头。

杏花家为了安顿砍伐队，早早收拾出来两间屋子叫我们住。我和另外三个大人一起住杏花家西屋，杏花全家住东屋，中间一间叫外屋，是安灶台做饭的地方，有一个大木门通向院子里。杏花妈负责给我们做饭，条件是一家人可以随便吃砍伐队的粮食。杏花也早不上学了，冬天地里没活，帮着打下手。杏花家院外几十米处的岩壁下有一眼泉水，一年四季泉涌不断，冬天也不结冰。用一整块特别大的石头盖在上面，中间凿个大孔，就成了一口井，井口平时用一个木盖盖着。天长日久，井沿四周都磨得光洁圆润。水自然是清澈甘甜的，远非村子里那口公共大井可比。村子里的人有时遇到喜事，会专门到这口井来取水，帮忙的人和远方的亲戚吃着这井水做的饭，都感觉是一种特殊待遇。前些年，杏花还从村外小溪里捉了几条鱼放在里面，养得有半尺来长，谁也不敢动，有时取水时不小心把鱼捞上来，怕杏花生气，赶紧放回去。有一天村里人来打水，忘盖井盖了，杏花养的鱼被猫捉了一条，害得她蒙着被子呜呜哭了一晚上。夜里猛然听到猫的叫声，杏花止住哭声，出去一看，正是那偷鱼的猫儿在井边徘徊，她抓起一根棍子就追，追得那猫满山乱跑。

别人家挑水都是大人的活，小女孩根本干不了。杏花家有自己的井，杏花爸给她做了个小木桶，叫杏花负责打水。杏花愿意干这活，每天还可以看看她养的那几条鱼。我们一来，杏花一个人打的水便不够用了，队长叫我帮着杏花一起打水。我们把杏花的小木桶换成了大铁桶，找了根扁担两个人一起抬。

杏花在沟外十几里大队办的那个学校上完了小学，然后就不上学了。回到家里，受父母的影响，也喜欢读书听故事，还常常跑到村里一户人家听收音机。我们刚去的那天下午，她特别兴奋，一直围在旁边看我们收拾东西，问这问那，对山外的世界充满了好奇。大人们都没工夫理她，忙着整理砍伐要用的工具，有一句没一句地敷衍着，她便把目光集中到我这个小孩身上了。其实，我早就注意到她了，看着打心眼里喜欢。特别是她那悦耳动听的声音，就像百灵鸟在梦里歌唱，婉转悠扬；像小溪在心底流淌，轻轻缓缓地荡出一圈一圈的涟漪，清澈明亮；又像蒲公英被人轻轻触碰，在山坡上随风散开，自由飘荡。只是因为怕砍伐队的大人笑话，我眼睛不看她，她说话我也故意装作没听见，更不敢主动和她搭话。杏花见我正整理从家里带来的几本文学名著，便走过来翻了翻，随即又放下，摇了摇头说，都没听看过。随后眼睛转向窗外，瞅着西山白桦林顶上的天空，眼里充盈着惆怅和迷茫。砍伐队的一个大人走过来，指着我对杏花说："他可是我们大队的'小秀才'，知道的事比大人还多，有什么事你就问他。"杏花听了，眼睛里顿时浮现出一丝不易察觉的兴奋，被我捕捉到了。这个瞬间，仿佛一下子挑开了缚在我心上的一根丝线，拂去了隔在我和她心灵间的一片影，我感觉我的心向她悄悄靠近了一些。

　　过了几天，砍伐队队长要和那个村的队长上那片白桦林实地察看情况，让我跟着一起去测量。那片老林道路崎岖，山高坡陡，猛兽出没，很少有人去，要实地看了才能决定后面的事情。杏花听后，哭着闹着要跟着去，对她爸说："那里的桦树过去都是咱们家的，我一定要去看看！"她爸听着不对劲，看了看周围人的表情，赶紧说："这孩子不懂事，别乱说！那都是集体的，我们所有人也都是集体的！"杏花妈走过来阻拦说："那地方不但有豹子和老熊，还有猞猁，常常蹲在桦树上猛地扑下来咬人，前几年一个采药的差一点被咬死，连村里的老猎人都怕它。"杏花则说："那地方山高气冷，这时树叶都落得差不多了，藏不住猞猁的。再说，还有他保护我！"说着看了我一眼，拿起我来之前父亲给我做的那把小板斧，用力晃了一下。那把斧子安着既结实又漂亮的黄榆木把，斧头精致，刚刚磨完，寒光闪闪，的确给杏花增加了不少底气，也似乎打消了她父母的疑虑。

　　早晨，我们迎着初升的太阳，逆着小溪一直往沟里走。那天天气很好，夜里下了半宿淅淅沥沥的小雨，天空被洗得瓦蓝瓦蓝的。草地清新润泽，晚秋开放的野菊花一片一片地点缀在林间，桦树叶在阳光的照耀下灿烂夺目。这景色的确与我们村的秋色不同，更原始，更纯净，更令人陶醉。不但大片大片的桦树一片金黄，小溪两岸的杨树、柳树也变黄了，山脚的栎树和阳坡的杏树则是一片火红，沟里有些杂树却还是绿的，像夏天一样绿，东一块、西一块地镶嵌在大片的黄色和红色里，煞是耀眼。我们走的小路和溪流两边的空地盖满了夜里刚刚落下的黄叶，阳光透着树枝照下来，斑斑驳驳，幻化着各种形象和图案，我们的影子也被长长地映在黄叶铺成的小路上。杏花走在最前面，右手挎了个雪白的柳条筐，左手拿了把割草的镰刀，身体随着起伏的山路摇动着，两根垂到腰际的粗黑的大辫子也随意摆动出漂亮的线条。我越看越喜欢，故意放慢了脚步，一会儿抬头看看杏花的背影，一会儿看看她映射在树叶上的影子，觉得这个世界一下子变得无比美好。后来过了好多年，我去市里学美术，想画出这幅图画，却屡作屡废，无一惬意。再后来，我爱上了摄影，上过高原，下过江南，远涉异域，去国还乡，阅尽千山秋色，遍寻万种风情，想拍出一张有几分这样感觉的图画，也一无所获。

　　杏花看我离她渐远，好像感觉到了什么，蓦然回眸，冲我那傻傻的样子一笑，也没说什么，回过头继续往前走，弄得我如梦惊醒，顿觉羞愧。我赶紧快走几步追上去，听她讲山里的故事，也给她讲山外的事情和书上的知识，不知不觉便到了沟垴。这里是小溪的源头，有一个院子大小的泉子，清冽充盈，倒映着万山秋色、一望碧空，还有几条鱼儿在里面游来游去。我们很快测量了山林，也把接下来的事情商量好了，便坐在泉子旁边的几块大石头上休息聊天。杏花于是喊我跟她上山采榛子。原来在桦树的缝隙长满了一人多高的榛树，上面结满了熟透的榛子，从来没人采过。但树太高够不着，也爬不上去，只好拼命地摇晃。榛子噼噼啪啪地掉了一地，杏花收拾了一大筐，送到泉边，让大人们用石头砸着吃，我们又到林子更深处去采。突然她发现了一棵野梨树，黄灿灿的果子掉了一地，被动物啃得乱七八糟。树上还有一些，像一个个黄色的小灯笼，挂在落了叶子的树枝上。杏花便叫我爬上去摘。爬树是我的长项，三下两下，没费力气就爬了上去，一边摘一边吃，惹得杏花在树下咯咯笑个不停。熟透的山梨酥软酸甜，外面包了一层薄薄的细皮，里面的果肉已化作浆水，一放到嘴里便化了，清凉凉的一直浸到肺腑里。我挑了几个大的往下扔，杏花在下面一边接一边吃，不时发出惊奇欢快的叫声。过了一会儿，我和杏花都吃够了，便摘下梨子，用衣襟兜着，一次次地往下送，不一会儿就装满了一筐。杏花高兴地给大人送去，几个大人乐得合不拢嘴，连声夸赞我和杏花能干。杏花一蹦一跳地返回来，和我一起往更深的林子里去。越往里走，坡越陡，树也越大，相距不过一两米，比着个儿齐刷刷地往山上长，往天上长，一长就是几房子高。走了一会儿，杏花看着顶上大半叶子未落的树冠，黄黄的一团团连在一起遮住了阳光，想起了妈妈的话，担心上面藏着凶猛的猞猁，会冷不丁从树上跳下来将我俩扑倒。她叫我好好拿着小板斧，她也紧握着镰刀，上下搜寻着，眼睛睁得大大的，眨都不敢眨一下。突然，前边树丛中"扑棱"一声，接着又传来咯咯咯咯的叫声，一下子打破了沉闷压抑的空气，却吓得杏花一声尖叫扑在我的肩上，弄得我的心也咚咚跳个不停。原来是一只山鸡被我们的脚步惊飞，飞出白桦林，冲得一树黄叶纷纷飘落。有了这次经验，后面再碰到兔子奔逃、野鸟怪叫、啄木咚咚，我们也都不害怕了。猞猁，终究是没看到。我在庆幸没被它扑倒的同时，还有点小小的遗憾，遗憾没亲眼见到山里人说的这种神秘厉害的动物。豹子，却看到了。我们快到山顶时，望见对面山梁上有一只满身花纹的大豹子领着两只小豹子朝山那边走去。杏花说，它们一定是被我们从这片林子惊走的，不过不用怕，这沟里的豹子白天都是怕人的，只有夜里才埋伏在村庄附近伺机攻击人，晚上要特别小心，不要一个人出去。她告诉我，村南头过去住着孤零零的一户人家，有一天晚上，月光特别好，那家媳妇到河里借着月光洗衣服。不知什么时候，有只特别大的豹子一直潜伏在河边的一棵大白桦树上，待那女人洗完衣服挎上篮子要走时，这家伙瞅准了，呼的一声从树上扑下来，张开血盆大口，把女人的脑袋整个吞在嘴里。谁知那女人的脑袋不大不小，正好镶嵌在豹子口中，一丝缝隙都没有。豹子想咬断女人的脖子，但她的脑袋顶着上颚，使不上劲；头发堵着嗓子更难受，叫也叫不出声来；想张开嘴把头吐出来，却已达到极限，卡得死死的。两个头连在一起，女人和这家伙便在小溪里"扑通扑通"地滚作一团。屋里的男人听到动静不对劲，顺手提了一把镐头下来，把豹子打死了。至今那家媳妇脖子上还留着几个大大的疤痕。杏花讲这故事时绘声绘色，眉飞色舞，却把我吓得瞠目结舌。山顶是一片足球场大小的草甸，一棵树也不长，全是齐腰深的白草，中间夹杂着冬天不凋落也不变色的干枝梅，雪白色的和桃红色的错落有致地交织在一起，给我和杏花捉迷藏提供了一个浪漫场所。钻出草地，我们又爬上了一个高耸的山岩，这里是这座山的顶峰，也是方圆百里最高的地方。山上风特别大，杏花从脖子上解下浅黄色的纱巾包在头上，任巾角和鬓发在风中飘动。我们向北看，看到坝上草原一直向北延伸，迷迷茫茫不见尽头；向南看，看到了百里外的县城；向西看，看到滦河像一条弯弯曲曲的白色带子在原野上飘动；向东看，看到的是连绵无际的群山，一直伸向天边。再低头俯瞰脚下的这一沟白桦林，在阵阵山风的冲击下，万树攒动，波涛汹涌，落叶纷飞，如一群群黄鸟急寻归宿。杏花说，这地方她以前只在夏天随采药人来过一次，山顶上全是雾，什么也没看到。这次看得远，还看到了从未去过的县城，将来一定要去一次。

下山的时候，既没有了上山时的恐惧，也没有上山时的吃力，更不用找路，就沿着树的空隙往下自由奔跑。那天杏花上身穿着深蓝带白色小花的褂子，下身穿着月白色的裤子，脚上穿了一双雪白的球鞋，她哪里像一个山里姑娘？杏花走到半山腰突然不见了，我四处找遍，不见一点踪迹，"杏花、杏花"地大声呼喊，山风呼呼，桦树摇晃，不见应答，急得我呜呜哭出声来。突然，从我身后传来一阵银铃般的笑声，回头一看，杏花从一棵大树后转了出来，得意扬扬地说在和我捉迷藏，故意吓我的。我仔细端详了她一阵，心里想，就她这个样子，别说藏在树后面转来转去，就是静静地站在那儿，一望朦胧，也难以从白桦林中把她辨认出来。

第二天，砍伐队正式进山砍树。杏花和她妈头一天晚上蒸出几大锅窝头，留出早上的，剩下的每个人随便吃。在那个饥饿的

年代，这可是难得的美事，进砍伐队的人很多都是冲这个来的，在家谁也吃不饱。早晨天不亮，杏花妈就起来给大家熬了一锅酸菜汤，虽然没有一滴油和一块肉，大家却吃得很香，三两面一个的窝头，每个人都能吃八九个。吃完饭，天刚蒙蒙亮，我们立即出发。

杏花早晨很少起得那么早，而我们下山回来已是七八点钟，乱糟糟的，还要收拾东西，所以我很少有机会和杏花单独说话。但是我却能明确地感觉到自己一直游动在杏花的目光里，那目光温暖柔和，如冬日暖阳一般。我也偶尔偷偷地看看她，人多的时候从来不敢和她说话。有时晚上回来早，我劈柴时，她总喜欢倚在短墙上，静静地看着，眼睛随着我的动作微微晃动，却不像在桦树林里那么热情大胆。有时杏花妈做饭忙不过来，便唤我俩过去帮着烧火，她烧一个灶，我烧一个灶。昏暗中，我们一边往灶里添柴，一边感受着彼此的存在，很少说话。杏花妈在两个灶台间走来走去，不断扰乱阻隔着我们俩之间的空间。我偷偷地透过空隙，看到了杏花那张被炉火映红了的脸，在她那清澈的眼睛里，也有一团火在燃烧。

后来慢慢熟了，杏花对我的那些书也越来越感兴趣。我担心书被人家拿走，便都交给杏花保管。这些书是"文革"后的劫后余存，那些人每次来抄家，我藏书的地方都没有被发现。杏花知道我珍惜这些书，便用一块红色方头巾将书包起来，悄悄地放在屋后崖壁上的石洞里，让我看的时候再跟她要。我不上山在家的时候，杏花趁大人不在，便唤我一起上去取，我们便在那里读书。温暖明亮的阳光照遍整个石洞，洞口栎树的影子映在石壁上，映在杏花和我身上，随着微风轻轻扫动，斑驳迷离。

日子就这样一天天过去了，我们从黄叶满山、秋花烂漫砍到树叶尽脱、万木凋零，砍着砍着，便迎来了大雪纷飞、溪流封冻。刚入冬还是一天下一点小雪，慢慢积得厚了，就没了脚脖子。后来一连几天下个不停，雪便深得没了小腿。山上的雪更大，积得已有齐腰深，干起活来很吃力。为了赶工期，伐木不能停，停了也没意义，因为山里的雪要到第二年四五月份才能化。我们中午不能吃饭，渴了就到山脚下的大泉子里喝冷水，泉子结冰了，大家就抓把雪塞在嘴里解渴。杏花一开始还嚷嚷着要上山看热闹，杏花爸怕她被倒下的树砸着，不同意；后来看看这气候，杏花也就不要求了。

雪大的时候，我们已从山脚下砍到了半山腰，齐刷刷的，一棵也不留。我们每天的工作都是在雪里滚，外面的雪和身上的汗内外夹攻，棉袄、棉裤到下午就湿透了，山风一吹，又厚厚地结成冰坨坨，像铠甲一样，走起路来咔咔直响。手中的活却不敢停，一停下来，人就会被这零下三四十度的天气冻成冰棍。晚上回来之后，生起一堆火烤衣服，身子脱个精光，钻到滚烫的被窝里。其实，那么厚的棉絮一夜是干不了的，没有衣服换，第二天还得穿着湿乎乎的棉衣上山，反正是还要湿的，时间一久，身体也适应了。因为我们天天晚上要烤衣服，我们一回来，杏花妈就不让杏花出来。我一连好多天都看不见杏花的身影，只知道她就在几步远的东屋里，却不知她在干什么。是在做针线吗？是在读替我保存的书吗？还是透过窗子看外面的星星和月亮呢？杏花家后来买了一台晶体管收音机，怎么一到晚上也没动静了呢？还有，杏花是会唱山歌的，怎么一点儿也听不到她平日里的轻吟浅唱呢？我常常躺在滚烫的土炕上，一遍遍地猜测着，有时眼前还像放电影一样，一次次浮现我和她在那片山顶白净草原和老林子里捉迷藏的情景。白天偶尔碰到，她眼睛也不瞅我，若无其事地擦肩而过，头也不回一下，就像什么也没发生，什么也不会发生一样。我变得有些惆怅和失落了，以为杏花不喜欢我了，或者不知我什么地方惹她生气了。又过了些天，她把替我保管的书连着包书的头巾一起放回了我的被子里。

砍伐队中有一个年纪较大的人，姓金，我叫他金叔。他和杏花家连着亲戚，知道杏花家的一些事情，常常零零碎碎地跟我讲。我越听越好奇，便喜欢和他一起搭伴干活，细细追问。他似乎看出我近来心不在焉、魂不守舍，有一天，正好我俩又凑在一起砍伐倒下大树的树枝，他突然悄悄地对我说："你以后别再和杏花玩了，她要出嫁了，过年前坝上就来接人。"我听了心头一怔，随后感觉轰的一声，就像林黛玉听傻姑说宝钗要和宝玉结婚如遭疾雷一样，又仿佛一团雪水从空中砸了下来，使我从头到脚凉了个透。碍于面子，我强装镇定，装作若无其事的样子，唯恐让他看见自己心底的秘密，只是呆呆地听他往下讲。原来，杏花家因为地主加富农的这顶帽子，她哥哥都二十多了，虽然英俊聪明，却一直没人愿意嫁，父母看着十分着急。今年春天有媒人说，坝上有一家愿意把女儿嫁过来，只是有条件，要换亲，也就是让杏花嫁给他家的儿子。媒人还说："我也不瞒着，男的比杏花大七八岁，是个老实人，有些愚囊，只能干把死活计。他们那天高皇帝远，家家可以开荒种地，不缺吃的。杏花走了，还可以给你们带走一张嘴。"

一开始杏花哥不同意，觉得对不起妹妹。杏花却很干脆，说嫁谁都是嫁，只要能养活她就行。杏花父母做杏花哥哥的工作，还偷偷安排两对男女相了一次亲。那姑娘比她哥利索，一来二去，杏花哥哥的心就活了，便于夏天成了亲。俗话说，一树瓜果有酸甜，一母所生有愚贤。杏花不明白，那男的怎么比嫂子差那么多。不但愚钝，人长得也寒碜，说话闷声闷气的，还长了一脑袋阿Q一样的癞疤疮。杏花打心眼里不喜欢他，却无可奈何，思前想后，只能认了命，心里委屈了却从不说出来。杏花的婚事双方说好了，过了新年，春节前就结婚。开始杏花妈说孩子小，再过一年才十六岁。坝上那家见杏花聪明漂亮，十里八乡难找，担心夜长梦多，咬着这个条件不放，为此又答应接人时再给两麻袋莜麦。还是杏花有主意，说早晚还不是那么回事儿，事情就这样定下来了。哥哥结婚后，总觉得别扭，自己在西山根白桦林边盖了两间草房，一结婚就搬过去了，很少到这边来。

眼看快到年根了，杏花妈知道杏花内心不如意，担心她心活，说好的事再节外生枝，没法收拾，便不怎么让杏花出来。金叔一边说着，一边抡着斧子"嘭嘭"地砍木头，木屑四溅也不眨眼，眼角却向我瞟了瞟。我下意识地低下了头，用手压了压头上的皮帽子，似乎这样就可以挡住他的目光，把什么遮得更严实些。

坝上的天说变就变，上午天空还是碧蓝如洗，白云如雪，一片片、一丝丝在桦树尖上飘浮的阳光，暖暖地抚慰着人们冰凉的面颊。午后便阴了起来，从坝上吹来的风一阵阵地叫，开始是零星的雪粒儿，不一会儿便大雪崩腾。鹅毛般的雪片铺天盖地而来，桦树上挂满了雪，不停地随风扑落。大家很快都成了雪人，眉毛、胡子上挂满了冰凌，身上的雪刚抖落一层，又落满了一层。队长向北边的天空望了望，见雪越下越大，根本没有停下的意思，便叫大家提前收了工。

下了山，沟里路上的雪很快没了我的腰，遇到洼地几乎到了脖子。我个子矮，在雪地里拔不出腿，只能跟着大人蹚出的道走，有时甚至用整个身体往前推。遇到特殊的地方，我用小板斧边劈边走。

走着，走着，我便被大人甩在后面。一路上心里还不停地想着杏花的事情，一阵比冰雪还冷漠的凄凉和忧伤从心底涌出，我的身和心全部凉透了，脚下渐渐没了力气。大人们开始没在意，回到杏花家的时候，见我没有回来，有些着急，便叫砍伐队里一个二十多岁的小伙子返回去接我。杏花听说了，也叫上她家的黄狗一起去。杏花妈听人这么说，没有阻拦。那小伙子到了村南头，说到村里有点事儿，让杏花先去接我。那时天已经晴了，渐渐西坠的太阳血一样红，把西山顶上的云染成了片片彩霞，像火一样在燃烧，却感觉不到半点暖意。北边坝上的天空异常澄澈，映得雪野异常明亮。我忽然远远看见雪地上冰雕玉铸般的白桦林边有个红点儿在跃动，像一颗跳动的樱桃。开始以为是狐狸，还纳闷刚刚下过这么大的雪，动物一般是不敢出来的。去年下大雪，我和哥哥上山打猎，惊起的几只兔子跑不了多远就被我们捉住了，在一个大雪窝子里居然还追到了一只小鹿。像今天这样大的雪，动物们早就在避风的地方躲起来了。红点渐渐近了，我才看清那是个人，后面还跟着一条狗。那天，杏花穿了一件红色带条纹的棉袄，头上戴了一块大红的方巾，在洁白的雪地里，犹如鲜亮的水面上绽放的一朵红莲，又像一大片白云里缓缓飞翔的一只红色大鸟。她远远地喊着我的名字，小狗也跟着叫。我一开始还很惊喜，转念便想到了杏花的婚事，心灵就像春天刚刚萌发的种子突遭一场倒春寒，立即蔫了回去。杏花的呼喊不能再唤醒我内心的喜悦和萌动，一想到她再过几天就要走，就感觉眼前这个人已经很遥远了，杏花的声音也像从山的那边传来的。她走到我跟前，我把所有翻腾涌动的话都咽到肚子里去了，甚至不敢再多看她一眼。她见我这样，也不再言语，似乎知道我知道了她的事情。我想说的话，她都知道，又何必再说呢？她想说的话，我也都知道，又何必再听呢？不谙人事的小黄狗不知道是不是看透了我俩的心思，抬头看看她，又跑过来看看我，随后汪汪叫了两声，惹得杏花浅浅笑了一下，算是略略打破了这冰冷僵硬的气氛。

接下来一段时间，我刻意回避着杏花，杏花也似乎躲避着我。当我感觉她也在有意回避我时，便把心灵的窗户封得更紧了。早上走得更早，晚上回来得更晚。白天拼命地干活儿，对杏花家的事也不再好奇。过了几天，我失魂落魄的状态略略平稳了一些，内心深处却积下了许多幽怨、迷茫，郁郁不得舒放。正如大山里的雪，一旦下得多了，便不会化了。外面一层结了薄薄的冰，反射了外面的阳光；里面的雪略低一些，却更加细密结实，严严地覆盖着苍茫的大地。大雪给砍伐带来了一些困难，也给我们带来了便利。没雪的时候，我们伐倒截开的桦木必须两人一组抬到山下；有了厚厚的雪，我们便可砍掉树头树枝，轻轻一推，让木头自己滑到沟里。有时倒下的树还没来得及砍树枝，便沿着七八十度的陡坡箭一样射出去，激起团团雪雾，像箭，又像剑，气势逼人。有时木头撞在树墩儿上，就听咔嚓一声，从头到尾劈个粉碎，洁白的木屑如硕大的雪花般漫天飞舞。一些大的木片儿伴着雪浪一下子被激到半空中，如绽放的烟花四处飘散，惊得山谷里的小鸟发出阵阵惊叫。前些年，我到青藏高原，在雪山脚下偶遇雪崩，惊得同行人目瞪口呆、魂飞色变，我却觉得其壮观气象未必胜过那时大雪放木。

其实，这对于砍伐队员来讲是潜伏着危险的，没想到这灾难便降临到我身上了。

那一天，天仍旧是瓦蓝瓦蓝的，云仍旧是雪白雪白的，杏花家的大公鸡仍旧清脆地唤来了大山的黎明，我们仍旧天不亮就进了山。没几天就过年了，大家情绪很高，都盼望着早点儿干完活回去。只有我一直心事重重，闷闷不乐，干活时也不再和金叔聊天了。他偶尔还想拿杏花跟我开开玩笑，见我一点开心的样子都没有，便不再提了。

通常，我们砍树时，上面的人每当快放倒树时，都要冲下面的人吆喝一声："倒了噢！"以便引起注意。有个人见我不说话，便想开玩笑逗逗我，树倒不倒都故意喊一声，我和金叔便迅速跑开，却不见树倒下。喊得多了，知道他在玩"狼来了"的游戏，便不再理他，继续干手里的活儿，想心中的事儿。当又一次喊声响起时，我和金叔没在意他语调的变化，谁知话音刚落，便有一棵大树径直朝我们压来，轰的一声倒在地上，继续往下冲。我毫无防备，金叔见势不好，用力推了我一把，纵身跳开。这大树卷着雪浪，如列车般紧挨着我身边冲过，树干没有撞着，枝条却重重地抽在我的后背上，把我打了个大跟头。我挣扎着站起来，胸口翻起一阵热浪，"哇"的一声，一大口鲜血从嘴里喷涌而出，身体重重地栽在雪里，后边的事情便一无所知。

等我对这个世界微微有感觉的时候，已是晚上七八点钟。仿佛突然一下子从一个什么地方回来了，身体没有气力动弹，却能意识到它的存在，知道它还在继续负载着我的精神。眼睛睁开了，看到的人和物却都像从早晨阳光融化了冰凌的玻璃窗看出去的一样，什么都是流动的、变形的、模糊的；听到的声音也是飘忽不定，忽远忽近、忽高忽低的。隐隐约约看到杏花妈在给我喂粥，杏花也在旁边，不时给她妈拿东西，还是穿着雪地里那件鲜亮的红棉袄，红头巾系着脖子，披在肩上。我还听见队长和金叔低声地说："这孩子能吃了，没大事儿，明天别让他上山了。"过了一会儿，我又昏睡过去，眼前的这些人，周围的事物，一个个溜进迷迷糊糊的梦里，杏花好像也在，又好像不是她。

第二天，我被从那块玻璃射进来的一缕阳光照醒了，真没想到杏花家屋里的阳光是那么温暖明亮，照得满屋都是，一片光明。我抬了抬手，伸了伸脚，都很听使唤，头脑也非常清醒，侧耳听了听，外面的世界静悄悄的。万事如昨，好像什么都没发生似的。仔细品味一下，又感觉万事如初，一切都是刚刚发生的样子。镶在窗玻璃的那幅画，依旧是高高的白桦树从雪地上拔地而起，枝头直刺天空，仿佛是一种精神向太虚飞升，给人一种亘古如新的感觉。我避开耀眼的光线，侧身向墙，又眯上了眼睛，静静地回想着昨天的事情。蒙眬中听见有人在低低地唤我，我仔细辨了辨，听出是杏花的声音。我不知道她什么时候来的，慢慢扭过头朝地上搜寻，蓦然出现在眼前的图景让我惊呆了：只见杏花直直地站在地上，一丝不挂，看我转过头来，便一语不发，两只清澈明亮的眼睛平和宁静地注视着我，没有一丝羞涩，没有一丝做作，更没有一丝惊慌，一切都显得那么自然和谐。从窗玻璃射进来的那束阳光正好打在她的脸上，光彩夺目。我也一下子镇定下来，大胆注视着眼前的一切，不再逃避，不再掩饰。心中有千言万语，却一句话也说不出来。时间静止了，空气凝固了，我的心怦怦地跳个不停。忽然，从窗子外面的杏树上传来一只大山雀的叫声，清脆婉转，屋内的阳光和空气似乎被拨动了一下，微微颤动，宁静和沉寂被打破了。杏花听了，微微怔了一下，似乎意识到了什么，便从容地收回了与我交融的目光，缓缓转过身去，掀开门帘出去了。

中午我出去，见杏花在院子里扫雪，身上仍然穿着那件红色的棉袄，系着那块红头巾。见我走来，她停下扫帚冲我浅浅地笑了笑，没有一丝异样的表情，好像什么都没发生一样。我却像做错了事的孩子，一句话也不敢说，匆匆走开了。

第三天上午，我在家里休息了一段时间，吃了杏花妈热过的饭，活动活动身体，感觉差不多了，便拿了小板斧上山干活。走出村南口一里多地，看到杏花家的小黄狗正追着一群小鸟在雪野里乱跑。正疑惑间，却见杏花从一棵大白桦树后转出来，正正当当地站在路中间，挡住我的去路。雪野红装，昨天那幅画面又呈现在我眼前。杏花的红头巾和鲜亮的红棉袄上沾满了灌木丛中的雪，眼睛还是那样平静自然地看着我，仍然是一言不发。我心里乱七八糟地展开了自我对话："还说什么呢？不是你自己要去的吗？不是早晚都要去吗？"嘴上却是一句话都不想说，便从身边那棵高高的白桦树边绕过去，继续往沟里走。许久才回头望了一眼，哪里还有杏花的影子，小狗也不见了，只有那棵又高又大的白桦树还在呼啸的北风中挺立着。树干和雪一样白，黑色斑块形成的图案像极了杏花的眼睛，宁静平和，却透露着深邃的幽怨，清醒而神秘地看着这个世界。

我哇的一声哭了起来，空谷回响，雪野苍茫。

第四天，天不亮我就跟大人进山了。回来听说，上午那个坝上男人赶着牛车来了，果然卸下了两大麻袋莜麦，然后小心翼翼地把杏花扶上车。要走的路很长，饭也没吃就走了。杏花还是穿着那件鲜亮的红棉袄，系着红头巾，一声也没哭。杏花妈也没哭。哥哥没有来送她。那男人头上戴了顶皮帽子，没人看见他头顶的样子，或许那疮早就长好了吧！

艺术家讲完这个故事，已是灯火阑珊、星斗满天。千家万户渐渐沉入梦乡，我俩却像是恍然从一个梦境里出来，兴奋地交流着梦幻般的感受。天空中那一颗颗没人在意的星星，似乎越来越亮，不停地透过窗子向我们送来神秘的光芒。我不知道艺术家那"遥远的白桦林"到了哪颗星星上，杏花后来的故事又到了哪颗星星上，而我们此时此地的生命场境又会飞到哪颗星星上呢？

雪境山庄

那年三月,一个风和日丽的清晨,我和雪澜游避暑山庄,在湖畔偶然遇见了童年的山花燕。我的脚步和目光被她那身斑斓鲜亮的羽毛和轻轻颤动的小尾巴牵动着,从水面的芦苇到岸边的石头,从亭角的飞檐到山坡的树丛,追拍了很长时间,将她那美丽的身影永远地留驻在我的艺术时空里。一年来,这只可爱的小鸟一有机会就在我的心田里跳动着,鸣唱着,时时激起一丝甜甜的、凉凉的感觉。她那婉转悠扬的歌声宛如杏花姐姐的山间小调,又如老屋草脊上随风飘动的炊烟,轻轻地撩动着我童年的回忆。我多次向雪澜讲述这个独特的心灵感受,盼望着来年春天再游山庄。

盼望着,盼望着,又一个三月在盼望中姗姗走来了。

早晨,天刚蒙蒙亮,我便带了长焦镜头,从梦中唤醒了雪澜,穿过淡淡的幽暗,直奔山庄。晨风清冷地吹拂着面颊,浑身凉凉的,心底却涌动着阵阵兴奋。

进了山庄,依稀寻着去年的路径往前走。天虽已亮了,却灰蒙蒙地阴着,满湖山一幅荒寒寂寥的景象。春意乍现,冰河初解,素洁萧疏的冰面隐隐透露着融融生机。靠近岸边的地方,东一片、西一片,断断续续地融成了淡黑色,恰如一张偌大的宣纸上润出的几块淡淡的墨痕。这景象，让酷爱国画的雪澜激赏不已。踏上长堤，天更加暗了，隐隐约约感觉到发际和脖颈凉丝丝的。仰面环视云天，才察觉到那银屑般的雪粒已若有似无地下了起来。纤柔的雪，像一个刚刚来到陌生环境的小女孩，生怕惊动了谁，偷偷地往下撒，东一颗，西一粒，一到地上便化作水痕，悄悄地将身子隐在各种东西上。可不一会儿，她的胆子便大了起来，粒粒银屑变成丝丝白线，轻柔地在空中飘舞，冰面上很快就盖了薄薄的一层，雪澜那猩红的披肩也变得斑斑驳驳了。雪澜一见到雪便兴奋起来，一种新的感觉也蓦然在我心底萌动着。

过了长堤，那个害羞的小女孩变成了开朗的大姑娘，银屑连成的丝线变幻成了一瓣瓣晶莹鲜润的梨花，大大方方地往地上铺，茫无涯际，无拘无束。转眼之间，大地上的一切都成了她的地盘。刚才还攒三聚五、咿咿呀呀地在各个角落晨练的人们，避雪如仇，急急奔去。环顾四周，这个世界上最大的皇家园林旷荡萧疏，空无他人。我和雪澜却融在了张岱《湖心亭看雪》所描绘的那个"雾淞沆砀，天与云与山与水，上下一白"的境界之中了。

下了大石桥，上了小山坡，瓣瓣梨花换成了片片鹅毛，一片大似一片，一片追着一片，任着自己的性子尽情地塑造着这个世界。我和雪澜都成了斑驳的雪人，心灵的原野也毫无遗漏地被雪覆盖了，一派自由清新、空灵冷逸的气韵充盈胸间，随着这漫天的大雪一起飞扬，一起流荡，一起歌唱。

一下小山坡，便来到去年遇到山花燕的地方，却连一个鸟的影子也见不到。雪下得更大了，我和雪澜仿佛闯进了蒲松龄《娇娜》所营造的那种大雪崩腾的境界之中。先前的雪姑娘幡然变成了叱咤风云的女剑侠，把高空中无数个雪峰砍倒，大雪轰然滚落下来，不分青红皂白，了无章法，劈头盖脸地往下泻。数武之外，不辨马牛，顷刻之间，已没膝盖。雪澜兴奋地欢呼着，跳跃着，从各个角度、以各种方式拥抱着雪；品读着雪，装扮着雪。我则激动地用相机凝固着雪澜和雪所创造的一个个精美绝伦的瞬间：一会儿是临流沐雪，一会儿是回眸笑雪，一会儿是仰天迎雪，一会儿是舒臂拥雪，一会儿是醉态吻雪，一会儿是依依远去的踏雪寻梅，一会儿又是迷迷茫茫的风雪夜归……一幕幕、一幅幅，仪态千姿，风情万种。

雪停的时候，雪澜便抖落猩红披肩上的白雪，将它铺在一棵铁干横斜、琼枝扶疏的杏树下，侧卧在一尘不染的雪地上。好一幅美人卧雪图！我透过镜头，静静地品读着这幅撩人心魂的图画，脑海里蓦然浮现出一首小诗，便轻声吟诵起来："大雪满深山，美人林中眠。幽禽唤未醒，月光轻拂面。"

月光是没有的，幽禽在哪里呢？突然，镜头里的雪澜急切地竖起一根手指，放在唇边轻轻地"嘘"了一声，然后朝着斜上方小心翼翼地指了一下。我顺着她的手指看去，眼前的另一幅图画让我的心激动得快要跳出来：大小两只山花燕真真切切地蹲在杏枝的空白处，雅洁恬静，相映成趣。大的斑斓艳丽，娇波流慧；小的素雅淡洁，秋水传情。大的不停地梳理着被雪浸湿了的羽毛，小的时不时啄一下枝头的白雪，二者偶尔对视，像在询问着什么，又像交流着什么。她们的周围，瑞雪盈枝，条条嵌玉；花蕾半露，点点殷红；透过枝条，亭台依依，湖山隐隐。我不敢相信自己的眼睛，思绪也陷入困惑迷茫之中：她们是在这里等我和雪澜吗？她们是嫌去年展示给我的图画不够美丽，又来这雪野中重新创设境界吗？她们是刚从江南飞来，惯熟了细风软雨，躲在这里避雪吗？万万没想到，在这旷荡冷逸的山庄中，两个小精灵竟然以这种

方式悄无声息地和我，和雪澜和我，和雪和雪澜和我在一起！这是怎样难得的千年一遇呀！我和雪澜屏住呼吸，凝视着这幅绝世离尘的双燕雪栖图，完全沉浸在一个自由自然的人生境界之中了。

太阳出来了，雪境像梦一样渐渐散去。晨练的人陆陆续续多了起来。没过多久，山庄便游人如蚁、声如噪雀了。我和雪澜则避人如仇，匆匆离开，将雪后的山庄留给了他们。

晚上一个人静静地躺在山庄宾馆的床上，一边体味着当下雪夜读书的心灵感受，一边回味着今晨山庄雪境的精神快乐。墙外夜幕下的山庄，万木萧萧，声如涛涌。我望着窗外满天细碎的星星和一尘不染的月亮，心思悄悄离开了书中的文字，飞到山庄湖畔那个小山坡上，开始了心灵的遐想：山庄这样静，月亮这么好，雪厚厚地盖在林间的空地上，那对山花燕还栖息在白天的杏枝上吧？雪澜该入睡了吧？说不定此时正和我神游于山庄的雪月梦境中呢！想着想着，漫游的思绪越走越远，渐渐沉浸到那个境界的深处去了。

第二天醒来，静静地回味，发现梦境的确更美，却与原来想的不一样，像写意画变了形，情节也朦朦胧胧的，如诗句拼成一般。

唯恐灵感消逝，我赶紧翻身下床，追记如下：

雪一样的人儿，

是夜空中的月亮。

微风吹动着月亮，

散作细碎的星光。

天空摇动着星光，

化作雪花飘落到大地上，

每一片雪花都带着那人儿的芬芳、那人儿的向往。

不信，你看那沐浴着簌簌大雪的人儿，

激动得仿佛回到了阔别已久的家乡。

人儿一样的雪，

是仙女的衣裳。

微风吹动着衣裳，

化作白云的模样。

相思揉碎了白云，

化作雪花飘落到大地上，

每一片雪花都闪耀着自由的精神、灵性的光芒。

不信，你看那人儿手捧着的雪花，

娇润得仿佛仙女做了大地的新娘。

雪一样的人儿，

人儿一样的雪，

在这初春的荒野上，

都像花儿开在我心田一样！

母亲的世界

母亲离开我们已快两年了，带着她的世界渐渐消逝在远方。思念她的时候，我便唤醒记忆的力量，插上想象的翅膀，溯着时光的足迹，打开尘封的大门，凝视她一生的模样。清醒的时候，母亲的世界像水中的影子，随着微风涌起的波浪，在我的精神海洋里变幻飘荡，时而朦胧，时而鲜亮；时而静谧，时而飞扬；时而写实，时而夸张。在梦中，它更像一幅写意水墨长卷，气韵生动，神秘空灵，氤氲和畅，仿佛浸透着泠泠的月色，融合着淡淡的忧伤。有时我又想，母亲的世界也许从未远去，它就隐藏在某些地方。只要我们激活灵性的光芒，就能穿透那神秘的帷幔，跨越时空的微茫，以另一种方式回到她身旁，重新感受生命的现场，体验人生的温凉。

母亲活了九十二岁，居然活出了燕山深处那个小山村几代人中最长的时光，就像村东那条弯弯曲曲的小河，流淌着她生命的浪花，涌动着大千世界的万般景象；还像一棵冬日荒野中的白桦，任大雪埋藏了黄叶，任雨雪洗去了铅华容光。时代变迁，社会动荡，人生遭际，历史沧桑，都一一镌刻在她生命的年轮上。

母亲出生于 1930 年，像那个时代的很多农村女人一样，没人叫她的名字，也没人在意她叫什么名字。有一次，我在她的一张

20 世纪 50 年代的社员证上发现了"彭井贞"三个字，问她对吗。她停下手中的针线，略略怔了一下，默默抬起头，看着窗外推了一辈子的石磨，微微叹了口气，然后缓缓转过脸，冲我浅笑了一下，算是认同。她说，几十年了，第一次听见有人叫她的名字，感觉很稀罕，很奇怪。小时候没有起名，父母叫她"丫头"，村里人也跟着这样叫。她出生后不到两岁，靠给人打短工养家的父亲赌钱输掉了两间草房，全家便在一个大雪纷飞的傍晚，搬到村北狭呆沟中一个名叫大羊草沟的沟岔里生活。那地方荒无人烟，姥姥、姥爷、大舅和母亲一家挤在一间别人看庄稼的窝棚里，一住就是八年。那条沟，我小时候捡蘑菇、刨药材、采山杏时偶尔去过，路窄沟深，来回要大半天时间。前些年我回家乡，又特意去了几趟。眼睛扫描着山间的一花一草、一石一树，脑海里不停地还原着母亲当年的生活场景，思绪起伏涨落，久久不能平静。我劝母亲也去看看，她连连摇头说："这辈子再也不想去那个破地方！"

以现在人的眼光看，那地方不但不破，而且是个洋溢着诗情画意的好地方。因为山路陡峻，连牛车、马车都进不去，村里人很少到这条沟砍柴伐木，所以丛林蓊郁，溪流纵横，生态环境哪条沟也比不上。阴坡到处都是白桦树、山杨树、大松树、蒙古栎，大都有二三十米高，遮天蔽日，人钻进去望不到天空和太阳。阳坡长满了漫山遍野的山杏树和映山红，春天花开如雪如云，秋天树叶五彩缤纷，如画如霞。山间还散落着野梨树、山丁子、野葡萄、山核桃、山里红等各种野果，果子熟了，盈盈满枝，清新酸甜，让人流连忘返。沟里有一条小溪，常年流水不断，三五成群的小鱼往来倏忽，怡然自得。这条沟约有二三里长，在一半的地方又

分成东西两岔，母亲当年住的窝棚就搭在两条沟岔合拢处的半山腰上。八九十年过去了，当年的窝棚早已踪迹皆无。母亲记忆中门前的那棵小白桦，如今已长成了一抱粗的参天大树，洁白的枝条像一只只臂膊，伸向碧蓝的天空。听母亲描述，即使作为窝棚，它也属于最简陋的那种，只是逆着坡势，平直着向山里挖了一个敞口的大坑，边缘垒上石块，在上面搭个木架，苫上野草，就算弄好了。屋里空间狭小逼仄，灶台和土炕连在一起，大人连腰都直不起来。连雨天的时候，不但四处漏雨，而且顺着山坡流下的水直接就灌到屋里，一片泥泞。雪大的时候，积雪有一两米深，常常把柴门堵住，一家人只好蜷缩在里面等着雪化，连着好几天挨饿受冻，苦不堪言。下山的小路有百余步，通向山脚的一眼清泉，泉水充盈清冽，泉边用几块大石头砌成方形，便成了水井。井石光滑斑驳，感觉年代很久远。母亲说，这眼井在她们搬去之前就有，可能很多年前有人在这条沟居住过，但一直没有发现什么遗迹。当年沟底那几块地早已没人愿意耕种，渐渐荒芜了，如今已是满目蒿草，灌木丛生。这条沟还有一个特点，就是野生动物特别多。我去的几次都是兔走雉飞，鹿跃狐奔，生机勃发，俨然一个野生动物园。母亲住的那年月，还有猞猁、山猪、野狼、豹子等猛兽，夜里常常听见它们在林子里吼叫，偶尔也会从窝棚门前的那条小径走过。见得多了，小孩不知道害怕，大人知道厉害，看得很紧，母亲和舅舅都没有遇到什么大的危险。

我常想，这地方与世隔绝，原始自然，比鲁迅童年那个"百草园"不知要丰富、复杂、有趣多少倍。一个天真烂漫的孩子在这里度过童年，该有多少神奇故事和美好回忆啊！可事实上，我几乎听不到母亲半句赞语。问得多了，她只是平淡地说："家里那么穷，吃了上顿没下顿，哪有什么心情看风景啊。"又说，"冬天从来没盖过被子，全家只有一件棉衣，姥姥、姥爷只能轮着穿出去，我和舅舅整个冬天只能待在窝棚里，围着屋地上一堆火取暖，你说的那些哪顾得上啊？"我明白母亲的心境，极度的贫穷限制了她的感受力，切割了她的注意力，而知识的匮乏也束缚了她对过去岁月的还原力。

前些年，我从网上看到几张反映华北北部 20 世纪 30 年代山村生活的照片，其中有一张，令人触目惊心，阵阵酸楚。照片中，一个中年妇女全裸着上身蜷缩在一间草房里，惊恐地看着外面，两个五六岁的孩子头发蓬松得像一堆乱草，几乎光着的身子紧紧依偎在妈妈身边。我蓦然想起了母亲在大羊草沟的日子，一下子明白了这可能才是她那些年真实的生活画面。什么春暖花开，什么小溪潺潺，什么大雪妖娆，什么秋山烂漫，全部和她无关。我迅速以这张黑白照片为基调，在脑海中重新构造了母亲当年的生活场景：饥饿、寒冷、灰暗、破败、危险、痛苦，这应该是母亲童年世界的真实写照。世界还是那个世界，但与母亲生命关联的世界不是一回事，与我所想象的大羊草沟的世界也完全不同。多元的世界因不同人的观照和感受而大相径庭，难以融通。

母亲十来岁的时候，家境略略有些好转，姥爷回到村里盖了两间草房，全家又搬了回来。生活虽然依旧艰难，却总算有了一个像样的住处。然而没几年，母亲的童年时光就结束了。她十三岁的时候，父亲家以两块山坡地将母亲换来当童养媳。父亲是三代单传，从小娇生惯养，念了私塾，还学会了抽大烟。整个家庭属他最小，大人都宠着他。他家虽然也不富裕，却比母亲家好得多。几十亩山坡地，还有一大沟林子，足以维持自给自足的温饱生活，不用给别人打工。母亲说，父亲和她同岁，那时也是一个不懂事的孩子，当不了家，事事全听爷爷的，根本不把她放在心上。她那时年纪小，身体弱，心眼也不全，很多家务都不会干，整天任人打骂，像牛马一样干活，像鸡鸭一样生活，不敢有半句怨言。稍有不满和抗争，爷爷就嚷嚷着要把人退回去。"拿人家手短，吃人家嘴短。"一到这个时候，姥姥、姥爷只能叹气，劝自己孩子忍，为了生存，打掉牙也得往肚子里咽。母亲说，其实爷爷心眼并不坏，他吃斋行善，就是耳根子软，脾气急，其他方面也还行，比父亲强。只是那个瘫子后奶奶心肠歹毒，心理阴暗，整天变着法子折磨人。她自己不能生孩子，生活不能自理，嫉妒成性，又极度缺乏安全感，总怀疑别人要害她，常常主动发起攻击。有一次受她挑唆，爷爷怒火中烧，见母亲从地里干活回来，一脚门里一脚门外，不问青红皂白，抄起油灯就朝母亲头上砸了过去。母亲没防备，咚的一声正中太阳穴，顿时血流如注，晕倒在地，整整过了一天人才醒过来。命是保住了，从此落下了头晕病，着不得急，生不得气，一年要犯好几次。父亲有个姐姐，小时候发烧烧成了聋子，孩子们都叫她聋姑姑，她聪明善良，倔强刚强，最疼父亲，也同情母亲。母亲挨打时，她看见了就拼命护着，一着急就哇啦哇啦喊个不停，为此没少挨爷爷的打，却从不服软。母亲和父亲十五岁时，按当地习俗正式成亲。村里长辈告诫爷爷："孩子圆了房，成了你儿媳妇，和以前不一样了，要打也只能由她男人打，你当老公公的再打就会被别人笑话了！"爷爷听了这话以后就很少打母亲了。

母亲十七岁那年生了大哥，觉得生活有了盼头，爷爷家的人对她的态度也有了改变。没几年，后奶奶死了，两个姑姑也出嫁了，家庭关系简单，母亲的处境又好了些。爷爷信佛一度痴迷，曾跑到几十里外一个野山洞里住着不回来。据说洞里住着神仙，人在里面修炼好了，也可成仙。爷爷吃素，母亲从小也跟着姥姥吃素，后来她生的六个孩子也都吃素，十分严格，全家只有父亲是个例外。母亲的说法是："今生吃，来生还；吃四两，还半斤。"我小时候对此笃信不疑，不敢越雷池半步。在我的记忆中，尽管生活贫困，家里却一直有两套饮具和餐具，严格分开。大哥和三哥养成了习惯，一直到现在绝不能沾半点荤腥。这仅存的硕果，常常让晚年的母亲感到自豪和欣慰。我是十五岁到承德读师范时才开了戒。记得刚到师范上学时，误吃了食堂菜汤里一片白白的肥肉，初不知何物，以为是豆腐，一口吞下，异香无比，十分纳闷。有个同学见了，笑得前仰后合，说那是肉。闻言，我的脑袋顿觉轰隆一声，精神世界被击得粉碎，残片四散飘落，整个人也仿佛坠入无底深渊之中，万劫不复，万念俱灰。那种毁灭感、负罪感、羞惭感像种子一样在生命中深深埋下，成了我心底永久的痛。寒假回来，母亲得知，非常伤心，一边嗔怪，一边叹惋，最后无奈地说："既然吃了，就别忌了，也是命该如此！"

母亲的善良和隐忍在小村是出了名的。我觉得除了本性之外，可能与她童年在大羊草沟所经历的苦难有关，与在爷爷家当童养媳所遭受的磨难有关，也可能与她的精神信仰有关。三哥则说，母亲的善良是天性，不图回报，不求理解，也不是从哪里学来的。有一次，母亲出门路过一片邻村的庄稼地，一抬头，猛然看见两个五六岁的孩子趴在井沿大石头上，用柳条戏弄小鱼，掏石缝里的鸟窝，叽叽嘎嘎，兴奋得不得了。母亲吓得赶紧跑过去，一只胳膊夹一个，将两个孩子迅速抱到了安全地带。母亲刚转过身，这两个孩子又嬉笑着跑回了井边，仿佛跟母亲做游戏似的围着井边转圈。母亲费了好大劲才将两个孩子再次捉住，带离了那块庄稼地。谁知母亲没走多远，两个小家伙又赶了回来，母亲怕出事，只好转身再去追。如此反复多次，眼看晌午了，他俩却一点回家的意思都没有，继续和母亲来回周旋。母亲朝村口大声喊了好多次，也没人应答。怎么办呢？撇下不管可能会出人命，就这么守着也不是个办法。母亲突然灵机一动，捡起一根树枝，佯装发火的样子，挥舞着朝这两个孩子追去。这下他们真的害怕了，吓得一溜烟似的朝村子跑去。母亲不敢放松，一直追到他们家里，见到了家长，说明了情况，才放心赶自己的路。

在我的印象里，无论是在家里还是与邻里相处，母亲处处为他人着想，总怕别人吃亏，唯恐自己占便宜。在那个物资极度匮乏的年代，无论什么样的亲戚来，她都会把家里最好的东西拿出来招待；而邻里无论什么样的人到家里来，只要赶上吃饭，她宁肯自己不吃，也要让他们吃。村里来了乞丐，几乎家家不理，呵斥轰赶，却总能从母亲那里讨到东西。有一个从小失明的老人，没有家，靠一根竹竿探路，以说大鼓书谋生，孤苦伶仃地生活在永远黑暗的世界里。他长年累月在附近几个县流浪轮转，说到哪，吃到哪，住到哪。转到我们村没人收留，只有母亲不嫌弃，让他住在家里，给村里人说书，一住就是十天半拉月。母亲说："天无绝人之路，绝路的都是人。盲人总得有人可怜啊！再说他又不白吃饭，孩子们听听书，不是也可以学到东西吗？"现在回想起来，我的启蒙教育还真是从听他的大鼓书开始的。遥想当年，那一个个生动的故事、鲜活的人物、迷人的形象，给凄苦荒寒的童年岁月增添了一抹温暖和亮色。在家里，母亲总是最后一个上桌吃饭，剩什么，吃什么，常常挨饿，却听不到一声抱怨。听妹妹说，母亲七十多岁时被一辆飞驰而来的三轮车在村口撞倒，人事不省，被村里人抬回家里，幸无大碍。她醒来对那个人说："没事，你走吧！"过了几天，那人提着东西来探望，被母亲拒绝。那人提着东西往外走，妹妹送他到大门口，正碰上父亲回来，那人便将东西交给父亲。母亲见状，又让妹妹追上退了回去。父亲不解，母亲说："又没撞坏，占人家便宜干啥？白占便宜不是好事！"她的这些品格，以我长大后认识的那么多人、经历的那么多事做参照，可以说简直到了圣徒的境界，没有半点虚伪和矫饰。一个人对家人、他人和社会的无私，怎么会真诚和纯净到这种地步？这一点我过去不理解，现在仍不太理解。我甚至固执地认为，母亲这样的人，过去没有，现在没有，将来也不易有。

大哥刚出生不久，村里闹起瘟疫，接连死了好几个小孩。最早是从邻居王家开始的，他家的大儿子没病几天就死了，村里接连又有几家孩子病倒。有人找算命先生看了一下，说是王家孩子死的日子不好，"犯呼"，弄不好村里会一个接一个地死小孩。果然，没过几天，村里开始接二连三地死孩子，一时间人心惶惶。一到晚上，家家户户早早熄灯睡觉，不让小孩出去玩。有的人家还用被子把窗子蒙得严严实实，不透一丝光亮，以免被鬼魂发现。然而，该来的总还是要来。很快大哥就病倒了，一连好几天汤水不进，昏迷不醒，全家急得团团转，一点办法都没有。母亲把那个算命先生请来算了一下，说王家孩子棺材头的朝向冲大哥的命，必须把棺材挖出来，转个方向才能免灾。王家听说了，放出话来：谁要是敢挖他家的坟，立刻扭送官府，绝不轻饶。他家还常常派人守着，爷爷和父亲不敢动他家的坟，不知如何是好。又过了几日，眼看大哥快不行了，爷爷和父亲不抱什么希望，开始准备后事。母亲流着泪对爷爷说："不行！既然有法子，就是豁出命也要救！"

于是，母亲天天留心观察着王家人的动向，横下心来要去移王家的坟。机会终于来了。在一个天阴得像黑锅铁一样的傍晚，母亲看到王家人一个个全都回来了，便偷偷叫上十二三岁的远房小姨，拿了锹镐出发了。王家的坟地在日本鬼子"聚家子"（即将山沟里的住户全赶出来，集家并村，建"人圈"）之前老宅附近的森林中，离村很远，要翻过两座大山才能到，中间还要经过一道乱坟岗。村里人都说那地方常闹鬼，白天都很少有人去，晚上更是躲得远远的。

一路上，小姨很害怕，紧紧拽着母亲的衣角，寸步不离，像粘在一起似的。母亲不停地给她打气，还答应把自己新买的一块花布送给她。过乱坟岗时，母亲叫小姨把眼睛闭严了，牵着她的手，轻手轻脚地往前挪。两个人屏住呼吸，一句话也不敢说，生怕一不小心惊动了蛰伏在荒坟里的孤魂野鬼。母亲说，她也害怕呀，好几次心都提到嗓子眼了。"两个小女孩夜里往野狼、豹子、黑熊出没的大山里走，无依无靠，真有点事，叫天天不应，叫地地不灵，想起来真后怕。"那时，一声鹈鹕低吼，一道闪电划过，甚至一丝风声、几株草的晃动，都把她们惊出阵阵冷汗。突然，咔嚓一声闷雷凌空劈过，吓得小姨哇的一声哭出声来。母亲赶紧用手捂住小姨的嘴，心想，这要是让人听见，一切都完了。谁知小姨这一哭，反而把心中的恐惧释放了不少，仿佛那些隐藏在暗处的幽灵被惊得跑开了。

天阴得越来越厉害了，雷声隆隆地在东山顶上响，越来越近的闪电时不时地把整个山梁照亮。翻梁时，母亲和小姨迷失了搭梁小道，只能沿着大致方向，穿过荒草丛棘、攀上悬崖乱石往前闯，不知划出了多少血痕，摔了多少跟头。晚上七点多钟，终于来到小西南沟那片遮天蔽日的大森林中。还好，新坟刚埋不久，划了几根火柴照亮，很容易就找到了。以母亲和小姨的干活能力，挖到棺材不难，难的是两个人怎样把棺材抬出来，转个一百八十度的方向。那个死去的孩子虽然只有七八岁，但棺材却又大又重，两个人抬了好几次，纹丝不动。眼看大雨就要来了，母亲急中生智，和小姨贴着棺材下面，顺着山坡又挖了一个坑，然后两个人用尽全身力气，一个拖，一个推，一点一点地挪动棺材，调整方向，终于呼隆一声把棺材放进了坑里，接着又填满土，比照原样垒上一个新坟头。还没来得及仔细收拾复原，哗的一声，憋了一下午的瓢泼大雨劈头盖脸、不容分说地浇了下来。母亲和小姨慌忙钻出大森林，连滚带爬地往回跑，雨水、汗水混着血水一起往下流，心中的恐惧早已抛到脑后了。

到了家里，两个人像从泥水中爬出来的一样，披头散发，鼻青脸肿，血迹斑斑。一进屋，吓得家里人大惊失色，还以为闯进来两个女鬼。说来也奇怪，大哥的病第二天便有了好转，又过了两三天，已能跑出去玩了。王家人觉得奇怪，专门到坟地查看了一下，多亏夜里的大雨消泯了痕迹，他们虽觉得坟的位置有些不对，却没有什么确实证据，只好不了了之。听村里老人说，那波瘟疫夺走了村里十来个孩子的性命，大哥幸免于难，全赖于此。关于小姨，母亲提起来每每垂泪不止。她后来嫁到坝上一个更加偏远的大山沟里，好多年也见不上一面。小姨不到四十岁时，因与丈夫吵架，一气之下搬出卤水坛子，咕咚咚喝了个精光，倒在地上，再也没起来。

母亲一生共生过十个孩子，活下来的有我们六个，四个男孩，两个女孩。孩子一个接一个地出生，母亲的负担越来越重了。爷爷还是一心向佛，沉湎在他虚幻的精神世界里，母亲的信仰受他的影响越来越深。父亲只管干地里的活，其他什么都不管，也什么都不信。解放后大烟没得抽，只好抽旱烟，烟瘾很大，一天到晚烟袋不离嘴。家里的小院很少种蔬菜，全都种烟叶，母亲拿他没办法，我们也不开心。他还喜欢喝酒，但并不酗酒，多半是自己喝，喝完了就倚着被褥垛睡一会儿。孩子的事他也不管，很少见他抱我们，或陪我们玩一会儿。以我过去的观点看，他对孩子是没有父爱的。父亲去世后，细细反思起来，又觉得这事挺复杂，不像原来想的那么简单。

三年困难时期，爷爷、奶奶、姥姥、姥爷和大舅全部饿死了，我们家成了社会学意义上的核心家庭。全家只有父亲一个人吃肉，每次生产队按八口人分的肉全归他一人所有。村里人都说父亲最有福，人人羡慕；而母亲命最苦，人人觉得可怜。其实在母亲看来，物质上的贫苦都能忍受，因为再穷再苦也不会超过大羊草沟那八年；但精神上的痛苦却常常让她绝望，不止一次地想自杀。

她说，最早的一次就是当童养媳的时候。有一天她受不了爷爷家里人的欺负，跑回娘家，想让娘家人出出气，谁知反被姥爷训斥了一顿，并扬言："丫头活着我不管，要是把人弄没了，叫他们谁也活不成！"姥姥想安慰几句，看姥爷脸色不对，刚到嘴边的话又咽了回去，只好躲在一边暗暗落泪。母亲觉得活着实在没出路，便拿了根绳子跑到山里去上吊。家里有一只养了好几年的小黄狗，整天形影不离地跟着她玩，见她上山，便也蹦蹦跳跳地跟了出来，赶了好几次也赶不回去。那天黄昏，母亲顺着溪流往后沟里走，信马由缰，心乱如麻，一路上进行着激烈的心理斗争。两股力量来回拉锯，不停地在死和不死之间来回撕扯着，谁也战胜不了谁。到了半截沟，她顺着赶牛道折向南坡，爬到山顶，然后一道梁一道梁地沿着山势往西走。到了后沟最高的山峰上，终于停了下来，据说那地方是白仙（兔仙）居住的地方，有很多灵异故事发生。太阳已落下去了，晚秋的风阵阵生凉，母亲站在高高的山梁上，环视着这个无边无际的世界一点一点地向远方延伸，又一点一点地向她收缩，向她围拢。脚下的山巅也好像一会儿上升，一会儿下沉。往西望，是一片苍茫的远山；往东望，来时的路已渐渐沉浸在蔼蔼暮色中。彷徨踯躅之间，她一抬头，正好看见一棵白桦树的大杈子横在一道几米高的土坎上。风把大部分树叶吹离了树枝，铺了一地金黄，有几片仍在顽强地坚守着，被风儿吹得啪啪直响。母亲想："就这吧，挺好！"她爬上土坎，把麻绳挂在树上，拴了个圈圈，稍停了停，一咬牙，便把头钻了进去，然后往土坎下纵身一跃，身子悬在了半空。那几片残留在树上的叶子簌簌地落了下来，打在母亲飘落的花头巾上。正在这危急关头，一直蹲在母亲脚下观察动静的小黄狗，似乎终于弄明白了怎么回事，"汪"地叫了一声，跳到半空，紧紧叼住母亲的衣角，随着母亲的挣扎拼命地往下拽。就听"咔嚓"一声，树枝折断，母亲和小狗重重地摔下土坎，滚出老远。母亲醒来已是半夜，她静静地躺在家里的炕上，浑然不知什么时候被抬回来的，中间的事情更是一无所知。她听到一向固执的父亲在旁边赔不是，嘴里不停喊她的小名，就连一向心肠狠毒的后奶奶也絮絮叨叨说自己不对。后来听家里人说，母亲半天不归，爷爷和父亲感觉不对劲，叫了众多邻居满川满岭去找，却找不到人。天黑时，见小黄狗自己跑回来，围着父亲汪汪叫个不停，大家就跟着它找到了不省人事的母亲。有人说母亲上吊时系的不是套子，套子会越勒越紧，可能没等到树杈断，人气就先断了；也有人说深秋的白桦树经霜一冻，枝条变得又硬又脆，容易折断。可母亲总说是那条狗救了她。每次说起那条金黄色的小狗，母亲总是哀伤不已，因为它后来叼了村里人一只刚孵出不久的小鸡，被那人失手打死了。母亲说："那时小啊！知道不太占理，心里却特别憋屈难受，没敢找他算账。要是现在定不饶他。'叼你鸡赔你鸡，打死我的狗不行！'"说这几句话时，一向温和隐忍的母亲，脸上露出异常愤怒的表情，眼里射出锋刃般的光芒，这是极为少见的。现在一想到母亲，脑海中总会浮现出几个清晰的画面，这是其中最深刻的一个。

从此以后，自杀便成了母亲生活中的心理定势和路径依赖，一遇到生气怄气或想不开的事，便会萌生这种念头。我童年的世界总笼罩着这样一层可怕的阴影，夜里睡觉常常在梦中醒来，惊恐万状。那年月，农村妇女自杀身亡并不是特别稀奇的事。我有时还和小伙伴跑到出事的人家去看，既好奇，又害怕。看着那悲凉凄惨的场景，一想到有自杀习惯的母亲，心里阵阵惊慌，生怕有一天这幅可怕的画面会突然降临到我家。大姐说，20世纪70年代，她嫁到了邻村，大哥也在外地教学，大多数时间只有我们几个不懂事的小孩子在母亲身边，真是让人担心。每每家里有事，托人捎信儿让她回娘家，她一路上心便一直揪着，生怕一进门那幅可怕的画面突然映现在眼前。有一次，大姐偶然路过我们村，想回娘家看看，刚进村口，一个人惊讶地问她怎么知道母亲喝卤水了，顿时吓得她满脸煞白，那人见状忙说没事，喝得不多，缓过来了，大姐这才稳住心神。原来，前一天夜里大人都不在家，母亲又因白天怄气想不开要自杀，但又有些迟疑，便叫我和三哥去倒卤水。我们那时只有五六岁，懵懵懂懂，不知道是怎么回事，便一个端着灯，一个端着碗，将满满一大碗卤水递到母亲手里。三哥催她快点喝，我则疑惑地问了一句："娘！你把卤水都喝了，做豆腐用什么呀？"母亲苦笑了一下，没有回答，心里却翻江倒海。她看着两个不懂事的孩子眼看就要没娘了竟浑然不觉，实在可怜，不禁潸然泪下，心便软了下来，只抿了一小口，就一狠心将碗摔在地上，心里还暗暗吼了一句："我就不死，凭什么叫我死？！"随着碗碎声起，卤水四溅，一刹那，人也如梦方醒，自杀的念头烟消云散。母亲说，回想刚才的行为，自己都感觉糊涂荒唐。

还有一次，母亲和父亲吵完架，又朝山里走去，却没带绳子。我拽着妹妹悄悄地跟在后面，一直跟到一个大山尖上，看见母亲站在一块平整的大石头上四处瞭望。过了一会儿，她突然唱了起来。那曲调像是地方梆子，又夹杂着评书的说唱，还有点儿燕山民歌的味道，悲怆凄凉中透着几分苍劲、几分悠扬，内容全是倾诉自己心中的苦水和人生的苦难。我和妹妹从没见过她这样，担心她疯了，会突然从石头上跳下去，便从树后面跑出来，大声喊："娘，娘！"母亲见了先是一愣，然后平静地说："在这亮亮堂堂的大山尖上一唱，心里就舒畅了，过去也经常这样，没人知道。"

母亲晚年，我常常问她为什么动不动就要死，"你可知给孩子们心理上造成多大阴影吗？"她说："心里都知道，就是由不得自己，一生气总往那事儿上想，好像有股力量推着我往那条路上走似的。之所以没死，还不是看你们？一来担心我死了，这么多孩子没人管；二来希望孩子长大后会给生活带来新的希望。"直到许多年后，我回村里见到当年放牛、放羊、赶大车的几个老人，心里还非常感激，正是他们在日落黄昏的深山荒野中，把走向死亡之路的母亲一次次劝了回来。

母亲自幼没上过一天学，不认识一个字，但我并不认为她是一个没有文化的人。她最大的遗憾就是父亲和大哥不教她识字。我和妹妹长大后，想教她认认字，她说老了，学不会了，不学了。她的精神世界已趋向闭合。记得有一年过年，她已八十多岁，我们刚贴好春联，她从屋里出来，站在大门口端详半天，然后用手指着横批，嘴唇微微颤动了几下，一字一顿大声地说："大、地、回、春。"念完后瞅瞅我和妹妹，得到了承认，眼里顿时放射出异常兴奋的光芒。那天早晨，我清楚地记得，初春的朝阳舒缓从容地照亮了长长的胡同，母亲的面容显得红润温暖，仿佛年轻了许多。我的眼泪唰地一下流了下来，一句话也说不出来，心里五味杂陈，悲欣交集："原来我们的母亲并不是一字不识啊！"

母亲的晚年生活是平淡的。一生信佛吃素，清心寡欲，对生活没有什么过高的要求，不知不觉，她多年的心口疼好了，七十多岁后再也没犯过。早年深秋蹚凉河，再加上操劳过度落下的风湿病，也逐渐稳定下来，腿脚还和四五十岁时差不多。她坐车犯头晕病，不能出远门，很少离开那个村落。我好几次动员她到远处看看，都被她严厉拒绝了，理由很简单：自己不受罪，也不给孩子添麻烦。真正算起来，在母亲九十二年的生命历程中，她的足迹也就蹒跚在小村周围几十平方公里的土地上。世界的广大，宇宙的浩瀚，几乎和她没有什么关系。这也常常引起我对她的生命世界的惋惜。不过转念一想，纵然我们的足迹漫游到了世界各地，但相对人类可观测到的九百三十亿光年的范围，也不过沧海一粟，我们又有什么资格哀叹母亲生命世界的狭小呢？以世俗的眼光看，母亲的世界在时间上的确很长，年轻时虽受尽了人间的苦难和生活的折磨，晚年却吃穿不愁，活得平和安康。特别是二哥、三哥不离左右，悉心照料，更令村人羡慕不已。的确，远方的世界有那么多美丽精彩的地方，母亲都没有去过，不过那个时代过来的偏远山区的农村妇女，即便不是头痛晕车，也不会去很多地方，这也算不得什么太大的遗憾。偶尔有那么一两次，母亲因看病到城里妹妹和三哥家住过，路上折腾得死去活来不说，在楼房没住几天就嚷嚷着要回去，勉强住了一段时间，整个人便萎靡不振，甚至走路都成了问题。一回到自己的院子，马上焕发了生机。她一生食素，一生操劳，不抽烟、不喝酒，去世前还不停地在院子里收拾蔬果花草，常引起村人惋惜，都说她有福不会享。她说，活这么久已十分满足，别人说的那些她一点也不稀罕。父亲走后那十多年，她甚至有些淡淡的厌倦，常念叨："一想小时候大羊草沟那八年，就纳闷怎么活这么大岁数呢？"又说，"都活了一百来岁了，真没想到，够了，知足了！"每次我们回来给她带些稀罕东西，她总是说，年轻人在外面不容易，她一个人用不了那么多，接着很快就做了分配，自己留下的很少。遇到外人来看望，她常常平静地说："我一个农村老太太，有什么好看的？我也用不着那些东西！收了，人情还不得儿女还？你们不还就得我下辈子还，还不是一样？"我也觉得她有自己的道理，为了不惹她生气，不再往回带那些不实用的东西，只满足她日常的吃穿，一切平淡自然，她反而很高兴。她对小村之外的世界也很少表现出什么好奇和兴趣，别人认为好的，在她看来可能意义不大。九十岁后连院子也很少出，常常趴在院子月台的墙上与街上的熟人说话。有一次，我极力劝说她坐车到远一点的村镇转转，那次真的吓了我一跳，她晕车时那死去活来的样子，让我的脑海中浮现了她当年被爷爷一灯壶打倒在地的画面，从此不再做这样的尝试。

母亲不识字，一个更宽广深远的知识世界与她生生地隔绝了。她知道读书好、识字好，因而在那贫困艰难的岁月里，想方设法叫孩子们读书。记得小时候，父亲嫌我看书费灯油，惹得一向逆来顺受的母亲居然和他吵了一架，为我争回了晚上点油灯读书的权利。

燕山深处，长夜漫漫，她常常把灯放在孩子们的跟前，照亮我们的书本，而她自己则在昏暗的地方没完没了地做针线。记得有一次我夜里读书，看着看着便睡着了，醒来时却发现油灯已熄灭了，母亲借着从窗玻璃射进来的月光默默地做针线。突然，针刺破了手指，她激灵抖了一下，赶紧把手指放在嘴里吸吮了血迹，然后继续干活。与现在相比，那年月燕山深处的月光应是很亮很亮的，可我觉得还是很不够。我多么希望它亮些，再亮些啊！

母亲的情感世界，我是很难体会的。她和父亲以那样一种方式结合，一生肯定没有我们这代人所理解的爱情，但真实的情况可能又很复杂，正如父亲对我们的爱。在我的印象里，她每次轻生，大多与和父亲吵架有关。父亲是绝不让步的，她出去寻死，父亲从不阻拦，可背后又叫我们去央求。有时母亲长时间不回来，他也着急，叫人四处去找。然而，母亲自从嫁给父亲，胸中长年积压的那股闷气郁郁不得舒。母亲说，其实十七岁那次没死成之后，以后傍晚拿着绳子出去，主要是想缓解一下，心里"招唤"不得，出去走一走，透透气也就过去了。要是父亲对她好一些，认认错，劝一劝，就不至于老寻死觅活了。母亲常骂父亲"老狭呆"（没良心的恶狼），觉得他不是知冷知热的丈夫，心肠很冷。说爷爷奶奶在时，他和他家里人一起欺负她，后来自己过日子也不疼爱她。可是，说归说，做归做，母亲一生都是把父亲放在绝对的首位的，什么吃的用的首先是尽着父亲，然后才是孩子们，她自己永远放在最后。她不允许我们对父亲有一点冲撞和不恭。父亲是个感情极度内敛的人，平时在家里很少说话，与孩子们一点也不亲近。他空闲时反反复复看那几本线装书，从不让我们碰一碰。我上学后，很想趁父亲不在家拿过来读读，都被母亲发现，严厉阻止了。我们都很怕父亲，这"怕"有一半来自母亲对他的维护，我们不敢惹母亲生气。对父亲，她可以说他不好，但别人说，她不爱听。父亲八十岁卧床不起时，母亲仍然对他恭恭敬敬，言听计从，按他的要求烫酒、装烟袋。我们有时问她："你总说父亲那么不好，到他不能动了，怎么还管他？"她笑笑说："犯贱呗，贱了一辈子，就贱到底吧！也许是上辈子欠他的！"不过，父亲先她十多年去世，她的确很平和，问她想父亲吗，她沉思一下说："不想，一辈子待我不好，对得起他！"

母亲有一个异常丰富神秘的信仰世界，这在那个小村是非常独特的。全家吃素这件事不说，实际生活中到处都浸透着信仰的元素。一年到头，各个节日，那些烦琐的敬神拜神仪式一个都不能少。这也是她和父亲发生冲突的原因之一。单单每年春节，从大年三十一直到大年初五不让父亲吃肉这件事，就不知要吵多少架。在那缺医少药的年代，家里人一生病，她就跑到邻村一个叫"二爷爷"的白胡子老头那里讨方子，据说他可通神，方子都是神仙给的，往往真见效。其实，那些方子很普通，都是扁竹芽（萹蓄）、狗奶子根（大叶小檗）、旁风（防风）等山里常见的草药。不过，同样的病，同样的方子，村里人弄不管用，必须是从二爷爷那讨来的才行，知道了方子也没用。母亲每次有轻生念头，常常跟二爷爷诉说，往往遭到二爷爷的训斥和劝诫，他警告她："再这样就要遭到神仙的惩罚，死了到那个世界也不饶。"母亲一次次走出了绝望的世界，应该说与此有很大关系。母亲生活中遵奉不骂人、不占人便宜、做好事、帮助人的信条，也全部来自这种信仰。在我看来，母亲的信仰世界其实是混沌的，但很坚定执着。那些神仙名字多得很，是各种民间信仰的混合，似乎模模糊糊地指向佛教，但远远达不到宗教化的那种程度。只有那个我似乎从未见过面的二爷爷是最真实、最可靠的。听三哥说，他之前是邻村的大地主，乐善好施，十里八乡口碑很好，土改时被分了房子、分了地，家人都没遭镇压。解放后，历次运动也只是例行公事地批批斗斗，没受什么皮肉之苦。他有些文化，懂点中医，熟悉民间验方，私下给人看病也不收钱，去的人拿上一升大米、二斤白面或几块点心，也都是自愿的。前些年，基督教在农村盛行，村里很多人都来劝母亲改信基督教，理由是"上帝比如来佛大"。母亲不明其理，曾认真地问过我，我一时不知如何回答。她见我有些迟疑，便自言自语地说："算了，管他谁大呢，我都信了一辈子了，不改了！"

母亲不但隐忍善良，而且天资聪颖，感悟能力很强，可惜她的天分被贫穷、苦难、不识字等诸多因素遮蔽、埋没和扼杀了。她特别喜欢种花，春天一来，小院开满了各色鲜花，一直开到老秋霜冻。邻居不解，我们也不解。过去那些年，大家都说，饭都吃不上，菜都没地儿种，种那么多花干啥？她说，大羊草沟的山花特别多，那些年，日子过不下去的时候，常常对着各种野花发呆，看着看着，心里就舒坦了，敞亮了。她还常常从森林里刨来野花栽在窝棚前边，养花的习惯就是从那时延续下来的。我有时也觉得，生活的贫穷和知识的贫乏的确限制了人们的想象力，不过贫穷和苦难也让我们从另一个角度对世界有了独特的感受。没有知识体系的侵扰，人纯粹地沉浸于自然之中，或许能在某些方面得到事物最简单、最直接、最原初的本质。母亲的审美世界比我想象的要丰富、复杂和深刻。我离开家乡到京城读书后，回望山村岁月，重新理解母亲，越来越

深切地感受到这一点。是的，母亲没有文字系统，没有现代文明体系下的科学认知能力，她那丰富复杂的审美世界表达不出来。我们算是有文化、会表达的，但对自己的世界又能表达多少呢？对母亲的世界又能以眼前这些无奈的文字呈现多少呢？

母亲去世前一年，腿脚不便，不能走下台阶。我每次回去临走时，她都蹒跚着脚步，吃力地走到月台边，趴在墙头上，露出脑袋，默默地看着车子消失在村口，久久不想回屋。有一次车子刚刚启动，我又仰头看到了母亲高高越过墙头的平静安详的面庞，她的目光随着车子一点点地滑动，风把她的几根白发吹乱，拂动在脸上，她下意识地理了理。不知为什么，我蓦然联想到母亲描绘的童年时对着大羊草沟的野花发呆的样子，心猛然动了一下。我叫司机缓缓地开，举起相机拍下了她充盈着复杂情感的眼神：清澈而单纯，神秘而纯真，简约而复杂。我觉得那里映射着她的世界的全部。

想念母亲的时候，我总是将它拿出来凝视一番，仿佛对着两汪清泉，又像是逆向流动的河流，任我的全部精神和情感，静静地回溯到母亲的世界里面。在那个神圣的世界里，我分明听见母亲熟悉的声音，低低吟咏着微风涟漪、星光密语，宛若会通幻化了美国诗人玛丽·伊丽莎白·弗莱的诗句：

> 不必在我的坟前啜泣，
>
> 我不在那里，
>
> 我从未离去！
>
> 我融在阵阵清风里，
>
> 我是轻轻飘舞的雪花，
>
> 我是悄悄洒落的细雨，
>
> 我是谷穗压弯了腰的土地，
>
> 沉浸在清晨的静谧中，
>
> 摇动在野雀的疾飞里。
>
> 我是夜晚流下的星光，
>
> 映射在秋夜的窗棂中，
>
> 盛开在春天的花朵里。
>
> 我飞扬在所有鸟儿的歌唱中，
>
> 涌动在每一件快乐的事情里。
>
> 不必在我的坟前哭泣，
>
> 我不在那里，
>
> 我不会离去！

牛棚月光

　　过去的时光，如同一张沉沉潜入水中的网，那些长长短短、若隐若现的丝线，随着记忆的微风，四处荡漾：有的地方散乱，有的地方流畅；有的地方纠缠，有的地方舒放；有的地方平静，有的地方板荡。但总有一些纽结将它们汇聚在一起，是那样清晰，那样明亮，那样悠扬。它们又仿佛牵连着许多琴弦，只要你轻轻触碰，就会把整个世界奏响。如今，回望四十多年前那个燕山小村，牛棚里映射着的月光正是这番景象。

　　生产队大院的牛棚分为东西两个，都是三间敞开的灰瓦泥房，每个牛棚有三排牲口槽。西边的牛棚靠北头那一排是用大青石凿成的四五米长的马槽，牢牢安放在一段石头砌成的短墙上。这是生产队成立时从地主家里收缴的旧物，年代十分久远，棱棱角角都已被岁月打磨得光滑晶亮。后面两排是用木头做的牛槽，主要用来拴能拉大车的牛和活计好的耕牛。它们的地位和待遇比东边牛棚里的牛要高一些，夜里草添得多，料也足，一遇到干重活，饲养员还会给它们加些豆子以增加体力。东边牛棚拴着的主要是些老牛、小牛和不听使唤的牤牛。每头牛都有固定的位置，用一根缰绳拴在槽上。牛棚里的位置标示着牛在生产队的地位和价值，大体上是从西到东、从北到南、从外向里排列的，夜里的草料主要按这个次序分配。特别是年景不好、草料紧张的时候，差别很明显。这个次序是由饲养员具体安排的，约定俗成，自然而然，每头牛都心领神会，自觉遵守。

塞外冬来早。每年庄稼打完场后，冬日进逼，草枯叶黄，万木凋零，生产队的牛棚便派上了用场。牛倌不再把牛往村外大河边的牛圈里赶，而是赶回生产队大院的牛棚过夜。太阳一下山，西山将自己黑黝黝的影子覆盖了山村的每一个角落，寒鸦飞鸣，炊烟四起，农人暮归。牛倌大声吆喝着，牛群溪水般冲进生产队大院里，然后像散学回家的儿童一样，钻进牛棚里。它们一个个直直地扬起脖子，伸着犄角，自觉等着牛倌来拴。只有那几个出生几个月的小牛犊是自由的，除了在牛槽间钻来钻去，还常常跑到院子里，和小马驹、小驴驹追逐嬉戏。有时，我们几个淘气的孩子会拽着小牛犊的尾巴到处乱窜，惹来乳牛仇视的目光和大声的吼叫。看那架势，要不是有缰绳拴着，肯定会奔过来跟我们拼命。饲养员见了，则向我们冲过来，呵斥驱打，我们半是游戏半当真，像小麻雀见了老鹰一样，惊叫着四散逃开。

牛拴好后，牛倌一天的活就算干完了。晚饭后，饲养员来上工，他一草筛一草筛地端着白天铡好的棒子秸和谷草，按照预定的次序一个槽一个槽地添满。牛吃草的时候，他便生火烧开水，把玉米面、高粱面沏好、搅匀，备好牛料。第一遍草吃了不到一个小时，就差不多吃光了。接着再添第二遍草，量比第一遍少些。再吃上一个多小时，看看又吃了大半，他便提着铁桶往每个槽里拌料。经开水沏过的牛料半生不熟，成了粥样，用棍子在槽里一搅，便和剩下的硬草秆混合在一起，让牛吃个精光。那年月，燕山深处，雨雪丰沛，溪流纵横。冬天，几条大沟的冰把道路和农田都盖满了，每天从山泉涌出来的溪水就在冰上流，牛随便在哪条山沟都能找到水喝，晚上一般不用再饮了。遇到出车的情况，饲养员会在牛吃完草料后再喂点水。牛吃完草料后，习惯站上半个多钟头反刍，然后趴下休息。这套流程走下来，一般就到九点多钟了。第二天，天刚蒙蒙亮，小村刚刚有零星炊烟升起，牛倌便顶着寥落的晨星和强劲的北风，把这二三十头牛赶到山里去吃草，开启它们一天新的生活。

经过一冬天的精心喂养，生产队的牛个个膘肥体壮，毛色鲜亮。春节一过，大地阳气上升，万物辞旧迎新。牛身上去年的毛渐渐脱落，次第积叠在身上，新的毛细茸茸地往出钻，与旧的毛交杂在一起，浓密厚实，像一件贴身的绒衣覆盖在牛身上。进了正月，白天一天比一天长，气温一天比一天高，这覆在牛身上的"绒衣"渐渐成了多余的东西。特别是中午，暖暖的阳光照在牛身上，使它们燥热难安，不停地在树干和岩石上来回蹭。过了初五，年味儿一天天淡了下来，一钩新月却一天比一天大了起来。牛棚里不用灯火，也能朦朦胧胧地看清东西。种种迹象都预示着，梳牛毛的季节到来了。

在生产队里，梳牛毛是我们这几个十来岁孩子的"专利"。五六岁，太小了，没有能力参与；十五六岁，长大了，也不好意思来抢小孩子的"生意"。那时一两牛毛可到大队的代销店里卖一毛来钱，一般每晚都能梳一二两，一个正月下来，能梳两三斤。在那个缺吃少穿、物资极度匮乏的年代，对我们这些小孩子来说，这可算一笔不小的收入。买糖、买本、买墨水不算，还可以买钢笔、买手电。有了一支自来水钢笔，便足以引来小伙伴羡慕嫉妒的目光，要是有了一个手电筒拿在手里，那感觉就更不一样了。在那寂静漆黑的山村深夜，手里拿着它指点江山，真是威风凛凛，风光无限。捉鸟、捕鱼、走夜路、串门、上山、看庄稼，看着长长的光柱划过夜空，与银河星光交相辉映，幼小的心灵一片澄澈，激荡飞扬，仿佛生出了许多明亮的翅膀，在夜空中自由飞翔。

然而，生产队是明令禁止小孩子梳牛毛的。队长说，一来春耕将至，影响牛休息；二来牛不老实，会伤人。学校也是不允许的。老师说，学生晚上梳牛毛，耽误做作业，还给我们这些梳牛毛的孩子定了个"破坏集体生产"的罪名。不过，梳牛毛正值放寒假，又是刚刚过完年，喜庆的气氛还在延续，老师们大多奉行"不告不理"原则，懒得管这些闲事。家长的态度也不一样。像我们家这种孩子多的，父母管不过来，多半放任自流；还有的家长开始不允许，孩子劲头大，后来看看没事，还能有点收入，渐渐也就不管了；也有不少管得严的，小孩胆子又小，从不参加。因此，在这个三四十户的生产队里，每年正月经常梳牛毛的孩子也就我们四五个。女孩子胆小，一般不参加，但东邻冯家的小女儿一直跟我们一起梳，表现一点不比男孩子差。虽然有种种束缚和禁忌，但这种既好玩又有收入的活动显然对我们有着巨大的诱惑力。现在回想起来，更是让人久久沉浸在一种别样的审美境界中。特别是深夜生产队大院里所笼罩的那份神秘、那份刺激、那份新鲜，犹如暗夜里射进牛棚的温凉月光，让人深深迷恋。

月亮跃上了东山尖尖，跃上了小村人家的屋脊，又慢慢地挂在了柳树的梢头。约莫时间差不多了，我们几个小伙伴便偷偷潜到生

产队大院南边那道高过头顶的泥墙下，开始窥测动静。一年四季，这个大院是我们童年的乐园，几乎天天在那里玩耍，一草一木、一砖一瓦都特别熟悉。靠北边是七间正房，东边五间是生产队的库房，西边两间是生产队的队部，也是饲养员干活和休息的地方。除正房和东西两个牛棚以外，四周还环绕着一个羊圈、一个猪圈、两处粮仓。大院的东南角有一个小门，通向一个大园子，冬天放满喂牲口的秸秆和谷草，夏天种蔬菜，按户分给社员。冬天园里堆了一个小山一样高的大草堆，小伙伴们常常跳上去，按照电影和戏台上的情节做各种游戏；夏天则到四周的墙窟窿里掏山花燕、捅马蜂窝、捉蛐蛐。还有蝉鸣虫语，风生云起，雨落雪飘，这个大菜园子不知给我们的童年生活增添了多少乐趣！大院朝西有个门洞，对着村里的大街，是一间打通的草房，南边连着牛棚，北边连着粮库，很宽敞，可出入大车。生产队的几辆大车平时停在大院里，院子中间有几根拴马的桩子。正南墙根有一棵大柳树，有大人一抱粗，枝头高过房子一两丈，夏天垂下的柳丝仿佛披在泥墙上的一道绿色帷幔，各种鸟儿特别喜欢在这棵大柳树上栖息鸣唱；冬天叶子一落，青中泛黄的柳丝挨挨挤挤地垂下来，像大院一道天然的帘子。阳光和月光透过来，在院里投下斑驳陆离的影子，人和动物走进去，构成了一幅天然的版画。大柳树和矮泥墙正好给我们提供了天然的屏障，既隐蔽又方便。我们不必露头张望，仅凭声音就可判断大院里的情况：队长安排活计的吩咐声，社员串门的嬉闹声，女人找孩子的呼唤声，车老板的哼唱声，断续绵延，高低回还。人的声音之外，更丰富的是动物的声音，有马嘶声、羊叫声、牛吼声、驴鸣声，此起彼伏，断续相连。还有说不清谁家的猫、哪家的狗，常常跑到大院来凑热闹，不甘寂寞地发出独特的声音，呈现着自己被黑夜遮蔽了的存在，有点儿像是川剧里的帮腔，和而不同。夜深人静的时候，偶尔还会从柳梢头、屋顶上传来猫头鹰的怪笑，吓得人头皮阵阵发麻。风似乎充当了背景音乐，它从塞外高原的天空顺势吹来，在瓦缝间、衰草上、柳丝边穿过，声音时大时小，时缓时急，时高时低，像一个喜怒无常的女人，随意变化着节奏和声调。我常想，这些声音要是让那些高妙的口技大师听到了，一定会激发创作出美妙的作品。当然，我们窥听的不是这些声音，而是饲养员的动静：添草声、走路声、吆喝声、劈柴声、挑水声、烧火声、拌料声、关门声、打鼾声，每个声音都能在我们头脑中激发出清晰鲜活的画面，一幅幅串起来，像一段视频，映现出他的工作流程。头遍草、二遍草、喂料，牛趴下休息不久，饲养员也熄灯睡觉了。风渐渐小了，燕山深处的夜渐渐向更深处沉去，仿佛先前那些喧闹的声音追不上夜下沉的脚步，被远远地甩在后边。月亮早已高高地挂在半空中，静静注视着山村夜晚的一切生灵，把最明亮的光聚拢在牛棚周围。月亮看着我们，我们也凝视着月亮，似乎我们的所思所想她都一清二楚、心领神会。我觉得她有一张表情丰富、会说话的脸，夜风拨动着洒在柳枝上的月光，发出琴弦般的声音，恰如她呢喃的细语，一会说："沉住气，沉住气！"一会又说："不急，不急！"最后轻轻耳语："去吧，去吧！快去，快去！"

或许因为受到了月亮的鼓励，我们偷偷地爬上泥墙，将脑袋伸过墙头，拨开细密的柳条，确证刚才的判断：院里没了人影，饲养员住的那个房间熄了油灯；顺着月光向牛棚望去，牛都已趴下了，一双双明亮的大眼睛深情地凝望着夜空。看看一切都没问题了，我们才蹑手蹑脚地绕到大街上，从大院的门洞溜进牛棚，拿出特制的铁丝梳子，开始梳牛毛。这些梳子都是自己做的，每个人的都不一样，很有讲究。大小要合适，携带方便，拿在手里顺手，用起来得心应手；铁丝不能太粗也不能太细，不能太疏也不能太密，头上要磨得光滑圆润，不能有一点尖齿。工具很重要，好使不好使，全在于人和牛的感觉契合，需要不断磨合调适。我的那一把是二哥用了半天工夫做的，姐姐用扎头发的丝线细密密地缠了把儿，握在手里既柔软又结实。这把梳子我一用就是四五年，从来舍不得借给别的小伙伴用，离开家乡后还一直带在身边。

生产队的这些牛，每一头都有一个独特的名字。比如"大亮甲"，犄角又粗又长，威武雄强，每次和邻村群牛在大河边顶架，它都是主力；"栗脑袋"，头部栗色，是有名的辕牛，大车出远门拉东西少不了它；"黄瓜架"，长得高大威武，听话好使，力气一般；"拉犄角"，犄角尖向下扎，担心伤到人，被锯掉了小半截；"小红牛"，全身枣红，性格温和，长着一双会说话的眼睛；"红花肚皮"，身上是红的，肚皮有一道白色条纹；"黑花肚皮"，全身黑色，肚皮是白色的；"黑乳牛"，一身黑的母牛，下犊子多，干活力气大；"白盖子"，全身一片金黄，脑门有白色的图案，长得最漂亮。每一头牛也知道自己的名字，平时拉车耕地，甚至散放在野外吃草，一听到有人喊自己的名字，都会迅速做出反应。对于这些牛的名字，自打四五岁记事时起，我就能叫出大半。到了七八岁以后，春天种地，夏天蹚地，我们帮着大人牵牛，还常常跟着牛倌上山放牛，到大河边放刚刚生下小牛的乳牛，天长日久，对每头牛都很熟悉。在我童年的生活中，这些牛不是宠物和玩具，而是生命的伴侣，积淀了深厚的感情。我们每个小伙伴都有一头自己认领的牛，在野外碰到牛群，大声叫喊自己那头牛的名字，它有时还会离开牛群，哞哞叫着跑到喊它的小孩身边来。干完活，扶犁大人抽烟休息的时候，我们便到田间地头拔最好的青草给"自己的牛"吃。

我的牛是"小红牛"，这还要从一个故事说起。记得六七岁时的一年夏天，我跟着一个牛倌进山放牛。中午休息的时候，对牛倌吸旱烟很好奇，禁不住他一个劲地撺掇，不知深浅，一连抽了好几支，结果烂醉如泥，躺在山尖的一块大石头上，睡了整整一下午。傍晚醒来的时候，被山风一吹，头像炸裂了一样疼，身体像一堆散乱后又拢在一起的棉花，想动一动，却一点力气也使不上，只好瞪着眼睛对着天空发呆。牛倌早已聚拢了牛群赶着下山了，忘了我还在这里。这地方是离村最远的一个大梁尖，听老人说，这里住着长仙（蛇仙）和白仙（兔仙），发生了很多怪事。夜色四拢，群山合围，山枭怪笑，野虫哀鸣，顿觉脖颈阵阵发凉，心头阵阵发紧。忽觉头顶有什么动静，心中一悸，挣扎着翻过身来，仰头一看，真是又惊又喜：原来是生产队的那头小红牛，正一动不动地注视着我。我不知它是迷失了牛群，在树林中乱走，偶然路过碰到了我；还是早就发现我睡在大石头上，一直在这里守护着我。反正一看到小红牛，我顿时有了力量和勇气，一骨碌从大石头上滚下来，轻轻叫着它的名字，迎着夜色和山风，顺着山沟，像溪流出山般一路小跑地往回赶。一会儿它跑在前边领着我，一会儿我追到前边领着它，欢腾跳跃，痛苦和恐惧早已烟消云散。走出半截沟，一轮硕大的月亮在东边山顶露出了笑脸，把整条沟照得通明纯洁。

和我们一路奔跑而出的还有那条小溪。溪流触碰在青青的大石板上，发出阵阵悦耳的声音，仿佛是月亮咯咯的笑声，清脆，纯净，绵长。从此，我和这头小红牛就有了特殊的关系，把它视为"我的牛"，春天种地牵牛、夏天蹚地牵牛如此，正月梳牛毛更是如此。

每次梳牛毛，我沿着墙根月亮映下的影子地儿，穿过大门洞，蹑手蹑脚地潜进牛棚，借着月光找到自己的小红牛。我将嘴唇轻轻附到它的耳根上，压着嗓子叫它的名字，并告诉它："我来了！"接着从兜里掏出专门从家里偷出的一把豆子或玉米，放在手掌心，凑到牛嘴唇边上，让它咀嚼享受。那毛茸茸、湿滑滑的牛唇，热乎乎、轻柔柔的牛舌，不紧不慢地在我稚嫩细腻的手心上、指缝间来回滑动，痒痒的，润润的，凉凉的，我想叫也不敢叫，想笑也不能笑，只能在心底静静地体验，细细地品味。然后我便拍拍它宽阔平整的前额，揉揉它映满了月色的眼睛，把自己的脑门轻轻地贴在它的前额上，四目相对，眼波流连，却仿佛什么都看得见，看得见它心灵的渴望和秘密，看得见它的世界的久远和深邃。"自己的牛"从不会抗拒我们充满善意和爱意的索取，欣然迎接我们手中的梳子，划开身上的月光，划过身体每一个地方，像鸟儿的翅膀划过云田，像鱼儿的身子穿过水面。我觉得，梳子在牛身上划来划去，像极了耕田。蓦然间，我们都成了牛，梳子成了犁，而牛的身体成了沉实厚重的大地。也许人生的每一种劳作都像牛在大地上耕种一样神奇。耕牛的犁尖划过大地，儿童的梳子划过牛的身体，原来，这世界不同的事情有着相同的寓意。

对于"自己的牛"，每个人都特别熟悉：哪个地方毛厚，哪个地方毛疏；哪个地方不情愿，哪个地方很舒坦；哪个地方有疤，哪个地方敏感，我们都心中有数。手中的小梳子是善意、爱意和诗意的信使，分寸要拿捏得准，劲大劲小、深深浅浅、时长时短都很有讲究，还要根据牛的反应，及时调整梳子的节奏、力度和位置，既要梳干净一天脱下的毛，又不能薅掉还没脱的毛。其实，牛身体的反应就是一种肢体语言，它的需求、它的渴望、它的希冀，全在每一个细微的动作里，梳牛毛的孩子能读懂它的全部含义。磨合日久，对于"自己的牛"来说，梳牛毛不再是一种惊扰和索取，而是一种放松、享受和休息。

每个小伙伴梳完"自己的牛"，拍拍口袋，感觉已有了不小的收获，就要越过大院中的月亮地，潜入东边的牛棚去梳。月亮地没有遮拦，又正对着饲养员的窗子，这种情况最危险。要是睡了一觉的饲养员突然被满院的月光惊醒，看到我们怎么办？想到这些，我们便学着电影里游击队过敌人封锁线的样子，审时度势，身形和脚步异常轻捷、迅疾、有序。有时刚跑到院中间，忽然感觉饲养员的鼾声异常，便赶紧钻到院中间的大车底下隐蔽起来。有一次最危险，差点被捉住。那一次，我们梳得正来劲，饲养员突然推开门，一边咳嗽着，一边蹒跚着脚步走到牛棚边。跑是来不及了，我们像突然遭遇猎人的兔子，赶紧趴在牛的背后隐蔽，一动也不敢动。牛背在月光的照射下形成了一大块幽暗的影地，我们将小小的身躯藏在里面，紧紧闭上眼睛，屏住呼吸，似乎有凉风从头顶吹过，那是饲养员的眼睛在牛脊背上扫来扫去。过了一会儿，我一点一点偷偷睁开眼睛，顺着又高又厚山脊一样的牛背向上看，正撞见饲养员那长满黑胡子的脸。月亮照到他那双浑浊的眼睛上，散发着摄人心魄的亮光，像燕山初春的雪花一样寒气逼人，吓得我赶紧收回了自己的目光，将头深深埋藏。我知道，目光的碰撞是打开世界闸门的力量，一切未知与可能都会被释放。我又偷偷看了一眼我的小红牛，生怕它有什么异样。谁知它一点也不紧张，还是那么沉着、冷静、安详。它的身体斜斜地朝着院子的方向，脑袋微微上扬，两眼默默凝视着柳树顶上的月亮。又过了一会儿，我们听到饲养员用手划拉几下槽里残剩的草料，自言自语地议论了几头牛吃草的表现，又嘟囔了几句含混不清的话，便缓缓离开牛棚。我悄悄从牛背上露出头，看到他走到院子南边的那个大草园子门口，扶着柴门朝里望了一望，便转身拖着长长的影子回到屋里。不一会儿，灯熄了，鼾声又起，窗外，月光如许。

　　东边牛棚的牛又杂又不老实，不好梳，每次收获都不及西边的一半。那几头出生一两年的小牛不爱脱毛，也不是很驯服；那几头干活都不听使唤的牤牛对我们更是充满了警觉和敌意,一碰就急,往往刚梳一两下就腾的一声站起来,再梳,它就挥着尾巴抽人,用犄角剜人,有时还冷不防伸出后腿狠狠踢过来,力气大得很,十分危险。队里和家长担心的主要是这种情况。能够出毛的也就那四五头二三十岁的老牛,老实是老实,脱的毛不多,也不够柔韧鲜亮。偶尔过来晚了,还可能被别的生产队那几个"散兵游勇"抢了先,让我们所获无几。我们有时也报复性地跑到他们队牛棚去梳,几乎每次都被饲养员轻易发现,挥舞着拌料的木棒连吼带骂地把我们赶出来。这事也真叫人纳闷!怎么他们队的饲养员那么心明眼亮、明察秋毫呢?无论我们怎样机智敏捷、潜伏伪装,不弄出一点声响,都会被他发现。后来,听大人说,他解放前当过土匪,是个探子,打起仗来手里端着冲锋枪,凶得很,跑起山路来比兔子还快。对此,小伙伴们确信无疑。知道了底细,再也不敢去那里梳牛毛了,却反而对我们队的饲养员增添了好感。每次从东边牛棚梳完牛毛出来,路过他的窗前,都情不自禁地驻足停留,听听屋里的动静,下意识地拍拍兜里塞得绵软厚实的牛毛,心里充满了欣喜和善意。

每次离开生产队大院黑黝黝的门洞时,已是深夜十一二点了。月亮沉沉地落到了西山后面,小村农人早已进入了梦乡。家家户户没了一点灯火、一丝动静,满天星斗,神秘灿烂。小伙伴们散去后,我便穿过那条长长的小巷往回走,既兴奋,又害怕。村里那些传说已久的鬼怪故事不断在脑海中涌现。我感觉这些幽灵此刻就聚集在我周围,一串无声的脚步不停地跟随着我,一双无形的眼睛时刻监视着我,只要他们愿意,只要他们生气,随时随地、分分秒秒都可以从房顶上、屋檐下、碾子后、胡同口等地方,伸出毒蛇一样的手将我紧紧缚住，还会捂住我的嘴，叫我无法呼喊、无法呼吸。遇到下大雪的晚上，则少了几分恐惧，多了几分诗意。夜里的雪遮蔽了世界的一切，也凝固了世界的一切，似乎这个世界存在和活动着的只有自己，独立而孤寂，自由而无依。一个人走在小巷中，脚印一个一个地印在身后的雪地上，清晰有趣，却很快被新下的雪覆盖得了无痕迹。这些黑夜雪地里曾经的脚印，短暂而易逝，没人欣赏，也没人在意，不禁令人惆怅唏嘘。到家的时候，往往全家人都睡了，母亲却没睡。每次回来，总见她有忙不完的活计。她知道我去梳牛毛了，心中有数，并不怎么担心，只是每次都嘱咐我："别叫那几头牤牛踢着。梳到牛身上被虫子咬出的伤疤，一定要轻，它疼。"第二天早上，我自豪地从裤兜里掏出牛毛，一大把一大把地放进柜子里的大口袋，高兴地叫母亲过来看。每次母亲都缓缓走过来，淡淡地扫一眼，轻轻笑一笑，算是表示赞许。我却深深感受到她那轻淡的目光中含着几分嗔怪、几分慈爱、几分怜惜。

梳牛毛就像一出乡村小戏，每年正月都在月光照耀的牛棚中上演，一演就是五六年。饲养员的角色是我们的头号"敌人"，我们和他周旋，尽情施展着聪明、机智和勇气。每次"得胜归来"，和家里大人谈起牛棚里的故事，仿佛凯旋的战士一样骄傲自豪，甚至有点沾沾自喜。直到有一天，凌晨睡梦中，我迷迷糊糊听到那个饲养员来和母亲借家具，断断续续地说起我们夜里梳牛毛的事，才恍然知道了其中的秘密。原来，我们的一举一动、所作所为，以至于那些自鸣得意的小心计，全都在他的眼里，在他的心里。什么我们把南边泥墙半截腰拆了窟窿做瞭望孔呀，什么他来牛棚查看时我们藏得严实没被发现呀，什么拆了牛槽上的缰绳头拿到代销店卖钱呀，凡此种种，一一如实。临走他还告诉母亲，要叮嘱孩子，哪头牛爱踢人，哪头牛护犊子不好惹，都要一一注意。早晨醒来，母亲没有跟我说起这件事，我也没有追问，更没有向小伙伴们提起，它成了我心中永久的秘密。从那以后，每次再去梳牛毛时，我除了感到牛棚有温婉清亮的月光照耀外，还感觉有种慈爱的气息充盈在每个角落里，料峭春寒，一种别样的温暖从心底涌起。后来，随着年龄的增长，我对梳牛毛不再感到有那么多神秘、刺激和乐趣，却对那个饲养员越来越好奇。一有时间就往队部跑，帮他干些活计，有时干脆住在那里，听他讲过去的故事，只是他对自己的身世绝口不提。母亲告诉我，解放前饲养员家住在深山沟里，有一次闹土匪，大人都跑了，他只有七八岁没跑得了，被土匪捉住，逼不出钱来，就把他扒光了衣服放在灶台上烤，从此一条腿落下了残疾。长大后，一直没有娶上媳妇儿。父母去世后，他带着个不到两岁的侄子一起生活，含辛茹苦把侄子拉扯大。侄子娶上媳妇后，两口子不怎么孝顺，家里房子小，他没地方住，便一直住在队部里。母亲还告诉我，别看他脸长得凶，不爱说话，脾气不好，其实心肠热，也挺喜欢小孩。

20 世纪 80 年代初，我离开家乡到城里读书，生产队解散了，那些牛和田地一起分给了农户。牛棚日渐荒废，后来和大院的房子一块卖了，不久又拆了建起了新房，就连那个漂亮的青石大马槽也没人稀罕，被一家农户拉去垒在了院墙里。我每年梳的牛毛，不知什么原因，一点也没卖，一直积攒着，好几年下来，攒了满满一大口袋，上秤称了称竟有十多斤。母亲让住在大山里的姨父擀了一床毡子，又厚又暖和，比山里常见的羊毛毡金贵得多，父亲特别喜欢，一直铺了三十来年。父亲去世后，母亲又铺了十多年。去年，母亲也去世了。有一天晚上，我在书房读书，一抬头看到月亮升起来了，照得小院空明如水，突然想起了那床牛毛毡子，忍不住打电话问三哥。三哥说，应该还在，等抽时间找到了给我寄来。几天来，我一直惦念着那床牛毛毡子，心里如水面投下了一颗石子，泛起一圈又一圈的涟漪，平复不下来。夜深人静的时候，我久久凝望着黑黑屋脊上的月亮，感觉她不断拉伸变长，慢慢幻化成了儿时挂在两棵大柳树间的电影银幕，缓缓放映着过去的故事、远去的时光。蓦然，那床牛毛毡子定格在银幕上，遥远而又切近，陌生而又熟悉，却还是那样朴素清新、厚实温润、丰盈鲜亮。那千千万万丝牛毛，根根晶莹剔透，混乱而有序地融汇在一起，宛若浸透凝结了那些年牛棚里的缕缕月光。我的心灵随着这些美妙的弦波振荡飞扬，在一个澄明的世界，唤出每一张亲切的面庞，唤醒每一个沉睡的地方。生产队那些牛后来的故事，也在那里精心收藏。

那些耕牛日渐衰老，失去了劳动能力。一年春天，种完地后不久，它们被集中在一起卖给了乡里收购站。暮春时节，收购站把从各村收来的牛聚拢成一大群往城里赶，牛群路过村子的时候，我们队里的几头牛不听吆喝，突然离开了牛群和大路，疾奔如风，跑到村东大河边那个耕牛老去消逝的乱石堆旁，盘旋蹞刨，对着大河低首呜咽，河水无语，悠悠远去。它们又沿着田间小路，跑回当年村里牛棚的旧址，对着那棵大柳树仰首悲鸣，碧空无语，亘古如新。

村里人说，那天的月亮升起来得特别早，但很模糊，不似旧时月色。

春　晨

春晨似乎是一个梦。

淅淅沥沥的小雨下了整整一夜。天刚亮，叽叽喳喳的小麻雀便把我叫醒。推开窗子，一股湿润的空气迎面扑来，连同泥土的芬芳和花草的香气一起钻进鼻孔。向外望去，被窗子含着的是一个清新凝丽的世界。

呵，好一个美丽诱人的春晨！

寻着春的脚印，我出了门。脚下踏着的是一条夹杂着石子的黄土小路，有些发黏。路的两旁铺满了刚长出不久的嫩绿小草，零星的小花散落其间，好像是嫩草眨着的眼睛。小草被细密密的雨丝浸润了一夜，水灵灵的，愈发惹人怜爱。门前是一条活蹦乱跳的小溪，水底是一片被不停地梳理着的水草和一些叫不上名字的藻类。溪水顺着石头的缝隙往下流，像无数细碎的白玉在石头和水草间跳动着，飞溅着。

小溪流到平坦的地方，形成了一个小小的水潭。潭中寸许小鱼，历历可数。趁着这清凉凉的晨，她们把脊背紧贴着水面，自由地追逐着，嬉戏着，不时地在水面耕起一道道浅浅淡淡的波痕。忽听"咚、咚"两声，打破了小潭的幽静，原来是两只在岸上熟睡的青蛙被惊醒，跳到水里去了。那绿绿的夹着黑色斑纹的身影，悠悠地游到小潭的那一头，轻轻地漂浮在水草上。她们的身子和水草一个样儿，辨不分明，只看见露珠一样圆溜溜的眼睛直愣愣地盯着对岸。

小溪的两岸长满了柳树，又高又齐，像两条碧绿的堤坝，将溪水夹在中间；又像是春的绿裙子，掩映装扮着小溪。枝叶紧紧挨着，微风习习吹来，一起有节奏地摇曳摆动。有的枝条伸到跳动着的溪水里，好像在与溪水亲昵而又羞涩地交谈着什么。柳叶上沾满了晶莹的露珠，一只蝉静静地栖在上面。听大人说，蝉和其他一些昆虫都是靠喝早晨的露水活着的。我一边凝视着它，一边思忖着这个说法。几只白色的水鸟站在树尖上，唱起了婉转悠扬的歌儿，像是在议论着我想的问题，又像是在向我宣告，是它们第一个迎来了这清新润泽的春晨。待我走近时，它们却又高高地飞走了。于是，我心底涌出了宋人戴复古《江村晚眺》中的一句诗："白鸟一双临水立，见人惊起入芦花。"细一想，意境相似，对于眼前的景色到底有些疏离了。

沿着小潭向上走，进了一个小山坳。坳中桃花盛开，一片绯红。这情景令我心中的感觉愈发殊异。于是，又有昨夜刚读过的《红楼梦》中描写白海棠的一些诗句杂乱地浮现在脑海里：什么"偷来梨蕊三分白，借得梅花一缕魂"，什么"出浴太真冰作影，捧心西子玉为魂"，什么"玉是精神难比洁，雪为肌骨易销魂"，云云。虽然写的是海棠，但拿来描写眼前的桃花也还有几分神似。然而，无论如何，我还是捕捉不到她那花间带露、粉面含羞、意态流芳的生动气韵。无奈我只好想了一个偷懒的办法：把眼前这

一片桃花想象成春的笑脸，将春的一切新、一切纯、一切美全都赋予她，全都集中到她身上。可是，等我爬到山顶，向远处眺望时，我惊诧了，那奔来眼底的群山到处都开满了一望无际、如雪如云的山杏花。这花的海洋将一切的一切都消融在里面了。她们又是春的什么呢？是春的精神、春的气质，还是春的灵魂？我再也没有更好的词汇、更好的比喻来描绘眼前的景象了。

"驾！"一声吆喝把我从沉思中惊醒。原来，农民已在不远处的梯田上耕作了。接着，又有一缕歌声和笑语声从山谷林中传出，清凉凉的，像杏花上的露珠飞进心田，那是晨起进山采药的姑娘们回来了。

哦，一年之计在于春，一日之计在于晨。春来了，晨来了，人的生命也迎来了一个新的起点。这样默默地想着，不知不觉，一轮红日早已把我融进朝霞之中了。

父亲的力量

　　父亲瘦小体弱，耿直倔强，处事粗率，身无长技。在我童年的心灵中，他似乎在任何一个方面都没有表现出一点值得自豪的本领。与村里那些勤劳能干、善于养家糊口的人相比，我甚至认为他连一个合格的农民都算不上。但是，有一件事却使他成了我心目中真正的力量的象征。一想到这件事，这股力量便从三十多年前的时空中涌了出来，流遍周身。

　　那是在我六岁那年的夏天，大队买了一辆十二马力手扶拖拉机。这对那个偏僻的山村来说，可是难得一见的新鲜东西，一时间，全村男女老少都围拢过来看热闹，七嘴八舌，赞叹不已。村里有头有脸的人家的孩子都已早早地坐在上面，等着驾驶员开出去美一圈。以我家在村里所处的地位来判断，我意识到自己可能不享有这种资格和权利，但是一种发自童心的强烈冲动促使我也想爬上去试试。我的心动了一下，身体似乎也向着目标动了一下，也许仅仅是那样一个意念的涌动，表现出了身体某个部分的一种趋向，就立刻被一种早就守候在身边的力量阻止了。扭过头，仰面向高处看去，我发现是民兵连长伸出来的一只果断而有力的手按住了我的向往和冲动。这时拖拉机已经开动了，我屈辱、失望而又留恋地站在旁边不想离开。突然，一双并不是很有力却很坚定的手把我抱了起来，挤开人群朝拖拉机冲去。是父亲，是身材瘦小的父亲！是一直被我和别人认为缺少家庭责任感的父亲！是我怎么也想不到会有这种举动的父亲！实际上，我那时根本没有发现父亲在身边，更不敢奢望借助于父亲或者别的什么力量。因为在我的经验里，没有什么人和什么力量能够帮助我实现一点超出意料的愿望。我和家里人更多的是与父亲一起品尝因为他的倔强和冲撞所得到的"回报"。这使我的童年生活充满了太多的屈辱、忍让和自卑。我不知道父亲是什么时候来的，我猜想，也许他也是来当一个普通的看客，一直就在人群里看热闹的吧？也许是他发现了民兵连长对我的欺压，激起了愤怒，从远处赶过来的吧？也许他原本就在我身边，却因为我忽略了他的价值而对他视而不见的吧？

他抱着我冲到了拖拉机跟前，用力将我往车上放。车厢里挤满了孩子，没有人让出空地。慌乱中，父亲试了几次，推了几下，都未能把我放上去。拖拉机已经"突突突突"地开走了，越开越快。围观的人们仍旧在围观，还发出了阵阵低沉的笑声，但没人阻拦，当然更没有人伸出援助之手。我想，那种强大的力量再没有出来阻拦，一不是出于仁慈，二不是出于无奈，三不是反应不及，多半是想看戏，是想使这场戏更有看头些。在那个封闭的年代和闭塞的小山村，人们对一切进入他们视野的新鲜东西都给予了超乎寻常的兴趣和关注。在他们看来，这是一出意外的好戏，看这场戏，远比单纯地看拖拉机这玩意儿有趣多了。他们静静地看着戏往下演，不想打扰戏的进程，免得使戏变得没意思、不精彩。但是，父亲没有放弃，那双瘦硬的手抱着六岁的我继续往前奔，拼命地追赶拖拉机，十分吃力，却毫不犹豫。我在父亲的怀中也努力配合着，意识和身体都凝聚成一种趋向拖拉机的力量，并最大限度地伸长了双手和整个身体，尽量缩短我们和拖拉机之间的距离。耳边响着拖拉机的突突声、男人们的吆喝声、女人们的喧哗声、小孩子们的笑骂声，各种声音夹杂着飞扬的尘土，还有飞溅的唾沫——大人小孩吼叫呼喊的副产品抑或是直接喷射物，将我和父亲淹没其中。父亲、我和拖拉机三点一线，一会儿断开了，一会儿又连上了。就这样，这场戏在尘土飞扬的乡村路上表演了很长时间。在我的记忆中，的确是很长时间。父亲那弱小的身躯随着不断加速的车轮奔跑着，推送着。终于，他抓住了一个机会，尽全力一推，竟然把我推进了车厢里。周围的人们没有想到，这场戏竟然会是这样一个结局，大人和小孩居然也都接受了这样一个出人意料的结局。

那是我有生以来第一次坐机动车，也是父亲第一次以一种可依靠、可爱戴的形象印在我的心田中。在我度过的漫长山村岁月里，面对以那个大队书记为核心的权势的欺压，我敢于表达愤怒，敢于反抗，这种勇气和底气很大程度上就来自父亲那有力的一推。在我走出山村后的生命历程中，每当遇到巨大困难一筹莫展时，每当面对严峻挑战想要退缩时，每当遭到恶势力的打压心存畏惧时，我的脑海中就会立刻浮现出父亲抱着我追赶拖拉机的那一幕，刀刻一般清晰，就像刚刚发生一样，一种深远而强大的力量蓦然从心底涌起。

这些年，每当与别人谈起有关父亲的话题时，我总要讲这个故事，而且从内到外都洋溢着一种不可比拟、无法言说的自豪与骄傲。

续记：父亲沉默寡言，生前从未提及此事。2009 年 1 月父亲去世。雪霁月出之时，我曾爬到西山顶上的山杏林中，将此稿烧于坟前。忽忽七年已逝矣，往事成梦不可追。清明将至，忽翻旧稿，情思如澜，遥想家山，漫山遍野的杏花即将开放，不胜感慨之至。

一锅煳米饭

门外无人问落花，绿阴冉冉遍天涯。

林莺啼到无声处，青草池塘独听蛙。

《千家诗》所选的这首宋人曹豳的《春暮》，确有《诗经·豳风》田园遗韵，读来清新自然，动人心弦。我想，他所描绘的大概是江南暮春景色，却与燕山深处初夏季节相仿佛。这个时节，花褪残红，青杏盈盈；雏鸟出飞，遍野虫声；玉米拔节，溪流淙淙。然而，这也正是一年中青黄不接的时候。美好的景色遮掩不住岁月的凄凉，在那个物资极度匮乏的年代，这些日子最难熬。

童年时候，每到这个季节，在凌晨蒙眬睡梦中，常常听到父母合计借粮的事情。那些低低细细的声音，像一片片流动的阴影，断断续续飘进梦境中，把一切鲜艳明亮的东西全都染成了灰色。它们又像一张无形的丝网，围拢过来罩住我的心灵，也罩住了童年的快乐、冲动和飞升的心情。醒来后，父母闭口不提这些，若无其事地闲谈别的事情。我也怀疑那些阴影和丝网可能只是梦中的事情，也愿意相信它们只存在于梦境中。特别是一离开家门，离开村庄，跑到田间、河流和大山里玩耍，更是把梦中那些不快乐的事情忘得一干二净。

　　记得六岁那年初夏的一天，我一大早没来得及吃饭，向母亲要了一个昨晚吃剩下的玉米饼子往兜里一揣，便像小鸟出窝一样出去玩了。快到中午才回来，见家里大门锁着，一个人也没有，都下地干活去了。我把矮处编在大门上的灌木枝条向两边使劲掰了掰，弄出一个洞，伸进脑袋试了试，然后用力爬了进去。刚抬起头，我家那只不知道啄跑多少小孩的大黑公鸡，见大门底下突然钻进来一个不速之客，立即从磨盘上飞下来，伸长了脖子，连扑带跑地冲到我面前，粗硬的大嘴巴几乎要碰到我的鼻尖。等我直起腰来，惊愕地与它对视一眼，它便拉着长音"咯咯"叫了两声，扭头走开了。

　　我对着屋子连喊了几声，一片寂静，没人回应。东边草脊里住着的那窝麻雀刚出窝没几天，翅嫩力弱，不敢远飞，正落在栅栏上交头接耳地说闲话。见我进院，大麻雀发出急促的警戒声，四五只小麻雀奶声奶气地应和着，从容地跳到草脊上一字排开，像一串轻灵的音符，清脆地吟唱着。我推开轻轻掩着的房门，把三间屋子仔仔细细看了一遍，的确，父母不在家，几个哥哥姐姐也不在家，就连只有两三岁的妹妹也不知被大人带到哪里去了。偌大的庭院只有我一个人，这可是从来没有过的事情！我一下子感觉自己成了这方天地唯一的主人。平时在家里，这也不行，那也不行，这也不对，那也不对，到处都是管束的力量和审视的目光。父亲的严厉和母亲的教育不用说，就连几个哥哥姐姐也以大欺小，处处管我，让我觉得备受束缚和压抑。这下可不一样了！我先是到东屋，上炕踩着被子垛，将父亲藏在房梁下面墙垛上的几本线装书取下来翻一遍。这几本谁也不能碰的书，灰黄陈旧，密密麻麻布满了小小的黑字，我看了半天，也没看出什么名堂，便胡乱包好，放了回去。接着跳到躺柜上，打开红漆木匣子，取出大哥的定亲礼物，将红皮笔记本中《智

取威虎山》的几页插图一一看过。大姐的一块方头巾也被我耍了一会。然后是尽情玩三哥的小弹弓，对着屋脊上的小麻雀一阵乱打，急得大麻雀上下翻飞、喳喳乱叫。黄瓜刚开花不久，才长得小手指大小，上面好像泛映着母亲嗔怪的目光，我不敢触碰，也不忍糟害。院里的生菜和小葱被我拔出吃了一通，肚子不那么空了，人也精神了不少。那棵迎风招展的槟子树结出的几个槟子只有樱桃大小，大胆摘了一个，狠狠咬了一口，又酸又涩，全部噗噗吐了出来。前一年这棵树只结了两个果子，父亲说这果子不好吃，但香味特别大，等熟透了，放到衣柜里闻香。我禁不住东邻那个女孩的撺掇，偷偷摘下来，一人一个吃了，惹得父亲大怒，吓得她呜呜哭着跑回家。我却被父亲关上大门拿着枝条在院子里追着打，被打急了，翻墙跳下，崴了脚，躺在炕上养了好几天。母亲天天给我做好吃的，惹得哥哥愤愤不平。

　　折腾完父亲和哥哥姐姐平时不让动的东西后，便想起了母亲不让动的东西。首先是佛龛里供着的那个祖传的菩萨。我小心翼翼地把她抱下来，放到院里的磨盘上看了个究竟，黑乎乎、油腻腻，看了半天，还是不明白母亲为何对她那样虔诚。然后就是东墙缝中那窝山花燕，从春天续窝孵蛋时起，我和三哥就知道她们住在那里。这几天听叫声估计已长出羽毛了，我心里一直痒痒的，可母亲就是不让碰。她说别的鸟都可以掏，山花燕不行，掏了她会瞎眼睛。我想，不掏她们，更不伤害她们，看看总可以吧！这样一想，便伸手搬开石块，挖开墙土，将那几个毛茸茸的小家伙拿出来，圈在母亲筛面的箩里，玩了一会儿又放了回去。多亏大山花燕不在家，一点也不知道，否则会搬家的。

已经中午了，大人还没回来，我折腾了一阵有点累了，也饿了，便想找吃的。谁知翻遍了整个碗橱和箱柜，也没找到一点儿能吃的东西。最后在装粮食的大木箱子里找出了半布袋小米，约有二升多。我感觉这可能是全家最后一点余粮了。我好奇地盯着这二升小米想了一会儿，好几种想法互相缠绕争斗，此起彼伏，最后脑海里定格的是母亲蒸出小米饭的画面：灿灿金黄，热气腾腾，飘涌着撩人的气息。吸了吸鼻子，仿佛闻到了诱人的香味。终于，一个大胆的念头定了下来：做饭！一来我自己有了午饭；二来等大人回来就能吃上现成的，就像往常协助母亲干各种家务活一样，说不定还会得到表扬。此时的一通胡折腾就算被察觉了，也可以将功补过了。想好了就干！于是我回想着母亲做饭的情形，将半袋小米一股脑儿倒进大锅里，拿葫芦从水缸里舀了几瓢水倒进去。看看水没过了米，便去东墙根鸡窝北边的柴棚里，搬了一大抱平时母亲留着连雨天时烧的干柴，统统放进灶膛里。划火柴将大灶点着，任它生米煮成熟饭。我则跑到院里斜靠在石磨旁边的大石头上，眯起眼睛晒太阳，迷迷糊糊地做起了黄粱美梦。

阳光炽烈地洒在园子里的菜畦上，几只蜜蜂围着一架豌豆上紫红色的小花嘤嘤飞舞。两只白色的蝴蝶从西边院墙飘然而来，缠绕盘旋，飞过院里那棵高高的槟子树，停也不停，径直越过东墙飞到邻家去了。蒙眬中，我隐隐约约闻到了一丝煳味，开始还以为是在做梦，悠然不为所动，睁大眼睛看到烟囱在冒烟，猛然想到了锅里的米，腾的一声站起来，冲到灶边，揭开锅盖，一股黑烟轰地一下涌了出来。锅里一滴水也没有了，可怜这半锅米已煳了大半。我感觉脑袋轰的一声，一片空白，呆呆若木头，立在那里不知所措。不一会儿，哥哥姐姐回来了，惊诧、愤怒、讨伐一齐向我倾泻；母亲回来了，嗔、怨、忧惧之后，发出一声长长的叹息，然后又往锅里添了几瓢水，继续煮那半锅没熟的煳米。大家七嘴八舌、议论纷纷，各自发表对我的处罚意见，并等着父亲回来裁决，迎接一场家庭风暴的来临。最难过的是母亲，今后这几天到哪里借粮的难题提前摆到了眼前；根据以往的经验，父亲的怨气也会发泄到她身上；而且依父亲的脾气，对我的一顿毒打在所难免，打我母亲更心疼。我深知祸闯得不小，却感到有些委屈，冷静下来后还有些理直气壮，也做好了应对的准备。我心里想，毕竟我的初心是好的，是要给大人做饭，让大人高兴！父亲若打我，大不了还是跑，像以往一样跑出去不回来，让他们漫山遍野地找。

在焦急和等待中，父亲终于回来了，谁知他的反应出乎所有人的意料。听完母亲的说明，父亲的态度异常平静。母亲揭开锅让他看，他瞟了一眼那锅煳饭，反而赞许地说了一句："这么大一丁点儿，还学会做饭了！"我壮着胆，抬头看向他那张一向威严冷峻的脸，父亲的脸上竟泛出一丝不易察觉的笑容，淡淡的，浅浅的，很多东西都在里面。

似乎，我心里想的，父亲都懂。

然而，几十年过去了，父亲心里想的，我至今还不是全懂。

山中一日

凌晨梦乡中听到了亲近清亮的鸡鸣，仿佛从童年岁月深处传出来一样。睁开眼睛，头脑清凉凉的，思维中没有一丝杂质，没有一点困意。拉开窗帘，满玻璃都是儿时引起无限遐想的窗凌花，那是大自然用洁白的冰晶偷偷地在夜里精心绘制的一幅幅天然图画。小时候，茅屋窗棂上糊满了雪白的窗纸，攒三聚五地贴上几片红红的剪纸窗花，只有靠下方正中间的地方镶了一块一尺见方的玻璃。冬天早晨醒来，把头伸出被窝，第一眼看到的就是这些精美的冰晶画，每天一幅，绝不重复，大自然把所有的奇观异景浓缩起来——呈现。小小的窗凌花，吸引我的目光和心灵从茅屋里贫寒艰辛的生活境况移开，也暂时遮蔽了外面冷酷的生存环境，给童年的我在被窝里上了一节节美育课。在大山里见到窗凌花，一下子唤醒了埋藏在岁月深处的记忆，一种美好幸福的感觉在心田荡漾开来。凝视着这些如雪如花的图画，遐思翩翩，便欣然题了一首高原工作时写的小诗："来时雪如花，去时花如雪。来去两无碍，雪落花自开！"

不知不觉间，一丝阳光轻轻淡淡地抹在画面上，先是在白色冰晶上染了些浅浅融融的暖黄色；慢慢地，画面开始变得暗淡；接着，一切景物都渐渐模糊了，变形了；再后来，整幅画开始溶动起来，涓细晶莹的水滴无声地往下淌；最后，大片的阳光灿烂地照射进来。一声清澈的鸟鸣打断了我的凝视和沉思，原来一只硕大鲜亮的画眉飞到窗前的树枝上，一边啄食枝上的积雪，一边大声地唱起歌来。

推开窗子，好一个天开境界！一幅清新凝丽的深山雪景图呈现眼前。昨晚，黑夜用无形的黑消融了这个世界；今天，白雪用有形的白覆盖了这个世界。远处的峰峦、近处的木屋、低处的荒草、高处的树木、平整的菜畦、弯曲的小路，都被大自然那张可以随形变化的白毯严严实实地盖了起来。计白当黑，和而不同，白和黑在世界的变幻中发挥了同样独特的作用，却取得了不同的效果。黑夜的世界给人以神秘和遐想，白雪的世界给人以美丽和向往。黑夜的世界是现实世界的神化，给人以一种宗教情怀；白雪的世界是现实世界的美化，给人以一种艺术情怀。黑夜叫人深入向前，仿佛只有不断地运动，不断地行走，不断地深入，才能确证自我的存在和价值，才能找到人和世界的平衡点。当你在漆黑的夜中静止不动时，孤独和恐惧会从四面袭来，这种强大不可抗拒的力量一直逼驶到你的心灵深处，运动和进入是你唯一的反抗。白雪却叫人驻足依恋。恰如欣赏一幅画卷，静止和凝视是最好的选择。你静静伫立的地方就是你欣赏这幅画的最佳位置和最好角度：近处的大胆直白、清新明澈，远处的苍茫含蓄、冷峻深远。眼前雪的世界美丽大方、自由坦荡，被她盖着的那些东西，山石草木、小桥木屋、荒野道路，一个个被抚慰得妥妥当当，仿佛是调皮的孩子被母亲那双温柔的手盖上了被子，轻轻地哼着小曲送入了梦乡。

清澈的阳光很快洒满了银色的大山，橘黄色的小猫出来了，喵喵叫着跑到小溪边去喝水；小覃家的芦花鸡出来了，咯咯叫着在门前的灌木林里穿来穿去；鸟儿出来了，三三两两，五颜六色，在门前的树枝上跳来跳去，唱起了各种婉转动听的歌儿。那种山里人叫作"三爪娘"的红嘴蓝鹊也三五成群地出来了，它们比别处的尾巴更长，嘴巴更红，叫声更响亮。刚刚跑到院子里堆雪人的孩子们见了，便停下手中的铲子，冲着它们唱起了山里的儿歌："三爪娘，尾巴长，挑担水，嫁姑娘。姑娘姑娘你莫哭，转过弯弯就是你的屋。"

我一面欣赏着深山雪景，一面开始了向往已久的山中写作。

木炭炉暖暖，山里茶淡淡，野蜂蜜甜甜。抬头眺望窗外，满目皑皑白雪，一片青翠的竹子，一棵老干如铁的野梨树，几株冷杉；再往山上高处看去，则是茂密的灌木和参天的大树。思绪像涌入眼帘的群山一样绵绵不绝，像依着山势生长的原始森林一样，一直向上，向上。一切精神以外的存在，不是干扰因素，而是灵感和创造力的催化剂，像清风吹在蓓蕾上，像露珠洒在禾苗上，像云雾萦绕在山峰上，一切都是自在地生长，自由地飘荡，自然地流淌。

写作之余，我带上小覃、小庄到人迹罕至的雪野密林中，去闻见，去感悟，去体验。森林中的雪更深，一脚踩下去便没了小腿，过去打猎采药走的小路，被掩盖得只剩下些模模糊糊的轮廓。勾勾画画的印痕是鸟兽的足迹，有野猪的，有黑熊的，有麂子的，小覃还说有像豹子的。锦鸡像一团火在林间雪地上蔓延，长长的尾巴让我想起了小时候在乡村戏台上看到的穆桂英，那股威风和英气，形似神也似。野兔则突然蹿出，迫不及待地逃出我们的视野。

几只叫不上名字的小鸟不时跳到面前的枝头上婉转啼鸣，不知是欢迎我们，还是嫌惊扰了它们。一路上，我们一边行走，一边交谈，攀崖越涧，上梁下坡，一转就是几十里，虽然艰辛，却意味无穷。山里那些奇闻趣事也随着眼前不断变换的雪景一一映现：小覃妈上山打柴，捡到了一只被云豹咬了半个屁股的小鹿，一家人吃了好几天；有一年雪特别大，小庄跑了几天山，一共捡了三只冻麂子，自己吃不算，还卖了好几百块钱；黑熊常常跑到小溪边的山崖下扒开蜂箱吃蜂蜜，山里人拿它没办法，赶也赶不走；住在山那边的小姚上山捡柴，让一只野猪追得爬到树上不敢下来，野猪哼哼叫着，得意而去；小覃家养的鸡，今年让老鹰捉去了十几只，最后剩下的那些，被吓得整个夏天都躲在鸡窝里不敢出来；最有意思的是红腹角雉，山里人叫娃娃鸡，又大又漂亮，平时藏在密林里不出来，山里人常常听到它婴儿哭一样的叫声，却很难见到影儿。小覃说，今年秋天，有一只六七斤重的娃娃鸡，让老鹰追到了邻居老邵家的屋里，被老邵的儿子捉住，拴在后院杜鹃下，一来客人就抱出来拍照。

傍晚回来，身体累得像散了架，心灵却像清风吹过树林、浅溪流过草地般轻松愉快。和小覃一家围坐在火塘边，吃着永远也吃不够的火锅炖腊肉，喝几杯山里人自己酿的苞谷烧，谈的仍然是大山里的事情，融融乐乐，情思绵绵。

晚饭后便出去散步。顺着小覃家北边的小溪向上走是一片竹林，过了竹林是徐家的小木屋，过了小木屋，循着潺潺的水声，再往上走就进入了狭窄幽深的山谷和茂密的丛林。这条小路用小溪里的细沙和碎石铺成，不到一里长，随着小溪的走势蜿蜒摇曳，仿佛刚刚学会走路的山里孩童踩出的一道足迹。它就是我思想漫游的林中小路。向上走时，思绪像向上的路径一样，一步一步地向秘密幽深的地方延伸；返回时，思绪便像向下的路径一样，越来越开阔明朗。溪流声，鸟鸣声，脚步踩在冰雪上的咿呀声，轻轻拂过面庞略带寒意的风声，都成了我思绪波动的伴奏曲。孤独自由的思想者，蜿蜒僻静的小路，幽深美丽的大山，这个世界仿佛只有这三个东西存在着。思想驱动着脚步，脚步踏着小路，小路连着大山，大山映衬着思想。每走一步，那个包含着雪野的心灵世界便波动一下；每走一个来回，我的自由精神便和这自然的雪野进行了一次亲密的互动与新奇的交融，素约散淡，自由自然。

走着走着，残照下空山，暝色苍然合，周围的一切渐渐成了一个个幽幽的轮廓。再走几个来回，幽幽的轮廓也不见了，只剩下幽幽的气韵，有些神秘，有些逼人，仿佛被暮色隐没了的形体背后，渐渐地萌生出一种强大的不可预知的力量。仰头看天，星星也不见了，雪又若有似无地下了起来，落在脖颈里，凉丝丝的。寂静的大山更加沉寂了，仿佛可以听到雪花飘落的声音。小覃讲述的一个个神奇古怪的山里传说不断在脑海中闪现，又仿佛即将在周围上演，有几分新奇，也有几分畏惧。

夜越来越黑，雪越下越大。一阵山风过林般的呼唤远远传来，是小覃不放心，来找我回家了。

回到小木屋，山里人都已熄灯入睡，小小的村落全部隐没在黑夜之中。我则点亮灯，摊开书卷，沉浸到雪夜读书的另一种精神世界中去了。

夜宿小顶坪

　　小覃带着我在这片人迹罕至的原始森林里爬了整整一天，最后溯着一条欢快的小溪，穿过了满满一大沟盛开的四川杜鹃，终于来到了一大块林间空地，这便是我向往已久的小顶坪。我们住的小木屋是一个废弃多年的护林点，四壁尚全，还可以遮风避雨。放下行李，小覃便开始生火，择野菜，煮腊肉，然后围炉小酌，闲话谈天。吃完饭，已是晚上九点多了，小覃见我摊开了稿纸要写作，便在靠墙角的一张小木床上先睡了。

　　一只灰白色的小蜘蛛在我垫蜡烛的石板周围爬来爬去，我不知它是在观察什么，还是在寻找什么，一直那么认真，那么执着，那么急促。也许它有生以来头一次看见这样的图景：一个白色的柱状物，绝不同于白色的树干，更为奇特的是顶部还散发着太阳一样的光芒。在这柱状物对面坐着一个像熊又不是熊的家伙，正用一个小树棍儿似的东西在白雪一样的平面上勾画着什么。那块洁白平展的东西，是从大树顶上的天空中裁下的一片白云吗？还是拢在一起并熨平了的溪流里的浪花？还有，这家伙在它上面胡涂乱抹干什么？是不是像蜘蛛一样，要把身体里的丝牵出来呢？

我一边写东西，一边看着这个森林中的小生灵，胡乱想象着它观察世界的心理活动，觉得很有趣儿。

过了一会儿，小蜘蛛干脆爬到我的稿子上，在布满黑道道的白纸上来来回回巡视，偶尔还会停下来，用小指爪轻轻抚摸着新鲜的字符，将染上墨色的指爪慢慢举起来放在眼前端详，看上去仿佛陷入沉思的样子。我不知它是否看出了什么名堂。只见它又返回到石板上，居然在石板和稿子之间吐出一条丝，然后悠然自得地爬了上去，随着木格窗外习习吹来的山风轻轻摇荡。那样子优美极了。我想，这么短的时间，蜘蛛大概已将闯入它的世界的新鲜事物研究明白了，而我来到这样一个地方这么长时间，不停地思索，不明白的问题却越来越多，根本不会像蜘蛛那样轻易地有个结论。不过，我深知，很多深层次的问题是永远也不会有最终的结论的，但思索总有意义。也许，思索本身就是意义呢，况且我是在这样一个独特的地方进行独特思索呢！

突然，一只硕大的蛾子从窗外飞来，一下子打断了我绵延无边的思绪。我停下手中的笔，任小蜘蛛继续在那里吐丝游荡，开始观察起这只深山偶遇的蛾子来。我不知道它是为烛光所吸引，从黑夜深处远远飞过来的呢？还是借着星光在森林里漫游，路过小木屋，对窗子里的景物产生了好奇，顺便进来看看？它先是在我的眼前对着蜡烛横七竖八地划了几下，大开大合，像大写意画开头那几笔，迅疾爽利，然后就围着烛光认真转了起来。"嚓"，烛火把它烧了一下，它像一个刚上阵的战士，还没明白敌情就受了伤，败下阵来，"啪"地一下落在石板上，收拢了翅膀低低喘息，微微颤动。也许伤得不重吧！也许那烛光的诱惑力太大了吧！也许刚刚搏击就败下阵来，伤了自尊吧！没过多大会儿，它又嗡的一声飞了起来，不避不让，直接向烛火冲去，"嚓、嚓"，又被烧了两下。这次是致命的伤害，它一头栽在了我的稿子上，仰面朝天，翅膀乱抖，挣扎了好几次才翻过身来，缓缓向前爬了几下，便又想飞起来。我见它努力使了几次劲，足蹬翅鼓，用力拍击我的稿子，粉尘浮荡，身体却无法升起。它连着试了几次都没什么效果，只好艰难地爬过窗台，爬上窗子，爬离眼前这美丽而危险的光明世界，爬回到那属于自己的黑暗中去了。

我轻轻地叹息一声，送走了可怜可敬的大蛾子，目光又不由自主地回到小蜘蛛身上。这个想明白就行动的家伙，这时已编织出了一张小网，好几只围着烛光飞舞的蚊虫成了它的盘中之餐。我发现，不知什么时候，它已经调整了蛛网的布局，丝线不再连着我的稿纸了，而是直接从石板连到了蜡烛上。或许是我翻开写满字的一页纸拉扯了蛛丝，破坏了它的工程；或许它嫌我的稿纸轻薄混乱，远不如蜡烛挺拔明亮；或许经过观察，它发现那些猎物是在围着蜡烛转，我这一堆斑驳迷乱的稿纸远不如蜡烛有吸引力。然而，小蜘蛛并未意识到，它的举动与那只刚刚逃走的蛾子一样危险。有几次，它顺着石板和蜡烛之间的丝线爬到了烛火的下方，不停地用小指爪四处探寻，还仰起小脑袋凝视跳动的烛火，眼睛里充满了好奇和困惑，"啪、啪"，烛泪不时地往下滴，好几次差点滴到它的身上，它却浑然不觉，似乎一直陶醉在蜡烛带给它的那种莫名其妙的温存里。

小顶坪的夜很深，很静，很长。我想，我有足够的时间和小蜘蛛做伴，便不再盯着它看，埋头写作了。思绪停顿的时候，时不时

抬头瞟它一眼，看到它还在那儿，心里很是安然、欣然。谁知，过了一段时间，当我从自己的精神漫游中停顿了脚步，又一次抬头看它时，小蜘蛛却不见了。那网还在，网上的几只蚊虫也在，我找遍了蜡烛周遭也不见它一点踪迹。它到底去了哪儿呢？我做着各种猜想，怅然望了望窗外悠悠神秘的黑夜，又回头看了看还在熟睡的小覃，一种莫名的孤单蓦然涌向心头。茫无涯际的原始森林，寂寞幽深的大山之夜，还有谁能感受到我心灵深处的思想涌动呢？也许栖于林中的鸟儿偶然醒来，会向小木屋扇动几下慵懒的翅膀；也许夜行的黑熊和云豹悄无声息地从门前小溪边走过，会朝这烛光瞥上几眼；也许大山的精灵正用黑夜的眼睛注视着我的一举一动，刚才的蜘蛛、蛾子和蚊虫，是不是她派来的使者呢？

　　快到半夜的时候，窗前大树的缝隙中透出几丝淡淡的幽光，我知道月亮出来了。木屋后面的树太高，我在屋里看不见月亮，却在心底勾勒出一幅美妙的图画。受了心灵深处的诱惑，我鼓足了勇气，独自走出小木屋，跑到门前那片林间空地，欣赏起这独一无二的月色来。那是一种什么样的月色呀！天上没有一丝云彩，星星也不知隐到哪里去了，朗朗夜空只有一个硕大无比的月亮，无边无际的银辉像瀑布一样倾泻到这个世界上。一切都被染成了乳白色，就连那似乎总藏着什么东西的黑黝黝的群峰也披上了白纱，一扫阴森恐怖，显得温润可爱起来。欢快的溪水像一湾散银碎玉，叮叮泠泠地流向远处，与绵延无边的白色杜鹃浑融在一起。溪边那几十株白色的野芍药开得正旺，手掌大的花朵仿佛洒落的月光凝结成了冰花，攒三聚五地点缀在碧绿的枝叶间，妩媚而朦胧。林间那块长满蒿草、开满炽烈黄花的湿地，则飘浮着轻柔的雾气，真切而模糊，涌现着一种神秘的气息。此时此刻，这林间的月亮只属于我一个人，莽莽大山只属于我一个人，澄明的月光、深邃的夜空和这寂寥的荒野共同营造的空灵境界也只属于我一个人。刹那间，我感觉我是这个世界上最富有、最幸福、最自由的人。

　　回到小木屋，月亮渐渐沉下去了。我静静地躺在木床上，凝望着窗外黑黝黝的夜空，清澈空灵的心境变得沉郁邃密起来。我细细品味着平生未有的精神味道，越想越远，越想越深，渐渐沉浸到小顶坪的夜梦之中。

　　不知过了多久，几声清脆的鸟鸣骤然响起，开始还以为在梦中，睁眼看窗外，不觉东方已白，万山攒动。

豆哥的变化

2022 年的春天注定是不平静的，对于世界和中国来说都是这样。在北京，单单气候的变化就让人感觉有些殊异和不适。春暖花开，雪化冰消，草长莺飞，一些你认为理所当然的事，天公总想换个样让你看。对豆哥来说，这个春天更加不平凡，在差两个月满三岁的时候，他上幼儿园了！从十月怀胎到呱呱落地，从蹒跚学步到咿呀学语，再到带着惊疑迷茫的泪光踏入幼儿园大门，又一个新的人生起点开启了。

记得 3 月 1 日那天早晨，不到八点，收拾停当，我和豆妈带着他，迎着料峭的北风，出朱茅胡同，过大栅栏西街，沿着樱桃斜街一直往西，走向惠泽幼儿园。一切都在大人安排下进行，豆哥像个小演员，按照导演安排的角色和流程去做，井井有条。看得出，虽然他不太明白他要去的地方是干什么的，更不会明白生命的轨迹将在那里发生一个不小的跃迁，但他显然感受到了事情的变化，显得有些异样的新奇和兴奋。出了小院大门，他自己背上小书包，拉着小旅行箱，笃笃实实地往前走，不再像往常那样没走几步便扑到大人怀里找抱。小脸冻得红扑扑的，风从檐牙上吹下几天前的残雪打在头上，他不躲不闪，两只黝黑晶亮的小眼睛坚定地望着要去的远方，嘴巴绷得很紧，一句话也不说。看着眼前的景象，我反倒有些伤感起来。因为所有的成长和进步也意味着告别和疏离，过去那些美好的事情渐渐被旧日时光收藏。走出家门，步入社会，血缘的纽带不得不松了一环，家人朝夕共处的时光将被挖出许多空白，填上了社会性的内容。从此，家不再是一个封闭的时空，而是变成了一个可以出去和归来的场域。然而，伤感仅仅是大人对旧日时光和生命状态的留恋，成长带来的惊异才是豆哥变化的主调。曾经的美好也变成了一种深沉的积淀，像一条小溪从远处汇入河流，生命的浪花在更宽广的水域中别样地激荡和涌现。

和其他小朋友一样，外部的变化首先是从幼儿园的接送体现出来的。豆哥去幼儿园的状态，渐由原来的抗拒、哭闹到顺从接受，最近几天变得欣然前往了。接时的状态变化，从豆哥的表情可以观察出来。刚去那些日子，他从幼儿园出来，见到大人时是一副低沉忧郁的面孔，如同旱天的秧苗缺了水分，没了生机，一副憋屈受苦的样子。我们把他抱在怀里，一边走，一边劝慰，走了一条长长的胡同，他才渐渐高兴起来。没过几天，豆哥的表情有了明显变化，一见到大人来接，两眼顿时闪出晶亮的光芒，身子向上轻轻一跳，有时嘴里还"啊"地喊一声。最近这些天接他时，豆哥脸上的表情比较平和自然，内心的高兴也能看得出来，但已不如原来那么兴奋。问起幼儿园的事，他会只言片语地描述，在门口看到他们"海豚班"的同学，还用小手指点着，告诉大人他们的名字。也许在他看来，从幼儿园回家，不过是从一个喜欢的地方到另一个喜欢的地方而已。小孩的天真与可爱在于他的内心感受是直接写在脸上的，不像大人那样习惯了喜怒不形于色。我猜想，豆哥表情的变化大概和幼儿园的吸引力有关，看了老师每日发来的视频和照片，便很快证实了这个想法。两个月来，我和豆妈每天晚上最快乐、最期待的事，就是观看老师准时发来的视频。看到豆哥在新的群体环境中自由、快乐、活泼、有趣地生活，看到幼儿园干净、整洁、轻松、安全又充满现代感的环境，看到老师们那一张张亲切、和善、温馨的笑脸，听着他们那些充满童趣、柔性和磁性的活动，我由衷地为豆哥高兴。

古希腊哲学家苏格拉底说："教育不是灌输，而是点燃火焰。"我以为，幼儿园的教育不在于灌输知识和训练技能，而在于在游戏、娱乐和玩耍中发育天性，伸张个性，同时潜移默化、春风化雨地熏染和陶冶一些现代文明所必需的精神品质。入园两个月来，豆哥不但认知能力、学习能力和生活自理能力等有了新的变化，我更为关注的精神成长和价值涵育也有了质的飞跃。有人说，两三岁的孩子像春天的秧苗，一天一个样，幼儿园就像它们移苗别栽的一片新土壤、新田野，浮现着新鲜惊异的生命景观。豆哥本来是一个好奇心很强的孩子，记忆力和想象力也比较突出，过去带他到街上和郊野，他见到新事物问得最多的是："这是什么？"现在问得最多的则是："它是干什么的？""它能干什么？"这是一种微妙但巨大的变化。用哲学的话语来说，就是他在事实认知的基础上，开始形成价值理念，对人和事物的价值关系产生了浓厚的兴趣。一个认知维度叠加了价值维度，精神的丰富性和多元性大大增强了。而且他什么事情都要亲自去做，很反感大人的干预和帮助。"让他（我）自己干！"已成了他做事情常说的口

头语。这说明他的主体地位和自我意识在渐渐明朗，这无论是对人类这个物种，还是对单独的个体，都是至关重要的。三岁的儿童正处于这个转变的关键时期，豆哥幼儿园的教育和管理在这个方面起到了重要的推动和引导作用。

儿童上幼儿园，意味着走出了单纯的血缘群体，迈进了由陌生人构成的契约性群体。这时的教育对其未来迈入更大意义上的社会是一种重要的启蒙和涵化。豆哥进了幼儿园，公共规则意识和主体间的交往意识渐渐生成，平等、包容、互助、分享，这些现代文明价值和交往规则已经渐渐渗透到他的日常行为和生活中。一日，我带他到前门大街玩耍，有个陌生人往地上吐了一口痰，豆哥看见了，立即跑到那人跟前大声问："你吐什么呢？"弄得那人十分尴尬。还有几次，走在大街上，他说要撒尿，我还想像往常一样，找一个下水道口让他方便，谁知他大呼："不要在马路上尿尿！"对于他人，豆哥渐渐懂得了关心和体谅。对于他不该做的事情，也不像过去那样任性了，大人讲了几遍道理后，他答应了"明白"，虽然心里不愿意，但还是默默接受。有时他还会主动把大人的话重复几遍，好像在他心里有一个"我"在说服另一个"我"似的。有一天早晨，豆妈流鼻血，他看了很着急，没等大人说，他便主动拿来纸帮她擦，还一个劲地往鼻子上吹气，学着大人哄他的方法，以为吹吹就好了。更令人惊奇的是，在很多事情上，他学会了幽默性的表达。没上幼儿园时，他很顽皮，喜欢以他的方式捉弄别人，取笑他人。比如，揪着大人耳朵喊"肥头大耳朵"；秋天树叶发黄时，摘下小院的石榴叶往大人嘴里塞；见有人吃饭发出声响，喜欢咯咯笑着学。他的顽皮逐渐在往幽默方向发展。前几日，他在豆妈的宣纸上浓墨重彩地胡涂乱抹，每画出怪象异形，便问大人像什么，告诉之后便咯咯大笑不止，好像在自嘲那些神不似形也不似的作品。还有一次他画人脸，画了两个眼睛后，还在啪啪地往上乱墨，我便着急地说："你画那么多眼睛，那不成大妖怪了吗？"豆哥听了，狂笑不止，声声悦耳，如鸟鸣空山般响亮。后来每操纸笔，便重复此话，笑声连连，开怀不已。武松打虎的故事我从小就讲给他听，最近他用从幼儿园学来的曲调自编自唱了起来，还故意怪声怪气地唱，引得大人笑，他也跟着笑。

春天是一个充满浪漫、想象和变化的季节，忽忽两个月已过，如今豆哥这个生命的幼芽在幼儿园里不知不觉又长出了不少惊喜的枝叶，回首一望像换了个人一样。豆哥上幼儿园时令虽春，冬寒未去，小院仍是清冷荒寒，但露台上池子里蛰伏了一冬的大葱已冒出了绿芽，隐现着生机和力量。四月初的一天，我种在窗前海棠树边的倭瓜偷偷地冒出了嫩黄色的叶片，豆哥见了，大呼："芽！芽！"兴奋地蹲在那里看了半天。前几天，我们带他到野外游玩，放眼山川，一片新绿，森林中大片的二月兰迎风摇曳，豆哥像小鹿一样在野花丛中乱窜乱跑，自由自然。在一条小溪边遇到几株山杏，嫩果恰如手指肚大，苦涩清新，稚嫩纯真，豆哥吃了一颗，直呼："人参果，人参果，我自己摘！"于是我把他高高举过头顶，他伸直了腰身和手臂触摸枝头，一边摘，一边往嘴里塞，痛痛快快地享受着属于自己的春天的快乐。我蓦然忆起了苏东坡的诗句："花褪残红青杏小。燕子飞时，绿水人家绕。"看着豆哥那自由、快乐、可爱的样子，想着他两个月来的变化，我感觉这个别样的春天也有一种别样的美好。

海岛拾思录

海南，此前我出差是来过几次的，大都来去匆匆，系风捕景，不过留下光彩照人、温暖热情的表面印象而已。这次春节度假，在友人小县城边上的房子里一住就是半个多月，与友人闲谈、闲逛，看闲书，思闲事，平日里埋在心底的一些哲思灵感也如深潭里的鱼儿，躲过了白天的喧闹，于月白风清之际悄悄浮现出来。她们与印在水里的月亮、星星，还有轻轻浅浅的涟漪一起，形成了另一番风景。

一

初三那天晚上，我与友人泡在露天温泉里闲谈，气氛像泉水那样有温度，话题像头顶上两棵椰树裁剪开的天空那样有深度。谈着谈着，友人突然指着楼头一角喊了一声："快看，这地方月牙是横的！"我回头望去，蓦然看到湛蓝的天宇隐约衬着一个淡墨般的圆盘，圆盘底部镶着一弯晶莹清亮的月牙，几片宽大的芭蕉叶子小心翼翼地将她托出了矮矮的短墙。那弯银色的月牙就像小时候在乡村戏台上看到的鲁智深的禅杖头一样，两头尖尖，锋光摄人，仿佛两边漆黑的楼宇都被她喝退，辟出了一块专属于自己的天空。而她下面那丛茂密的芭蕉，黑黝黝的剪影有如一只被制伏了的猛虎，一声不吭地匍匐在她的脚下。这个画面令人心动情也动。我用手指围成一个框子放在眼前试了试，果然一幅摄影佳作。可惜大相机不在身边，遂叹曰："塞外月斜海南横，蕉林如虎月如弓。奈何徒手难摄取，谁知明朝同不同？"

果然，第二天外出归来已是十一点，月亮早已沉沉归去。第三天晚上，满怀信心地又去了，谁知天公不作美，我望着乌云盖着的那地方发呆，知道她就在那儿，却无可奈何，只能在脑海里勾画一幅蕉林横月图。一来二去，等再到那地方看到她时，已长成半圆，了无意趣，连相机也懒得举了。

后来，常常想起那幅蕉林横月图，越想越觉得好，越想越难受，就像失恋了一样。

二

一日，沿一渔村临海小巷闲游拍照，见一身材苗条、面容姣好的女子坐在门口杀鸡，那只漂亮的五花鸡在她白皙温润的臂膀里胡乱扑腾，鲜红的血顺着她纤柔的手指滴滴答答地往下流。我感到很好奇，顺手拍了张照片，问她："你还敢杀鸡？"她抬头看了我一眼，冷冷地回了一句："我不敢杀你来杀？！"弄得我一时无语。一只黄色的大母鸡咯咯叫着走过来，那一串叫声像在说风凉话一般，帮我打破了眼前的尴尬。我举起相机拍它，它便又咯咯叫着朝对面的鸡舍慢慢走去。那鸡舍里有好几只铁笼子，笼子里关满了鸡，挨挨挤挤地聚在一起，眼睛惊恐地望着外面的世界，一直望到近处出港的渔船和远处迷茫的大海。这只孤零零的母鸡在我的注视下，努力跳到了鸡舍上边的一只竹筐里，趴在松软的茅草上，调整好自己的位置和姿势，便趴下一动不动、一声不吭了。我想，它是要下蛋了吧！我拍照时靠得很近，能看清它眼睛里的我和对面的房舍。我感觉，它对我并不太在意，滴溜溜的眼睛盯着女人的家门，头上血红的冠子也跟着晃动，像微微跳动的火苗。

我在那个渔村转了一大圈。一路上，心里还想着女人杀鸡的情景。回来又路过那里，却发现鸡笼里的鸡都不见了。那只在竹筐里努力下着蛋的母鸡也不见了。我好奇地翻了翻筐里的茅草，那里并没有什么蛋。女人屋里腾腾地往外涌着热气，笼着地面上的血水，越过了空荡荡的鸡舍，一直飘散到海面上。

三

海岛多古村，大都没于荒林丛棘中，不为外人所知。几年前友人远游迷路，黄昏时遇一古村，如入恐怖小说秘境中，惊悚中亦有探险的快乐，念念不忘。后来，又多次去找那个村，想尽各种办法也未能如愿。我看过几张照片，也感到新奇，发誓这次要找到它。

结果，那天我们在那个小镇附近东奔西突，折腾了半天也没有一点头绪，连友人自己都开始怀疑那次是不是闯入了另一维时空。说什么唯一遇到的老人不像现代人，说话像唱歌，一句也听不懂；说什么空旷的石屋中，主人似乎刚刚搬走，对联都像刚刚贴上不久，就连那些联语也有古风遗韵，不似出自现代人手笔；说什么石兽、石磨、石臼颜色古旧却完好无损，好像一直在用；

最奇怪的是街巷里几乎见不到人，却有几只鸡跑来跑去，鸡的叫声像木棒敲在石头上，响亮又凄凉。友人越说，大家的好奇心越强，蒲松龄笔下的那些故事一个接一个地在脑海里涌现，都觉得要不去这个地方见识一番，真成人生遗憾了。

正在迷惘踯躅之际，有一个男子骑摩托从后面赶了过来，问明来意，他说那个古村他不知道，但他们的古村也和照片上的差不多，愿引路前往。

我们跟着他穿过了一大片荒野，在一片茂密的森林中，果然见到了几十间废弃的石屋。他说，这个村落有六百多年的历史，他太公那一代就搬出来了，已荒废了一百多年。大部分石屋早已没了屋顶，屋地上长满了各种热带植物，屋墙全是用火山岩砌成，有的还比较完整。奇怪的是，那些大小不一的石块不是平行着向上垒，而是要么如乱石铺街，了无章法，端详起来又耐人寻味；要么砌成了美丽的扇形，缝线斜斜的，一直通到底。站在屋子里，逆着光向外看，石头的缝隙形成了各种形象的图案，像突然打碎的瓷器，又像夜幕上晶亮的星星，不停地眨着会说话的眼睛。荒草古木下的石刻、石人和石兽也很有特色，线条率直利落，形象憨态可掬，有生气，又有野逸之气。

我把这些石屋转了一遍，便沿着布满荒草苍苔的旧日街巷走出村子，进了森林深处。没有什么路，只管往草木稀疏的地方走。走着走着，便找不到来时的路了。一棵又一棵的大榕树盘根错节，遮天蔽日，各种叫不出名字的植物或亭亭玉立，或摇曳多姿，皆有动人风致，每走一步都有"出奇致胜"之感。我心里合计，这里不是我工作过的横断山脉，也不是常去的湖南八大公山，森林不会太大，总的方向在，不必担心迷路，只是担心那个男子所说的蟒蛇。听说这家伙虽然无毒，但要是被缠住，也可致命。在另一个荒村里捡的一把锋利的小锄头给我壮了胆。一路上，我用它一边砍柴草，一边敲树干，为的是弄大动静，吓跑蟒蛇。愈往前走，林愈密，草愈深，藤葛缠绕愈繁杂。那些交错垂挂在乔木间的老藤，如根根套索，随风晃动，仿佛古村幽灵不满外人闯进他们的领地，埋伏种种机关似的。最恼人的是那种带倒刺的荆条，样子柔软细长，叶子婆娑可爱，隐约可见的小刺也是绿绿的、嫩嫩的，谁知那么厉害，稍不留神，被它钩住，透过衣裤，直刺肉中，疼痛难耐。最怪异的是，它们就像谋划好了似的，你伸手摘这个，那一个又暗暗伸了过来，恰到好处地刺中你。就这样，一个接着一个，一个胜似一个，让你顾此失彼，狼狈不堪。有几次，我被它们围住了，进退维谷，只好俯首趴在地上静止不动。你不动，它们也不动，森林里的风也不动。我转动着眼睛观察它们的分布态势，索性举起相机，以特殊的视角拍它几张照片，然后像蛇一样爬出，弄得满头大汗、叫苦不迭。

走了好久，还走不到林子的尽头，我心里有些发慌。突然听到森林西边传来友人的大声呼唤，我估计了一下，大约两三百米，便稍作调整，朝那个方向闯去。走了一会，来到了一块网球场大小的林间空地，阳光灿灿，芳草茵茵，像是先民的一个大菜园。两只山鸡大小的鸟扑棱棱从草丛中飞起，阳光照射下的羽毛像两颗春节绽放的烟花，燃烧着向远处划去。菜园四周的围墙早已坍成了石堆，上面长满了密不透风的灌木，像有人故意编织的栅栏一样。灌木上布满了那种可怕的刺藤，看了叫人心有余悸。只有西北角贴着地面的地方，有一个水桶大小的空洞，可能是鸟兽进出的通道。仔细一看，洞口和洞壁招摇着无数枝刺藤，嚣张地挡住我的去路，像故意挑衅似的。怎么办？原路退回又不知绕到哪里去。眼看太阳快下山了，心里有些着急。我一下子想起了手中的锄头，放下相机，不管三七二十一，奋力举起锄头向洞四周砍去，管他什么刺藤，管他什么灌木，管他什么杂草，统统消灭。这种大力出奇迹的方法非常奏效，不大一会儿，一条绿色通道赫然展现在我面前。夕阳从那边照过来，我像个胜利的英雄，大踏步朝它走去，长长的影子留在了林间空地上。

四

一日黄昏，到一个荒僻的海滩拍鸟，见退潮后的滩涂上全是淤泥，不知深浅，不敢贸然行动。远处近水的地方万千海鸟翻飞鸣唱，仿佛热切招呼着我，又像在嘲笑我的胆小。正在犹豫，村里有一个女人带着小孩路过，我问泥深否，告曰："不深，只陷一点点。"我遂大胆步入污泥中。怎料一脚下去便没了脚脖，再走两三步便过小腿。心里有些嘀咕，回首望岸上那女人，仍是一副肯定鼓励的表情，便又向里走去。越走陷得越深，走了二三十米，便没了膝盖，心里紧张起来。再回首看那女人，见她指指点点，嘴里说什么听不清，感觉无意让我返回。几只认真啄食鱼虾的水鸟被我惊起，落在靠水的地方。我心想，或许有水的地方泥浅，便又鼓起了勇气，深一脚浅一脚地继续往前走。到了水边已经陷到了大腿根。还有一两次，一只脚一直往下陷，根本够不到底，好在另一只脚尚可支撑，仓皇拔出，吓出了一身冷汗。我试着下水，水里淤泥一点也不浅，没走几步，水便没了腰，赶紧举着手机和

相机往外逃。环顾左右，我被一摊淤泥从四面八方包围起来，看看离岸已有百米，被我踩过的地方有节奏地开合着，冒着灰白的气泡，散发着难闻的气味，像海滩呼吸着的嘴巴。再搜寻那岸上的女人，早已不见了踪迹。一阵阵恐惧袭来，我的脑海中不断涌现人被沼泽吞噬的画面。几只白色的水鸟鸣叫着从我头顶上不紧不慢地飞过，惊醒了我的梦魇。抓拍了几下没拍着，索性停下来，定了定神，朝着水鸟降落的地方向西追去。夕阳像一团火，照在滩涂和海水上，就连我身上的片片污泥也闪出温馨的亮光。身边的水鸟和我熟识起来，或缓缓漫步，或亭亭凝望，或悠悠鸣唱，任我自由摄取，不避不让。一个人的海，一个人的黄昏，一个人的夕阳，我感觉此时的海滩就像天然的剧场，我和周围的万物都成了剧中人，不自觉地被自然灵性支配、安排和观望。

夜幕降临，四野空蒙，涛声涌起，潮水从后边涨了过来，似乎在提醒我该退场了。我横下一条心，望望岸上大致的方向，不择深浅，大步往外闯，心想："哪里来，哪里去！"没了岸上女人的指引，我反而踏实自信起来。走了一半，两条腿同时陷在深泥里，用力一拔，脚出来了，鞋子却留在里面，只好光着脚踩在泥底的礁石上往外走，扎得钻心疼痛。

回到岸上，两只脚割破了好几条口子，血不停地往外流，血和泥混在一起，那颜色很吓人。

荒村灯火稀疏，行人寥落，冷风袭人。我顶着惨淡的月光，一瘸一拐地在村里走。我知道自己样子狼狈，不敢贸然敲人家的门。走了一会儿，终于碰到了一位在昏黄灯光下择菜的老奶奶。看到我的样子，她并不吃惊，默默地放下手中的篮子，静静地引我到小巷的尽头。那里有一个童年家乡那种手压出水的"洋井"。她不停地给我压水，让我从头到脚冲洗了一遍。见我光着脚，她又给我找了一双她家的拖鞋。我们语言不通，我晃着手机想给她钱，她连连摆手，表情真诚自然。我明白她的意思，能看到她的心，只是后悔没和她合影留念。如今，我不知自己那时到底什么样子，而她的样子在脑海里也渐渐模糊了。

五

塞外人不识海南风物，每至村野多好奇，欲与村妇野老讨教，囿于乡音隔阂，朦胧模糊，仅得一知半解。

一日，至一古村，见田埂路旁遍生野芋，蓬勃繁茂，生机盎然，自忖当与田间芋头相差不远，略类北方百合、山楂、葡萄、核桃、梨子等家野之分，说不定别有风味。于是对友人说："乡民贫僻，何不挖野菜以食以卖？"友人笑曰："海南物产丰富，蔬果遍地，家的尚有余，何必食野？"我于是提议挖一些回去吃，友人也很赞成。问路边一放牛老者，他呜里哇啦说了一大通，又是点头，又是摇头，到底不知何意。我干脆拿起锄头，在路边挖了起来。这东西埋得很深，挖了半天也没挖到一块完整的，便跑到荒地中去寻。发现大树下有几颗块茎半露地面，泥土松软，没费太大力气，便挖出了两大块。用锄刀砍开一块，有汁液渗出，与友人详审，样子和市场上的芋头无异。我心里很高兴，上去就咬了一口，然后递给友人，叫友人也尝尝。友人刚送到嘴边，我便"啊"地叫了一声，急令放下。霎时，只感觉唇上、舌尖、右颚一阵火辣疼痛突然涌起，迅速蔓延。先如一群带毒刺的小虫趴在嘴里，一个劲地往肉里叮；又如一团油含在嘴里被点燃，火苗四处乱窜，穿过腮颚，一直往脸上烧。用手一摸，脸和唇已肿了起来，似有一些小针往里面扎。又过了一会，感觉像是有人将一瓶胶水洒在嘴里，舌头、嘴唇、牙齿都被粘在一起，张不开嘴，说不出话，一用力，便如撕裂般疼痛。众人见状惊愕不已，不知所措，七嘴八舌地出起主意。我静静地感受着它的力量和分量，心想，就舔了一下，马上吐出，不致丧命吧。这样想着，便有了斗争的底气。渐渐地，十来分钟后，它的力量已达高峰，小针不再往深里刺，火烧得不那么旺了，脸由疼变麻，我便闭着眼睛，捂着嘴巴，低低哼哼着又忍了一个多小时，才觉如一阵大潮悄悄退去，一切如初。

　　同行者上网查了一下，方知野芋有毒，不可食用。它们分好几种，样子都很好看，有的叶大果红，乳白色的花空灵静雅，一副凛然不可侵犯的样子。据说有一种叫滴水观音的，最厉害。我误打误撞，依塞外风物行事，不知碰上了哪一位？

六

绳床是海岛乡野一景，看到乡民躺在上面享受那份惬意，真叫人羡慕。一日在海边渔村闲逛，穿小巷过一家门口，见一棵大榕树下环境清幽，寂寂无人，正好拴着一个绳床，心里便更痒痒。喊了几声不见回音，便抱着相机笨拙地爬了上去，翻腾了好几次，才调整到了比较舒适的姿势，还差一点滚下来。不一会儿，主人从小巷子里回来了，路过绳床时，朝我看了一眼。我有些不安，微微抬起头，表示歉意，她浅浅地笑了笑，难以察觉地点了点头，走进了自己的院子，再无动静。

我安心地躺下来，仰望天空，仿佛沉到这个世界的里面，以独特的角度静静地感受着这里的一切。躺在绳床里，我似乎已成了海岛乡村的一部分，外在、嵌入、疏离的感觉渐渐消失，能够和这里的事物平和地相处在一起。这种体验与拿着相机满村乱窜完全不同。世界对我的态度也不一样了，我成了它们的日常。先是一只大红公鸡踱着四方步，不声不响地来到绳床边，在松散的沙土中轻啄慢刨。我近在咫尺，它却视而不见，连多看我一眼的心思都没有。我从来没有这样近地观察过一只鸡，便真真切切地端详起来。绳床离地只有一二尺高，我侧着头看它，几乎平视，仿佛能感受它此时感受的一切。它刨了一会儿，发现了沙土中掺杂的谷粒，便大声叫了起来，还用力拍打着翅膀，扬起的尘土迷了我一脸。不一会儿，一只芦花鸡连跑带颠地领着几只刚出窝的小鸡从主人院里钻了出来，小鸡跟不上妈妈的步伐，像断了线的珠子一样在后面追，叽叽叫个不停。不一会儿，一家人欢乐地聚在一起，咯咯叫着享用着沙土中美妙的谷粒。一只橘黄色的小猫悄悄爬上了我身边的栅栏，回头向下看了我一眼，然后蹲在那里朝院子里张望。院子里长满了碧玉般的蔬菜，几只蝴蝶在里面飞舞，有一只飞过小猫身边，小猫伸出爪子迅速抓了一下，蝴蝶飘忽了一下躲开了，没被捉住，惊慌失措地从我头顶飞过。大榕树细密的枝叶间透过几缕细碎的光线，洒在我和身边的几只鸡身上，温润柔和，在沙土上留下轻轻晃动的影子。我举起相机向高处拍榕树的枝叶，却发现有几只小鸟在无声地跳动。我悄悄地放下相机，一动不动，生怕惊跑了它们。没了动静，这些橘黄夹杂着翠绿颜色的小鸟渐渐自然起来，有几次离我只有一两米远，看了看我，不惊也不飞。我尝试着慢慢拍照，它们也一点点接受了。在长焦镜头里，将它们拉得很近很近，羽毛上的每一丝都看得很真切。

一阵风从栅栏外的海面吹来，有一片落叶掉到我的脸上，摇荡了我的清梦，像一颗小石子投到湖里，泛起阵阵涟漪。我侧耳顺着风的方向听去，听到大海阵阵涛声，突然忆起关阔先生在一幅《小石潭记》的画中题跋说："甚喜柳文，每欲画之，屡作屡废，无一惬意。有一年冬天自海南归，携大海风涛之气，一挥而就，神完气足。"我感叹，大海风涛竟能蓄于一小小水潭之中，子厚文气之厚，关阔境界之阔，于此可见一斑乎？念此，蹶翻身下床，奔赴海边，欲学先生，沾染些风涛之气，以增哲思底蕴。倘先生睹此，必发一笑。

黑夜的底片

观·音

你那双忧伤的眼，
是光阴滴成的泉，
目送远去的琴声，
像一湾小溪流向天边。
我想，
泉里一定还游着鱼儿，
是不是她们荡起的涟漪，
叫你刚刚放下琴弦，
又想拿起琴弦。

黑夜之美

黑夜是生命之美的另一面，简单，神秘，深邃，空灵。细细品味起来，叫人有点敬畏，有点迷惘，有点寂寥，有点凄婉，但总也少不了一些绵绵不绝的向往和遐想。

白灿灿的太阳无可奈何地沉没于远山背后，远山渐渐地变成了黑黝黝的一团，明亮的天空把远山的轮廓勾勒得异常清晰，像一幅幅巨大的版画拼接在一起，挂在天边。有的像佛陀仰面躺在巍巍的山脊上，静静地凝望着深远的天空；有的像狗，像狼，又像虎，张着大嘴，奋力地向渐渐淡去的光亮奔跑着，追逐着；有的如一艘大船行驶在波涛汹涌的大海上，那舵手和桅杆都清晰可见。这幅图画持续的时间并不长，渐渐地，渐渐地，那原先黑白分明的轮廓变得越来越模糊了，一切的一切都融于黑暗之中了。于是，五光十色的世界褪去了，喧嚣繁闹的世界褪去了，熙熙攘攘的众人褪去了，无休无止的浸染和烦扰褪去了，心灵迎来了宁静和遐想，黑夜之美展现在你的面前。

黑夜是自然的精灵，只要你静静地思，细细地想，你就会真切地感受到这个精灵的存在。在没有星光、没有月亮、没有灯火、没有他人，甚至没有声音的夜晚，这个精灵悄无声息地来到你的跟前。你辨不出她的形，辨不出她的声，只是感觉到一双黑色的眸子或远或近、或隐或现地注视着你。这双漆黑明亮的眼睛仿佛就在跟前，又仿佛在宇宙的最深处，不管你走到哪里，她都在一刻不离地注视着你。你自由而孤独地处在她的包围之中，肉体的感官因失去了对象而失去了意义。只因你的心灵、你的思想还活跃着，黑夜才把整个世界凝聚成一个精灵，走进你，一直走到你的内心深处，而你也只有用心灵的眼睛才能看见她，才能与她融合在一起。你的心灵的眼睛是夜之精灵自由进出的唯一窗口。

黑夜的眼睛有时也是看得见的。城市里的灯光是人的欲望的眼睛；江边点点的篝火是渔人困倦的眼睛；黑夜的眼睛是天上的星星，明亮而深邃，神秘而和善，一眨一眨的，永不困倦。去年五月，我在南方的一座大山里，看到了世界上最美的黑夜的眼睛。雨过天晴，繁星满天，我静静地站在幽幽的山谷中，仰望星空，一直待到深夜。那里的星星被山里细细的风一遍一遍打磨得越来越明亮，被林中湿湿的雾浸润得越来越水灵，每一颗都是那么空灵可爱。我一颗一颗地凝视，一直凝视到快要落到山尖的那一颗，想从每一颗星星的目光中凝视出不同的寓意。我凝视着她们，她们也深情地注视着我。直到进了小木屋，我仍感觉到那满天的星星，透过屋前的竹子和木格窗子，一如既往地注视着我。那一夜，我发现大山里的星星是黑夜会说话的眼睛，她们用星光密语轻轻呢喃着人间的故事和宇宙的奥秘。透过这星光，我的思绪飞到了宇宙的最深处；透过这星光，宇宙的精神也射入了我的心田。只可惜我生性愚鲁，不能悟其全部。

　　月亮呢，月亮是黑夜的笑脸。弯弯的新月像是黑夜少女般多情含羞的脸，总是用一方黑色的纱巾遮住美丽的面庞，即使这样也不敢大大方方地出来见人，总是测度好了安全的距离，远远地挂在天边，像是随时准备逃避消逝在天幕中一般。圆月呢，圆月倒像是成熟的女人的脸，明亮，圆润，大方，可以离你很近，也不会避开你凝视的目光。但黑夜的笑脸总是含蓄朦胧的，从来不会像白天的太阳一样火辣辣地看着你。当夜幕来临时，圆润的月亮要么躲在树的后面，要么趴在屋檐上，要么藏在山谷里，偷偷地看着你和你周围的一切，直到她发现只有你一个人的时候，才大胆地走出来，叫你自由地欣赏。我总有一种感觉，人多的地方，繁乱的地方，明亮的地方，圆月是很少来的，偶尔遇上了，也如一个受伤害的女人，目光里充满了幽怨和冷峻。能真真切切地看到硕大皎洁的圆月，一定是因缘巧合。记得研究生暑假的一天，我和哥哥到外地进货，回来的路上正值深夜，大卡车坏在了僻静的乡村公路上，半天也修不好。我一个人沿着小路向山上走去，登高远望，偶然看到了黑夜那纯真甜美的笑脸。月亮大大地挂在两山之间，像从唐诗宋词中走出来的一般。夜空清澈澄明，星星很少，黑黝黝的山峦在月色下形成了一个美丽的剪影。玉米地一眼看不到边，田中的玉米已高过头顶，清幽幽的月光柔和均匀地洒在青黑色的玉米叶子上，似乎在发出细微的沙沙声。我感觉，月亮离我很近，像儿时亲切熟识的朋友在这空旷的山谷中偶然相遇了，她用那月光般的话语悠悠绵长地述说着别离的故事。顿时，生命中那些久已消逝的美丽的东西一下子再现出来，生活中那些本属缥缈空灵的愿望和梦想一下子来到近前。一种感悟到宇宙久远、生命美好和人生苍凉的悲欣情感涌上心头，至今难以忘怀。

还有一次，白天诸事繁乱，抑郁彷徨，晚上早早地睡下了。深夜突然醒来，看不见月亮，却看见了如银的月光透过窗棂照在床上。我和我周围的一切全都沐浴在月光之中，四周没有一点别的声音，白日里那些烦心的琐事全都消逝了。忽然，窗前一只蛐蛐铮铮地叫了起来，声声入耳，扣人心扉。我怀疑这清脆的声音是天上高妙的乐手于太虚之中弹着月光发出的，又怀疑这只蛐蛐像我一样，于熟睡之中突然醒来，发现了这绝妙的月光，从心底唱出了欢快的歌儿。我一动不动地躺在床上，唯恐一不小心惊扰了这美妙的月光和虫鸣，静静地享受着这夜色之美，似乎进入一个物我两忘的境界。随即心底涌出了一首小诗："月光澄澄，夜色融融。秋虫唧唧，心境空空。"

其实，黑夜的声音之美远不只有蛐蛐的叫声，还有很多。要欣赏这种美，城里是不行的，要到林深源流的大山里去。那里的夏夜，夜幕刚一降临，溪流里的石蛙、雨蛙等各种蛙儿就此起彼伏地叫了起来。这些蛙儿绝不是杂乱呼喊，而是有指挥、有分工、有节奏的大合唱。一开始是一个高音的领唱，高亢嘹亮，响彻山谷；接着是众多蛙声的加入，不是一哄而起，而是分批开始，由远及近，由低到高，一浪高过一浪，一直推向高潮；在高潮中持续徘徊一段时间后，蛙声戛然而止，阒无声迹，只剩下哗哗的溪流声，那是夜幕下永不间断的背景音乐。过了一会儿，又星星点点响起了几声清脆明快的蛙声，像是木棒敲击石板发出的声音，回响在山谷林间，算是下一轮合唱的前奏。不一会儿，新的一轮就真的开始了，气势比前面的更加汹涌澎湃。到了深夜，蛙儿叫得累了，它们举办的音乐会也就自然散场了。那些不知名的虫儿演奏的轻音乐此时登上了黑夜的舞台，婉转悠扬，绵绵不绝，每一声鸣叫都轻轻地拨动人的心弦。这时，人睡了，森林睡了，大山睡了，就连那爱热闹的蛙儿也睡了，没人听虫儿歌唱，虫儿也不会用自己的歌把大家吵醒，它们只好把这美妙的声音献给孤寂的深夜了。我猜想，可能世界上有太多的喧嚣和鼓噪，言论市场都被强势者的声音占据了。虫儿是这个世界的弱者，在强势声音面前，它们只有保持沉默，也许，把这微弱但美妙的声音唱到深山里、唱到深夜里，是唯一的选择了。它们不是那些走红歌星，只是一些民间的歌手呀，它们的歌儿是唱给自己听的。下半夜的时候，蛙声和虫鸣都少了，大山进入了熟睡之中，只有杜鹃、阳雀等鸟儿的啼鸣还在山谷中飘来荡去。那声音仿佛在山里，又仿佛在山外，仿佛是从远古传来，追逐着时空变幻，激荡着宇宙的空旷和苍凉。

　　漆黑的夜是独立思想播种的田园，是自由精神飞翔的天空。漆黑的夜，没有一丝光亮，没有一点声音，星星不知哪儿去了，月亮也不知哪儿去了，就连那平时叫个不停的蛐蛐怎么也无声了呢？一切外在的东西都消失了，只有心灵和这黑夜同在。你会感觉到世界就是你周围那么大，你可以自由无碍地与世界进行直接的对话与交流。你融在黑夜之中，黑夜融在你的感觉之中。这无边无际的黑，遮蔽了万物之形体，遮蔽了时光之流逝，遮蔽了世俗之烦扰；这绵绵不绝的夜，让你淡忘了个体之渺小，淡忘了人生之孤寂，淡忘了生命之短暂。这世界只剩下漆黑的夜和自由的精神，自由的精神自由地飞翔于黑夜之中！但是，时空不会在黑夜中静止，种子在生长，天体在运转，历史在演变，太阳正从某个地方一刻不停地向你周围的黑夜袭来。不久，繁华来了，喧嚣来了，异彩纷呈的世界来了，那些遮蔽于夜幕之下的东西显露于光明之中了，那些蛰伏于黑夜之中的东西又骚动起来了。白天来了！

　　白天总要来的。但是，别急，白天之后的黑夜还多着呢！如果你真心喜欢这黑夜之美，只要展开想象的翅膀，唤醒生命的记忆，睁大心灵的眼睛，更多意味无穷的黑夜之美就会次第展现在你的生命时空之中……海夜，雪夜，雨夜，秋夜，冬夜……无尽的自然之夜……无尽的生命之夜……

《黑夜之美》摄影题记

　　2006年9月3日，余居茂名。是日，晚九时许，与芳、雪、烟、岚四友自岛上归，携大海风涛之气，览海滩夜色之美。星月不出，灯火寂灭。海天旷荡，人迹寥落。大浪奔来，声震心魄，气息逼人。忽而，岸射束光，撕开夜幕，白浪横亘，滚滚向前。凭栏远眺，百米之外，情侣一双，海夜深爱，形神兼备，婉婉动人。余见此景，顿生创意，然诸友饥疲，不忍久留，仓促之间，草摄一帧而去。

　　归舍详审，竟大出所料，偶然天成，欣悦不已。友人见之，无不夸赞，唯疑情侣为有意安排也。余爱黑夜，犹喜于静夜之中澄明心灵，放飞思想，开显世界，感悟时光之奔涌流逝。曾作散文《黑夜之美》，畅抒己怀。后得此帧，颇达文意，愈倍爱之。

　　一年已逝矣！今睹此帧，岁月凝留，情思绵延，心绪涌动。唯点睛情侣不知何人，不知何往，不知知与不知？相遇成美不相识，终为憾事。方读当代法国哲学家列维纳斯《从存在到存在者》一书，更添遐思，再拟小诗以记之：

你进入了她的世界，

她进入了你的世界，

你们进入了我的世界，

世界融化了冷漠的边界。

你体验着瞬间，

她体验着瞬间，

我凝固了瞬间，

瞬间超越了流动的时间。

你是她的风景，

她是你的风景，

你们是我的风景，

后来，我们一同成了众人的风景，

风景从此拥有了自由的生命。

附：张世英先生评《黑夜之美》摄影*

井君先生的作品深深地打动了我，让我沉浸其中，展开无限遐想。摄影有淡淡的诗意，小诗却又涌现着浓浓的画面感，诗画的完美结合，把人引入了一个澄明高远的精神境界，远非时下一般摄影的视觉之美所能比拟。这反映了作者内在的精神品格和哲学追求，令我从美的愉悦中顿生向往之意。

---

* 原文与《黑夜之美》摄影作品同载于《中国文艺评论》2016 年第 6 期封二。

夜　钓

夜幕沉纶丝欲长，放漂不在水中央。

灵明一点触万机，钓得星河钓月光。

　　沉沉的夜幕徐徐降临，荒野渐渐笼罩在一片朦胧之中。东边的大海，涛声一阵缓似一阵；西边大山的脊梁被落日的余晖浓缩成了一道黝黑的剪影。刚刚下过一阵小雨，湖边的空气异常清新，就连树上的蝉声和草丛里的虫鸣也显得格外清脆，一声连着一声，一声高过一声，仿佛雨水润了它们的嗓子，清了它们的喉咙，要把白天的太阳和盛夏的暑热唤回似的。几只戏水的燕子尖叫着，风一般掠过水面，偶尔用坚硬的羽翅迅疾地拍击一下静静的水面，凌空一剪，荡起的涟漪一圈一圈地扩散。鱼的影子看不见，却可听见喁喁唼唼的弄水声，它们从水的世界向岸上的世界传递着存在的信息。这声音激起了我的好奇心，在离岸不太远的地方放下了长长的弦子，点亮了橘红色的夜光漂，然后把自己慢慢隐没在沉沉的黑暗之中，坐在那里，静静地守候天地间那一点耀眼的灵明。天还阴着，夜空的云又黑又密，把星星严严实实地遮在外面，透不出一丝亮光。远处小村的灯火渐渐黯淡下来，无力照到湖边的世界，偶从那边传来几声狗叫，稀疏清浅，仿佛与湖边清澈的蝉叫应和着。湖上一丝风也没有，任凭蝉怎么叫，树也不动，水也不动，湖面上晶亮的夜光漂也纹丝不动。然而人却没那么平静，我的眼睛一眨不眨地盯着漂子，气也不敢大声喘，生怕错过了什么，惊扰了什么，只听到心扑通扑通跳个不停。我的全部注意力都集中到漂子上，仿佛整个世界全都隐没了似的。这沉沉黑夜中的灵明一点，虽仅如一个大号的萤火虫，晶亮的光照不亮多远地方，在我看来却像是黑夜的心灵，牵动着一切隐秘的东西，寄托着我对黑夜的一切想象。漂子通过弦丝，一头连着鱼钩，连着鱼；另一头连着钓竿，连着我。一头虚，一头实，虚实相应，有无相生。似乎另有一根无形的弦丝，一头连着漂子，另一头穿过黑暗、透过眼帘，轻轻地绷在我的心房上。这样小的世界，无边的黑暗和我的心，就通过一条实线、一条虚线和一点虚渺的荧光连在一起了。世界此时只剩这三个东西了，简约得不能再简约，抽象得不能再抽象，然而一切惊讶、新奇、神秘、令人怦然心动的事物，此时都和它们相连，时时刻刻都在积蓄着，期待着，酝酿着，随时都会突然涌现在面前。沉默、寂静、孤单，初秋的夜凉送走了夏日的热烈，还带来了一丝淡淡的哀伤。我细细品味着时光丝丝滑过的感觉，似乎每个片段、每条丝线都捉住了，却没法捉牢，稍不留意就倏地一下溜走了。可就在懊恼追悔不已时，新的一片又像风一样飘了过来，填补了刚刚失去的一片留下的罅隙。凝视着水中灵明的荧光，我回味着被黑夜遮蔽着的白天世界那些明朗光鲜的事物，想象着它们此时此刻的样子，想象着人世间夜幕遮蔽下的千般悲欢、万种离合。水中的世界也是想象得到的，没有白天的侵扰，这种想象更纯净、更丰富、更直接。我知道鱼儿就在脚下几米深的水下面，但不知道它们下一秒会干什么，漂不动，就只有等待和期待。在期待中等待，在等待中期待。期待和等待交融在每一分每一秒迎面而来的时光中，这是一种异常美妙的感觉，让人细细品到了时光的味道。我想，黄鳝一定钻到石缝里缩成一团；乌龟一定钻到浅水芦草中露出小脑袋，半眯着眼睛，洞察着岸上的世界，吮吸着新秋的清凉；翠鸟已早早飞回湖边土坎的泥洞里，做着明天荷花边捕鱼的新梦；成群结队的小鱼白天在湖里戏耍了一天，如今也累了，聚集在荷叶下似睡非眠；还有那无数朝生暮死的蜉蝣，不知已完成了多少次迭代。水下世界夜里最活跃的是那种几斤到几十斤重的大鱼，它们白天警觉敏感，大部分时间潜伏在湖心十几米深的水底，夜深人静之时方肯浮现上

来，沿湖岸巡游觅食。不过这些都是我此时根据经验和传闻构想出来的图景，眼下要探寻真实的情况，只能看漂子。漂动则意味着弦动，弦动则意味着鱼动。漂动牵动着心动，心动则引起竿动。得失全在那瞬间的灵机一动。通过漂子，我接收着鱼儿在水底发出的每次活动的信息，在自己的脑海中构筑着美好的图景，一次又一次地把这些精神图景变成未来前景，并将自己浸润在里面，激动，陶醉，徜徉，每一分每一秒都变成了独特的享受。我的心灵空间全被鱼儿占满，它替我思索，替我守望。我的身体也不由自主地随着鱼儿的操纵，时而蜷缩，时而伸张。人在钓水中的鱼儿，心中的鱼儿却在钓人。得时，如一道白光划破寂静的水面，又如暗夜中开放了一朵白莲，令人心潮澎湃，血脉偾张；失时，弦子出水，用力猛抽，如风筝断线，又如扁舟失缆，大鱼遁去，天地不应。更有得而复失，令人顿足捶胸，多半是鱼大弦轻，鱼已出水，激烈抗争，有脱钩者，有切钩者，有切竿者，皆因不堪其重。

夜钓磨的是人的性子，阔的是人的心胸。天黑风静时，小小的夜光漂犹如悬在黑夜中的一盏灯，长时间地一动不动，好像天地间也就这点光明，心中绷着的那根弦能察觉它一丝一毫的动静，哪怕是微微的波动、轻轻的摇动。波动多半是大鱼在水底来回游动，或是过路，或是观察试探；摇动多半是戏水的小鱼发现了这盏好玩的小灯，来回戏弄，有时用头撞一下，有时用尾巴扫一下，有时还顽皮地跳起来将漂子压平。鱼虽小，在水里的力量可不小，你手里的钓竿能感觉到它们那有力的搏动，有点像与你相戏的三两岁儿童，不知深浅，不知轻重。大鱼咬钩的标准动作就是漂子在水里迅速上下抽动，这动作能在心灵中引起震动，瞬间将人带入狂喜之中，有时甚至忘记了提钩，错失良机，懊恼无穷。夜里鱼的动作轻柔些，有人说白天两目提、三目提，夜里一目提、半目提，皆有所获。顶漂也是大鱼咬钩的一种，这时它不是咬着饵往水下沉，而是含着饵往上游或平着走，一般斜到一半就可提，动作若是果断迅速、恰到好处，往往大有收获。

有时漂子的微微颤动不是鱼弄的，比如一片树叶飘下来，恰巧落在漂子上，又比如一只蜻蜓飞过来落在漂子上，这难以察觉的波动，眼睛不易看出，却能引起心灵感应。那是大自然呈现的一种美学图景，像静夜里吟出的一支无声小曲、一首无字小诗。

夜深的时候，起风了，好像是从东边大海的方向来，又好像在不断变换着方向，来回搅动。仰望天空，风像大鱼咬钩，轻轻撕扯着厚重的黑云，不一会便划开了几道口子，露出了星光的微芒。又过了一会，便是满天星斗、灿烂如镜了。碧蓝的夜空如大海一般，它和镶着无数宝石般晶莹剔透的星星一起映现在湖水里，湖水一下子显得清澈澄明起来。小小的夜光漂不再孤独了，有无数星星做伴，它似乎更耐得住这寂寥和空阔。我也兴奋起来，仿佛电影换了场景，整理了钓具，调整了位置，让自己深深地沉浸在新的情境之中。我感觉我不是在钓湖泊，是在钓星海、钓江河；水底的鱼不是游动在湖底，而是从夜空深处游来；吸引它们的不是鱼饵，而是这盏夜空中的灵明小灯；我的心用那根弦连着的，不光是水的世界、鱼的世界，还有星的世界、银河的世界。夜光漂幻化而成的小灯成了平行世界相通相融的通道和象征，每一丝波动，每一点颤动，每一次拨动，都是万千弦波的反映和集中。外面的风摇动云朵，忽大忽小、忽远忽近地吹到湖里来，不时搅乱了映到水里的夜空，打碎了镜子，散乱了星星，风一过，它们又恢复了原样。风动自然引起漂动，如果风动和鱼动叠加在一起，实难分得清。而且眼睛盯得久了，渐渐出现了幻觉，常常弄不清是风动，漂动，还是心动。长时间看着它不动，便想转移了目光，又不停地担忧不看时它会动。看和不看成了一种心理纠缠，每个刹那都在动和不动之间不停地切换。这情景有点类似于哄小儿入睡，那颗悸动的心总想和你玩，不愿睡去。当你看他时，他便睁开眼睛，看着你；当你不看他时，他便闭上了眼睛。岸上的人总比水中的漂子晚一点感受到风，风大的时候能把整个漂吹横，躺在水面上来回摆动；风小时也能把漂吹得轻轻移动，随风奉迎。这时要轻轻地提起竿，把弦略绷住，用手和心去细细地感受丝弦的搏动，弦动则是鱼动，漂动则是风动。有时弄得人眼花缭乱、精神恍惚，如入梦境，如探仙宫，索性提他一竿，却往往歪打正着，一举得中。这情景有点像白天钓大海，那时波涛汹涌，凛凛海风，没有鱼漂，奋力将鱼钩甩出去几十米，沉入滚滚波浪之中。你什么也看不清，只有紧握鱼竿，奋力与风浪抗争，你对鱼的感觉全部来自竿弦的颤动。"嘭嘭嘭"，节奏鲜明，几乎每次颤动都有收获。钓大海没有心思想别的事情，一切都是弦动。

夜钓，钓出孤独，钓出寂寞；钓得风生，钓得星河，也钓得空明。

不知为什么，钓鱼的时候，时间过得特别快，不知不觉已近午夜，正是大鱼欲上时，怎忍离弃。不知什么时候风停了，蝉趴在树上不唱不动，虫儿也叫得累了，渐渐变成了细语轻声。湖面慢慢亮了起来，那些晶亮的星星一个个淡了下去，仿佛演完了自己角色的演员悄悄退出舞台，映在湖里的夜空也由深蓝色变成了乳白色。回头一望，只见一个硕大的月亮从身后那棵松树的顶上升了起来，不知不觉，我早已沐浴在这朗朗的清辉中。再看湖面时，月亮连同那孤树黑黝黝的影子映在水里，仿佛一幅版画，又如一帧剪纸，比天上的月亮还鲜亮澄明。山中的布谷时远时近地叫了起来。远处小村的灯光熄灭，隔着树丛望过去，只看到月光笼罩下的一团淡淡的影子，就像画家在白纸上染出的一道墨痕。夜光漂在水中还是那么明亮耀眼，却长久地寂然不动。东边荷花丛中突然传来很大的拨水声，弄得花枝乱颤，惊得一只蝉哇的一声飞入夜空。我想，那可能是一条鱼游到了浅水里，挣扎着要出来，也可能是大鱼在那里争抢食物。有人说十来斤重的大鱼喜欢跳起来与荷花共舞，我想象着这幅美妙的鱼戏莲叶图，深深地被它所吸引，却不想走过去看个究竟。突然，水面上、月光下，倏倏地划过几道黑黑的影子，这是深藏水底十几米的大鱼成群结队地出来了。它们看到漂子，围过去嬉戏了一会儿，弄得弦子胡乱抖动。然后又向湖心的月亮游去，在那里穿来穿去，引得水波荡漾，一会儿把月亮拉长，一会儿把月亮挤成一条线，一会儿又把月亮放大成一个模糊的大银盘，旋即又把它缩成了一个细密的小亮点。夜光漂许久不动了。这是湖中大鱼浮现的时刻，是空明的月光和灵性的鱼群互相欣赏的时刻，是自然创造自己艺术作品的时刻，那人造的夜光漂在这空明的湖面上，显得那么多余，那么不和谐。我意识到了这一点，悄悄收起了钓竿，又在湖边坐了一会儿。夜深风凉，一种莫名的情绪涌上心头，我感觉自己在这幅画面中也属多余，便收拾了行囊，离开了山间野湖。

回去的山间小径上，一点动静都没有，却又感觉有无数生灵的眼睛隐在暗处，窥视着我的一举一动。月亮把我的影子长长地印在地上，跟在后面古怪地移动，前面的砂石小径却被皎洁的月光铺了一层薄薄细细的纱绸，又像刚下过的小雪，一踏上去便会留下浅浅的印痕。回想着湖边夜钓的事，那每次抬起的脚步都迟疑着不肯落下，有些不忍，有些不舍，也有些不堪。

第二天大清早醒来，我又悄悄地跑到那个野湖，想回味一下昨夜的情境。到了那里，却感觉人是物非，一切了无痕迹，不免有些怅然，悻悻而归。在寓所的庭院中，碰到一位散步的老人，是位专门研究地震的科学家。攀谈之中，聊了很多关于地震的事情。我感到十分神奇，听着听着，又勾起昨晚夜钓的回忆，便对老先生说，夜钓和测震有些相似。我说："地下的世界和水下的世界都是那么神秘，隐藏的力量恍惚游移，却又并非完全不可及、不可知，不同的地方在于，一个是它们出来伤害这里，另一个是我们去伤害那里。颠倒过来看，我们是不是也是被什么神秘事物垂钓的'鱼'呢？"老科学家哈哈大笑，不语。

开显自由自然的心灵图像

黑格尔认为，艺术是绝对理念的感性显现。对我而言，摄影正是我"自由自然"哲学理念的图像表达。

"自由自然"是我长期研究社会价值论所形成的哲学宗旨，也是我对未来中国文化发展的价值期盼。在社会价值论建构过程中，当我对抽象叙述不满足时，诗歌散文便飘然而至，携带着自由自然理念，在更辽远的精神时空中飞翔；当我对文字符号的表达仍不满足时，哲学的家园又迎来了更加鲜活靓丽的新人，自由自然理念便欣然投入了她的怀抱，开启了一个图像传神的新境界。如今，回首一望，十年有余，图像万千，气象万千，感慨系之矣。

追寻与偶遇

心中的理想、世界的神秘驱动着人去追寻，追寻的过程便有一些偶遇，真正激动人心的恰恰是可遇不可求、一去不复返的偶遇。对我而言，摄影的开端缘于哲学的追寻，却始于一次图像偶遇。

十多年前，我的社会价值论体系刚刚形成，自由自然理念如童年刚刚在山崖上掏来的小野鸽子，捧在手里欣喜激动，忐忑不安，却又不知所措。那年七月，独自一人闲游坝上，心有所思又无所思，情有所依又无所依，用一个像素不到二百万的初级数码相机随意拍照留念。不知什么原因，野湖边一只比麻雀大些、黑白相间的水鸟不停地在我身边飞来绕去，飘逸潇洒，反复不下数十次，有时近得几乎快碰到相机。我真的很想把她的英姿拍下来，无奈她一次次带着希望飞来，又一次次带着失望飞去，最后我索性乱拍几下，便心灰意懒地放弃了。这只鸟也清脆凌厉地鸣叫着，飞到蓝天碧野中去了。谁知晚上放到电脑上一看，那乱拍中的一张，不但活脱脱地展现了那只鸟的风采神韵，而且把我的自由自然理念淋漓尽致地刻画出来了，她简直就是我的自由自然理念的精神化身，就像刚刚从我心中飞出来一样。后来我又去过那么多地方，用那么多好相机拍过那么多美丽的鸟，但没有一张可与之相比。这些年，只要我一想到自由自然理念，脑海中便牵连出这幅美好的图景和那个自由自然的精灵。每当我凝视这张照片，我就想，这只栖息翱翔在碧水蓝天、绿草鲜花旷野中的精灵现在在哪里呢？她是否还记得十多年前与我相知相遇的那一刻呢？是否还记得哲学理念和艺术图像碰撞交融的那个美妙瞬间呢？

这次偶遇把我的自由自然理念从哲学的殿堂引到了现代摄影艺术的旷野，我从此爱上了摄影。偶遇引发了追寻，追寻带来了更多的偶遇。最集中、最执着的追寻发生在五年前在甘孜工作期间。那里是摄影天堂，奇山异水，冠绝天下，康藏文化，秀异中华，真可谓："花满地，雪满天，牛羊遍荒野，牧歌动山川；天蓝蓝，云淡淡，细雨草青青，明月上东山。"两年间踽踽独行，孜孜以求，不停地追寻自由自然的心灵图像：康巴汉子威猛雄俊，丹巴美女仙姿清丽，日照金山绚烂至极，金沙清流猛浪若奔，雪山流云如诗如画，高原杜鹃似雪如霞……追寻中自然有偶遇。在那个神奇的地方，似乎偶遇始终与追寻相伴，以至现在回想起来，分不清哪些是偶遇、哪些是追寻了。

发现与表达

发现是对象性揭示，表达是主体性投射。实际上，发现是初始的表达，表达则是更深刻的发现，到了一定境界，二者有时也难以分得清。也许宇宙中真的如物理学家所说，存在着多个维度的世界，或者说我们存在于其中的世界有着多种多样的呈现方式。一位不会开车的哲学前辈曾认真地问我，会不会开车对自己有什么根本影响。我告诉他，最大的差别在于你拥有了认识世界的新工具，你自己驾车会发现另一座城市、另一种生活和另一个世界。

其实，这话用在摄影上更合适。有位摄影家告诉我，摄影是主客体之间相互建构和生成的过程，是两个世界的复杂互动与融合。从一幅摄影作品中，不但可以分析出摄影家的精神状态、拍摄情景，还可以分析出摄影家和对象的特殊关系。因为不同的摄影家用镜头发现的是完全不同的对象世界，对象在不同人的镜头面前展现的维度和程度也完全不同，拍人的时候，这一点最明显。自从爱好摄影，我便多了一种独特的观察和认识工具，发现了一个完全不同的新世界和新生活。那里充满了新奇、美丽、神秘和创造，自由的心灵进入这个世界，会沉浸，会陶醉，会惊讶，会欣喜，以至会痴迷，甚至还可能会癫狂。最先激起我摄影兴趣的就是发现，一个发现促动着我去搜寻另一个更新的发现，越来越多的自然图像在心里积淀，便慢慢建构出超越自然的更加美好的心灵图景。这个图景如胎儿一样，是一个不安分的生命，渐渐成熟后便总想跃出心灵的篱笆，走到无边的荒野、飞到无垠的天空中去漫游和追寻，像离家出走的游子跑到外面的世界追求新的人生理想一样。到后来，自由心灵的图像表达和自然图景的摄取融为一体，分不清哪一次是自然发现、哪一次是心灵表达了。当我在避暑山庄以天空为背景拍下乌鹊衔木飞离百年枯松的画面时，便想到了当年曹操赤壁大战前横槊赋诗的心灵图画。当我在湖南八大公山人迹罕至的原始森林深处，拍下硕大的野芍药挂满晨露、几丝花蕊洒落在乳白色的花瓣上的画面时，我的心灵似乎又一次与王阳明展开了"山间花开花落"的哲学对话。当我在春寒料峭的清晨在海德公园拍下一位不修边幅、边读书边凝望远方的智者画面时，更是联想到那么多与海德公园有关的自由往事。当我在雪山脚下开满鲜花的小溪边漫步，偶然惊起孵蛋的小鸟，拍下几颗宝石蓝般的鸟蛋，又在那个神奇美丽的地方追了她一个多小时，终于得到几张满意的雪山幽禽图时，又一次深深地感觉到我的哲学思想得到了别开生面的图像表达。离开那条美丽的小溪，我一直难以平静。上了车，激越的心情还随着颠簸的车子激越着，一首小诗也如眼前的小溪一样从心底流淌出来："餐英啄雪栖云崖，沐风浴露啸霜华。人间炎凉不到我，仙山处处可安家。"

捕捉与凝视

世界上很多美好的东西都是转瞬即逝的，因而需要及时捕捉，否则追悔莫及。比如做学问，一个灵感、一个想法、一个思绪，甚至一个线索、一个表达、一个词语，不知什么原因，如一颗夜空中的流星般从心底闪现出来，若不及时记下，便迅速消逝了，永远都不会回来。这一点对摄影更明显。我摄影不喜欢摆拍，不喜欢拍景点，不喜欢后期加工制作，就是因为这些照片重复、没个性、不自然，找不到瞬间捕捉心灵图像的美妙感觉。

记得有一年夏天在南国出差，晚饭前到海边游览，夜幕四合，涛声乍起，闲拍几张留念。忽然有一束车灯射向海浪，朦胧中似有一对情侣牵手相依。情急之中将相机固定在树杈上，高度不够，脱下鞋子垫上，狂拍数张而去。其中一张恰好捕捉到了情侣激情拥抱的画面，黑夜之美，海天之情，浪漫之爱，辽远深邃，生动传神。人人看了，无不惊异，甚至怀疑摆拍。记得那天深夜，一个人静静地坐在南国小城旅舍窗前，一边回想着不久前在《中华散文》上发表的《黑夜之美》，一边掩卷抚摸着刚刚读完的法国哲学家列维纳斯的《从存在到存在者》一书，椰风拂来，遐思翩翩，哲思、心影相互激荡，绵延良久。

凝视是和捕捉相关联的另一种摄影境界。如果说捕捉需要的是反应灵敏和随机应变，凝视则需要身心投入和全神贯注。这种感受在西子湖畔春日拍花时最深。那天夜里淅淅沥沥地下了一场小雨，早晨云消雾散，天还没亮我便从刘庄宾馆出来，过花港观鱼上了苏堤。一路景物清新自然，心境恬静散淡。花有的是，鸟有的是，鱼有的是，时间更有的是。我用镜头细心地、小心地、静心地凝视每一道波、每一丝风、每一缕光，把整个苏堤通通透透看了个遍。最好看的还是那些花，海棠花、樱花、杏花、桃花，衬在柳丝前，伸到碧波中，映在蓝天上，俊秀多姿，妩媚撩人。在我的镜头里，她们就是自由自然精神的形象展现，她们仿佛都会说话，都想说话。

透过镜头，我静静地找到了心灵与苏堤风物的美的契合点。我聚精会神地观察，屏住呼吸地凝视，用心灵的手指轻轻地触摸。其实，这时她们不在我的镜头里，而是在我的心田里，她们只属于我，我捕捉到了流俗的目光发现不了的个性和美丽。在那一个个瞬间闪现的时空里，我的思想、我的理想和我的冲动充分地涌流出来，与凝聚在苏堤上的自然神韵和自由气质融合在一起。镜头里的苏堤风物也更加善解人意，温情似水。她循着人的心思，主动把最动人、最精彩的一面展现出来。她们似乎也很渴望啊！渴望能够遇到发现她们的美的知己，渴望将自己瞬间的美转化为永恒的艺术图像。

文字与图像

无论如何，人仍然和其他存在物一样，是有限时空中的有限存在，不同之处在于人能意识到这种有限性，并不断想方设法变换时空，追求无限，超越自我。最重要的方法和途径就是精神文化活动。精神文化活动的特点便是赋予有限的东西以无限的意义和永恒的价值。丰子恺最喜欢的一句格言便是："最喜小中能见大，还求弦外有余音。"当代著名书画家关阔先生喜作小札，擅画小品，常题"小品不小"，精美绝伦。文字和图像都是以有限追逐无限的文化符号。文字开启了人类文化跨时空传播积淀的先河，现代视听更加直观、更加生动、更加形象，使文化传播活动无处不在、无时不在、无所不有。在数字化、网络化、信息化时代，摄影给现代知识分子提供了比传统文人画更加便捷、更加泛在的图像表达形式，人人都是摄影家，摄影已没有技术门槛，知识阶层用图像表达自己、发现世界、超越自我的活动将像传统文人画一样普遍，摄影的文化内涵、文学意味、文人气息会更浓郁。那些不以摄影为职业的知识分子以摄影表达自己文化观念的活动可以叫"文人摄影"。文字与图像深度融合是现代文化结构转型和文化生态建构的基本趋向，文人摄影更应该重视这个趋向，实现更独特、更有效的文化表达。其实，对文人摄影而言，文字和图像都是前台的演员，后台是人的思想感情和精神世界，前台演员各有所长，相互配合、有机整合、各展所长，才能更好地表达后台内容。

就我自己的感受而言，文字的无奈之外，也时时感到图像的无奈。当一种境遇无法以图像完全表达时，我便又唤回了诗歌散文，甚至再次把那种境遇提炼升华为哲学。也许综合性的文化表达、全媒体的呈现，更能实现人从有限到无限的超越。最深刻的体验发生在高原工作期间。记得那年夏天，住在理塘县格涅神山脚下海拔4000多米的一个名叫乃干多的如诗如画的小山村，心中每时每刻都涌动着激动和冲动。直到夜里圆圆的月亮已经悄悄隐到东边高高的雪山后面了，杜鹃的叫声也声声渐远、几近消逝了，还是遐思翩翩，心灵如高原湖泊般清澈凉爽，毫无困意。早晨天刚一放亮，我便避开身边的人，一个人拿着相机，爬到海拔4500多米的山麓去追寻心灵图像。鲜花漫野，云雾满山，山鸟啼鸣，清溪泠泠，一切都是平生未遇的澄明、清澈、新奇和神秘，如游仙境一般，甚至还有一种莫名的疑惧。其实疑惧主要来自眼前雨雾遮盖着的格涅雪山。透过厚厚的云雾，我似乎感到她那强大、神秘、超越的力量在逼视着我，抑或诱导着我。或许我正是被这种力量吸引着，不知不觉地到了她的面前；也许她一直注视着我，我却看不见她。看不见她，能真切地感觉到她，心里也很满足。突然山风骤烈，烟岚如野马奔散，格涅雪山圣洁超逸、雍容典雅的面容蓦然出现在我的眼前，我似乎感觉到精神世界产生了一声轰鸣，这幅突如其来、平生未遇、从无想象的画面几乎将我击倒在万花丛中。我似乎是以梦幻般的状态和她进行了无言的交流，如惊鸿一瞥，时间很短很短，短到等我定下神来，想仔仔细细凝视她、想进一步走近她时，烟岚四合，如帷幕般落下，她便远远地走到云层后边去了，连一丝鬓角、一个眼神、一个背影都没留下。回到村舍，审视这些照片，觉得远不能表达和记录我的心灵感受，于是只好以文字把它叙述出来。散文写完，心绪未平，便又记下一首精神深处涌动着的小诗："破雾耕云觅仙山，披芳浴露惊相见。天开境界写不出，如浪诗情涌高原。"

其实，诗也并没有充分表达我那时的心灵感受。后来，当我反复回味那次人生经历，沉浸到那种无与伦比的心灵体验中，企图再次找回她、与她相遇时，我又想到了哲学，回到了我的哲学境界！我感觉我那时是真真切切进入到无法言说、无法拍摄、无法图画、无法交流的"自由自然"人生境界了！我猜想，那时自然的灵魂、宇宙的精神也许正好寓居在格涅神山上吧，是她让格涅神山给我开显了一幅自由自然的心灵图画吧！

故宫的雨燕

几百年的宫殿，几个月的雏燕，你是否也感觉到了古老中的新鲜？我不明白你们之间到底有什么勾连牵绊，惹得诗人吟出那么多絮言。

莫非这里是你的家园？可你也只占了一角小小的屋檐。莫非你和从前宫里的人有什么转世因缘？可你飞来飞去再也飞不回那古老的从前。莫非那高高的泥墙下埋着你的祖先？可我觉得他们的灵魂早已飞回到杏花春雨的江南。

森森的楼宇，蓝蓝的青天，你来了又去，去了又还。是不是有什么故事藏在你的心田，一遍又一遍，怎么也不知疲倦？我猜不透你的依恋，也猜不透你的期盼。但却感受到了眼前这幅画面语言，也似乎听懂了你一声声尖新清丽的呼唤。

钝公翠鸟图观后

钝公，名关阔，性淡泊，意高远，远世俗，声名不显。晚年益厌表露，恐为世人知。然京城海外名流，有识者多驱驰千里，赴塞外山城拜访，渐成知音之交。蔡若虹先生有诗赞之："好似山花寂寞不胜春""只有这般风格最崔嵬"。钝公以书画名世，寄情遣兴而已，不鬻一字一画。媚人渔利者，辗转难得片纸；引车卖浆者，怜其生计之艰，屡以书画助之；友人至交，则来者不拒，欣然命笔。人曰："钝公人格超拔，境界邃远，学养丰博，禀赋过人。"其书画深得传统真髓，参以西画、版画、浮世绘、金石篆刻笔意，聚万千意象，以自我之灵府涵化之、感育之、熔铸之，径由胸次出放，汇于腕底毫端，成于纸上烟云。正如晚清《蕙风词话》所云："有时意笔俱化，纯任天倪，竟能略似坡公。"

余尝见钝公作画，目耀耀，气闲闲，意雄雄，初下笔斩截如剑，迅疾如风，老干苍岩，远水近山，一挥而就。画鸟尤重阿睹传神，运笔极慢极稳极细，霜素凝鲜，体精入微。春水秋波之态，朔风冷云之气，脉脉凛凛，流盼自得。我想，钝公是想让画中的鸟说话吧，想让它说出自己想说却没能说出的话吧！

　　如今，钝公已远去三年矣。先生在时，我时常把翠鸟摄影新作拿给他看，每每勾出先生佳思妙悟，遂挥毫落墨，其乐无涯。今夏在南国沙县郊野，新荷初放，翠鸟流连，追拍良久，偶得神似钝公画意者，惜无以相示，慨叹不已，因拟小诗以念之："家住烟波溪，已历风和雨。常思天地宽，志岂在池鱼？"倘先生在"平行世界"有感，不知以为然否？会意一二否？己亥秋深，观钝公翠鸟图有感，因以记之。

冰雪浸透骨，风神满乾坤

2016 年 2 月 14 日，农历正月初七，当我们还沉浸在春节举家团圆的欢庆之中时，九十一岁高龄的著名书画家关阔先生却与世长辞了。听闻这一噩耗，我痛惜不已。先生的逝去，对我国艺术界来说，是一个巨大的损失。

关阔先生一生钟情于书画艺术，取得了多方面的成就。早年研习版画和水彩，探索与中国水墨的结合，很多几十年前的旧作今天看来仍让人眼睛一亮，精神一振。中年以后主攻国画，擅山水、花鸟、人物。山水出入宋人小品，冷隽飘逸，深远空灵，成自家面目，引人神往；花鸟成就更高，取法青藤白阳及老缶诸家，皆能参以己意，笔墨淋漓，色彩浓郁，气魄醇厚。喜作巨幅墨荷、松、竹、梅，拙朴苍秀，以金石书法入画，如盘虬屈铁。常常用篆笔写梅兰，狂草作葡萄，所作花卉木石，用笔纵横恣肆，气势雄强，布局新颖；构图也近书法的章法布白，喜取对角斜势，虚实相生，主体突出；设色珍惜，恰到好处于画眼，墨色相撞，强烈又不失谐和，格调古雅清新，每每有神来之笔，令人深思玩味不已。

先生是 20 世纪 80 年代中国书法家协会第一批会员，书法造诣精深，境高神美，气韵生动，有雄强之气，又兼秀美之风，北人仰慕，南人叹服，声名远播日本、韩国书界。学书初宗何绍基，后研摩先秦两汉、魏晋南北朝金石碑版。其书法涉及篆、隶、楷、行，篆书得力于《散氏盘》《石鼓文》，隶书出入《张迁碑》《礼器碑》《石门颂》；楷书取北碑风神，于《张黑女墓志》尤具心得；喜作行草，尤擅简札，刚柔相济，风神洒脱，饶有北魏意态。先生的书法可谓各体皆通，深得精髓，入古出新，风格独特，尤以札书小字为佳，洋洋洒洒，尽出心源，学识修养皆流于字里行间。先生已故的忘年之交蔡若虹先生每收到先生行书小札，皆放入专门的楠木盒中，精心收存，一有时间便拿出来欣赏玩味，流连不已。先生将书法的行笔及章法、体势融入绘画，形成了富有金石味的独特画风，他说："我平生得力之处在于能以作书之法作画。"先生一向主张"旧，就要旧得地道；新，就要新得当行"，认为"真正的艺术，贵在自然流露，让作品去说话，名副其实才能令人信服"。

真、善、美统一是关阔先生为人、为艺的至高追求。先生自谦，晚年别署老钝。人如其名，其人品高尚、慈祥谦和、宽厚善良。艺如其人，他从来不故作惊人之笔，格调清新，笔简意繁，气韵天成，向人们展示了一种含蓄的美，即黄宾虹所说的"内美"。先生能博采众长，融会贯通，不为陈规所束缚，独辟蹊径，形成自己的艺术风格。他从来没有所谓"大家做派"，待人真诚，对待弟子谆谆教诲、平易近人，对待朋友有求必应、乐善好施。在消费主义和物质主义对艺术围剿和侵蚀的生态环境中，先生从不鬻书画谋利，仅此已成艺界绝响。与他交往过的人无不称赞，先生的言谈诙谐幽默，总是使人如沐春风。先生淡泊名利，默默走自己的路，

不欲为人知，亦恐为人知，然真知真赏者，辄为至交，绵绵不绝。

关阔先生是中华美学精神的研究者和实践者。追求真善美是文艺的永恒价值，也是中华美学精神的精义所在。孔子的"尽善尽美"、孟子的"充实之谓美"，都主张真、善、美统一。关阔先生认为，倘其作品不能给人以高尚情操的感染，虽费尽九牛二虎之力，终归徒劳。先生内心纯净，不争名夺利，坚守着自己艺术世界的一方净土。他痴迷中国的传统文化，一生不知疲倦地游弋于浩瀚的书海。他学识渊博，晓古通今，成就卓著，在很多学术问题上形成了自己独到的见解，业内外无人不叹服。可以说，关阔先生对我国的传统文化、绘画、书法等艺术领域创造了不可磨灭的贡献。随着时间的推移，这一切一定会光辉灿烂。

我与关阔先生相识多年，对先生深表崇敬。我想，先生心灵深处一定有一片深藏着的天地，不为他人所知。那是一个极深、极纯、极美的精神意境。静下来的时候，我常用心地去猜想、触摸、追寻那片天地。先生生前每与我说起蔡若虹先生咏他的诗句——"雪夜寒窗长伴读书灯"，总要会心一笑。我想，先生雪夜读书之意境大概与五柳先生之桃花源、戴南山先生之意园相仿佛，皆大文人栖息灵魂之境地。先生曾欲作一图呈现之，惜我未见，却把她想象成一首小诗示先生："大雪盈门待阿谁，一灯如豆破幽微。漫移诗书抬倦眼，半窗明月半窗梅。"先生看后仍是会心一笑。

《诗经》里的"崧高维岳，骏极于天"，是对大自然，也是对圣贤的崇高礼赞。先生一生服务于社会，不求回报。中国文艺评论家协会初建，先生曾多次为协会发展建言献策，给予协会刊物《中国文艺评论》大力支持与帮助，先生的恩情没齿难忘。

关阔先生离去了，留给我们无限的惋惜与怀念，先生挥毫作画的情景时时在我脑海中浮现。先生最喜画梅，我也尤其喜爱先生的梅花，常常对画凝视沉思，遐想不已，每每能从中感受到先生的人格形象、精神境界和艺术品格。几年前，我曾作小诗一首咏先生画梅，最后我就以这首小诗再一次寄托对先生的怀念和追思：

老铁铸成干，明月融作魂。

冰雪浸透骨，风神满乾坤。

钝公小记

　　钝公，名关阔，别署老钝、野廓，河北承德人，先祖自白山黑水迁来，历数百年，筚路蓝缕，渐成望族。先生生于民国离乱之世，家道中衰；长于避暑山庄之邻，个性天真。燕山雨雪，岁月风霜，成文化人，隐隐浮现于丹青翰墨间。终身隐于山城一隅，醉心艺术，潜心学术。诗书画印，皆臻化境；文史哲宗，融会贯通。历经劫乱，心志弥坚，如淤泥之莲花、乱丛之野花，默默绽放于塞外荒村野径中。

　　先生家学渊厚，志向高邈，禀赋超绝，年少便闻名山城。1957年以一幅发表于名刊上的版画《春天》引起全国轰动，后遭迫害，遭离山城，沉寂乡间。20世纪80年代，某政要访东瀛，遇一大书家问公状况，大惊四座，皆不知何许人也。归国后，遣人于下放处寻得，乃复出草莽，渐为人知，声播京城。名流雅士，驱车山城，惺惺相惜，翰墨往还，多有定交。先生亦偶出关山，游历天下，遍访名家，视野大开。大海冲荡之气、域外革故之风，盈盈于胸次，泠泠于霜毫，化作纸上春秋、腕底烟云。

　　先生孤高超拔，平生不鬻一字一画。富贾权贵以势利相易者，径行辗转，难得片纸；引车卖浆因贫急相求者，呵冻流汗，有求必应；遇有知音，则挥洒自如，精品妙造，往往由此间出。先生书画，有口皆碑，一见倾心，信札便签亦被京城名家以楠木匣储之，视若珍宝。然先生不以书画自矜，常言小道小技，冶性怡情而已。其所孜孜以求者，乃读书治学也。早年峨冠博带、澄清宇内之志终生不得舒，郁郁乎成其作品磅礴之气。读书，不为学科所限，以兴趣为导引，旁搜杂取，索隐探幽，鲜有人及，先生谦曰"杂览而已"；治学，素有破天凿空之志，非学院路径，不拘门户，不傍权势，不媚流俗，多于心中所疑所惑处用力，独立自由，唯道是从，与陈寅恪评王国维语相仿佛。访客每与先生交谈，常以己之专业专长为题，语涉旧学新学、人文理工，先生皆如步自家门庭，入乎其内，出乎其外，舒卷自如，更兼以高妙识见和境界覆之，通透澄明，客无不服膺。谈兴浓时，神思忽来，展纸泼墨，任心随性，一挥而就，性灵满纸，大有兰亭遗韵。

先生清静雅洁，或云略有洁癖，亦未可知。其零笺散页、残毫断墨，家人亦不敢擅动。追慕陶渊明、苏轼、李清照、陆游、张岱、倪瓒、郑板桥、蒲松龄、纳兰性德、苏曼殊、徐志摩等诸般人物，诗文烂熟于心，风神积于灵府，偶以丹青图绘，如生纸上。喜自然风物，尤爱梅雪，常以此作画，盖性一也。画柳宗元诗意，其寥廓苍凉之气通于寒江独钓之境，凛凛然若自天外来。画梅以书法笔意出，冷枝霜蕊，英气逼人。尝于一画题诗曰："大风吹倒人，老树冻成铁。篱边一雀来，冷啄梅花雪。"境出天外，意在有无，古雅清新，空灵高古。

先生早年学吴老缶，书斋名"瓦缶"，栖于山庄南墙外竹篱茅舍中。四壁书满，老树盈窗，昼览磬锤直杵苍穹之雄强；一灯如豆，虫声低吟，夜听山庄松涛摇星之旷远。月隐如太古，日出似小年，积淀浸润，岂能不成汪汪寂寂之气象乎？蔡若虹先生于《南歌子》一词中赞道："只有这般风格最崔嵬！"可谓一语中的。

历经岁月风霜，遍观世间百态，先生晚年愈发淡泊澄明，自云"一望湖山，老来心境似波平"，又于一画上题诗云："秋老空山万木凋，数枝风叶晚萧萧。枕流漱石平生愿，自有幽禽慰寂寥。"于此可窥其心境之一斑。先生素厌炒作推销，不以名非显达为意，识先生者以其被埋没为憾、为恨，然先生淡然笑曰："无虑，可闻坡仙雪泥鸿爪之论乎？世间才胜我者没之多矣，或云没与不没，非世人可定，付于历史、时间和后人可也。"语时目光移窗外，慢慢地向很远、很远的地方延伸。

先生去后，余常思此"埋没"之论，生发出更多思考。诚然，先生来过人间，其作品留在世间，其精神则在绵延无际的时间中进入了更大的价值循环。其夫人任侠先生尝喃喃曰："举目四望，如他者能有几人？别的不说，光火柴盒那么大的小行草，谁也不行！"一向温婉柔和的老人说话时语气异常坚定，绝非自夸之语。如今，任侠先生亦去多年，想起钝公自然想到了她，音容笑貌，一一涌现，令人无限怅惘怀想。任侠先生亦出名门，与钝公同属虎，聪颖过人，静雅少语，酷爱宋词，懂先生，也懂艺术。回望当年，两只九十多岁的"老虎"，形影相随，心心相印，被往来文人学者视为风景，可观可赏，可咏可叹。先生作画，夫人必伴左右，润笔钤印，如云环月、风润竹，目送意达，心领神会。画成，偶加评点，或从或不从，进退揖让，若浪漫沙，皆为自然。余尝见二先生冬日持卷论李清照情境：声细细，语低低，指移缓缓，一抹暖阳斜透窗棂，人影移壁，形象宛然，惜未摄一影像，常以为憾。

二十年前，余初识先生，读书不得门径，先生专写一册《书边赘语》相赠。所列书籍近百种，均为先生所爱，每书有跋语，短则数行，长则数页，篇篇皆为精美小品，令人一读再读，不忍释手。余羡先生雪夜读书之境，先生谈及亦美不自胜，往往沉浸其中，牵连出很多人物故事。某日先生云欲作一幅《雪夜读书图》。一日曰：有构思矣；又一日曰：起稿矣；再过几日曰：渐成矣。自此时时雀跃，日日盼望。谁知后来诸事纷扰，情境变异，祖居小院遭拆后，先生不再提及此事，余亦不敢询问，一来二去，再无消息。每忆先生，我常常在脑海中构想那幅画的图景：迷茫朦胧、卷积叠荡，古人诗文雪意、燕山莽林雪境隐现变幻。有时，仓央嘉措风雪疾行的影子也在其中涌现，莫非先生仍向往着我工作过的雪域高原？还有，山城是没有梅花的，怎么画中总有一树凌寒怒放的老梅呢？我想她正是我精神世界中的钝公吧！因曰："老铁铸成干，明月融作魂。冰雪浸透骨，风神满乾坤。"

余识钝公也晚，知钝公也浅。先生不喜谈己，几十年日记不辍，亦不得见。念先生时，常与其家人心仁、静宜、赵瑾等长谈释怀，得其大略。其状或如哲人所论"在场与不在场"，又若先生雪夜读书时，一轮明月之下，白杨萧萧，闻山庄风来，独步万壑松涛之境。

英游小唱

　　2013年3月18日，由苏格兰返伦敦途中，遇雪，远眺窗外，云山攒动，心有所感，遂学清川西名士董湘琴小唱，随口一编，方家一笑！

　　再来英，又不同。别于盛夏，不似隆冬。春乍到，天微冷，草绿花开，素约静雅，万木争荣，远胜枯寒尘埃漫京城。近日天变了，阵阵吹的是西伯利亚寒风。雪飘飘，雨蒙蒙，片片丝丝，隽逸迷人，英气逼人，直叫我涌起一番别样心情。英人曰："这季节，似这般，十年难见此风景。"英伦早春，美丽冻人，烂漫沉雄，霜素凝鲜，冶性怡情。哲学有云，"风物育人文"，我看大英：有个性，有竞争，有冲动，有理性，有权利，有制衡，古雅清新，自由自然，引领人类文明一重又一重，劝世人勿以没落帝国相轻。历史似潮，时代如风，变幻激荡，全球涌动。念我中华，抚今追昔，千差万差，只在四字：价值认同！

时代哲思，高远境界

人们常说，今天的时代是一个浮躁、浅薄、忙乱的时代。其实，从一定意义上说，我们置身其中的是一个伟大而充满创造力的社会转型时代。伟大的时代呼唤先进的思想理论，同时也催生先进的思想理论。历史上，从来没有哪一个时代像今天这样，从根基上深深触动着自轴心时代以来形成的人类思维基本框架和基本价值体系；从来没有哪一个时代像今天这样能够把那么多异彩纷呈的学说、观念、思潮汇聚在一起，融合激荡，沉浮积淀，澄之不清，扰之不浊；从来没有哪一个时代给人们提供了如此宏阔、如此复杂、如此深刻的人生实践和生命体验；也从来没有哪一个时代对人类未来命运所提出的挑战如此尖锐、如此根本、如此紧迫。具体到当代中国这个社会历史时空，这些时代特性又显得更加鲜明、更加特殊、更加复杂。环顾世界，放眼未来，我们也可以大胆而自信地预言，没有哪个国家和民族将会像中华民族一样对人类未来文明格局重建和新的价值体系生成产生特殊重要的影响。

哲学是人类精神的顶层建构和人类命运的终极关怀。伟大时代需要哲学，也为新的哲学产生创设了必备的条件和土壤。从这个意义上来说，这个时代是哲学家、思想家最好的时代。倘能运用中国人自己的头脑，融合古今中外，把握时代脉搏，将时代问题、时代精神和时代需要加以哲学性的提炼和升华，我们这块古雅清新的土地一定会产生无愧于伟大时代、无愧于伟大民族的哲学理论。事实上，改革开放以来，中国哲学界有一批埋头苦干的学者，一直在坚定地、无畏地、沉静地进行着这种探索，在价值学说、人的学说、主体学说、个性学说和美学理论等方面取得了新的突破。每每想到这些，我的脑海中总是浮现出张世英先生的形象，总把张先生的哲学追求和哲学体系的建构当作最令人仰慕的学术典范和时代标杆。

我以为，张先生的人生首先是哲学人生。在他那里，哲学生命化，生命哲学化，哲学的探索贯穿于先生整个生命历程，也渗透在先生生活的各个方面。有人说，称别的什么家容易，称哲学家很难，中国学术界近现代以来没有产生真正的哲学家，只有研究哲学的专家和哲学史家。面对张世英先生刚刚出版的十卷文集，抚今追昔，我觉得张先生已经完成了一个独创性的哲学体系建构。这个九十五岁的老人，已经以一个哲学家的面貌展现在世人面前。中国哲学界完全可以自豪地说，张世英先生就是当今中国一个真正意义上的哲学家！

作为一个哲学界后学晚辈，我想结合自己二十多年的学习经历谈谈我心目中的张世英先生。

1990 年，我在中央党校读哲学硕士，整日被黑格尔的《小逻辑》和《精神现象学》弄得头晕脑涨，同学们知道张世英先生是研究西方古典哲学的权威，都渴望找机会见见。一天，一个同学说张世英先生要来参加西哲一个硕士论文答辩，我便偷偷把要问的问题写在一张纸条上，准备找机会递上去。到了那天，兴致勃勃地去听，却不知什么原因，张世英先生没来，只好扫兴而归。1993 年，我在中国社会科学院跟王锐生先生读哲学博士，研究社会价值论，读张先生的著作更多了起来，明显感觉先生的思想视野和学术重心已经超越了西方古典哲学领域和一般哲学史范围，开始了自身理论体系的建构。先生那时提出的很多哲学思想深深影响了我的社会价值论研究和博士论文写作。先生对我的精神塑造已然深刻，但始终无缘见面，深以为憾。1996 年我毕业到中央党校哲学部工作后，还曾请丁冬红老师引荐，却也阴差阳错，终未如愿。2014 年我调到中国文联，从事文艺理论、文艺评论工作，发现先生的很多论著涉及美学和艺术理论，于是便结合工作需要，细细研读品味，更加体会到先生的精神世界不但有一个广博、深邃、系统的思想逻辑体系，还有一个澄明高远的审美境界。最为幸运的是，我终于在 2015 年8 月一个阳光明媚的清晨，实现了二十多年的心愿，与先生见了面。

那是《中国文艺评论》杂志创刊初期，我们想开办"名家专访"栏目。同事们七嘴八舌议论起要采访的人来，美学和艺术理论界大家公认的就是张世英先生。我当然愿意，却感觉不大可能，因为先生九十四岁了，很少参加外面的活动。抱着试试看的心理，何美同志马上开始了行动。真没想到，绕了几个弯，刚一联系上，先生便欣然应允。听何美同志说，编辑部傍晚发邮件预约访谈，第二天一早便收到回信。先生说："谢谢来信，欢迎来访。"在随后的邮件沟通里，先生强调说，"访谈时间可安排两三个小时，我不会有问题，你们放心。谈透为宜，你们发表时可任意删节"，还详细说明了家庭住址与驾车路线。访谈那天，先生亲笔手书了数页材料，并准备了大量文献资料。这个访谈开显了先生澄明高远的精神境界和烟云变幻的生命图景。我们真切地感受到，先生的学术历程宛如一张哲学漫游图，雪泥鸿爪，屐痕处处，镌刻着一个世纪哲人坚毅前行的心路历程。从德国古典到西方现代，从外国哲学到中国传统，从哲学史追溯到哲学体系重构，从纯粹的哲学研究到文化、美学、艺术等更宽广领域的总体性探索，古今中西，万有相通，终成世人瞩目的一家大说。访谈进行了三个多小时，结束后先生还执意留我们在附近餐厅吃了饭。其实，在餐桌上，学术的访谈还在继续，一面是美味可口的物质食粮，一面是美妙怡人的精神食粮，一晃又是一个半小时。那一天，我与先生一起度过了人生最美好的一段时光。无论岁月流逝，世事变迁，这段时光是永远不会忘怀的。回望这些年的心路历程，真没想到，二十多年想见先生的愿望一下子实现得这样充盈和美好，这或许是命运对我多年等待的一种回报吧！

近年来，张先生很少外出参加学术活动，但在 2015 年 10 月中国文联文艺评论中心、中国文艺评论家协会主办的首届中国文

艺评论年会上，他却应邀出席，并以"艺术生活化，生活艺术化"为主题，作了近一个小时的演讲，引起了广泛关注。后来在我们的请求下，先生还答应做中国文艺评论家协会和《中国文艺评论》杂志的顾问，不断以各种方式对我们的工作给予热心无私的帮助。

从美学、文艺理论、文艺评论的角度去接近张先生的生活世界，体会和学习先生的思想，我们看到了先生哲学人生之外的另一种人生，即艺术人生。记得第一次走进先生家客厅，映入眼帘的便是他的自书联：心游天地外，意在有无间。书法超拔苍秀，气韵生动，透着浓浓的哲人气质和文人气息。诗句古雅清新，自由自然，引人无限遐想，驻足留恋不已。先生爱好中国古典诗词，他在给我们讲哲学时，常常信手拈来加以哲学的阐释，生动形象，意境深远，既给人哲理的启示，又给人以美的享受。先生尤其喜欢陶渊明，童年背诵陶渊明的诗歌，至今不忘；九十岁高龄还能以小楷抄写《五柳先生传》，气韵古雅飘逸，清新生动，令人爱不释手。先生2016年春节去江西，执意绕路去了陶渊明故居，并写了散文发表在《光明日报》上。江西省文联主席叶青看到后给我发短信，表达了对先生的无限敬仰之意。我以为，先生的艺术人生渗透着中华美学精神，先生的人生境界和价值追求与陶渊明那高远淡泊的精神境界是融通的。

先生的艺术人生不但是古雅的，也是清新的，是体现时代精神、面向未来的。他对现代通信手段和社交媒体运用娴熟，并对国内外当代艺术思潮表现出极大兴趣。先生对我说，他曾多次前往北京798艺术区参观，思考了很多问题，还想和当代艺术家直接交流，面对面地了解他们内心的真实想法。他认为，对当代艺术不能简单否定，那些优秀的当代艺术家每创作一幅作品，似乎都是想通过作品暗示一点什么。他非常想问一问他们作品所蕴含的思想意蕴，也印证一下自己的想法。为此，我们专门邀请了几位当代艺术家，组织了一场"哲学与当代艺术对谈"。几位艺术家向先生介绍中国当代艺术发展脉络和最新进展，坦露了他们创作的所思所想和内心困惑，并一一向先生请教。先生的智慧、学识和哲人风范，赢得了几位艺术家深深的尊敬。

与先生交往，不但受到哲学的启迪、审美的感受，还深深地受到他那崇高品格的感染和激励。这又让我们想到先生在哲学人生、艺术人生之外，还有一重道德人生。不过需要指出的是，先生的道德是现代文明价值体系洗礼下的道德，绝不说教，绝不虚伪，绝不教条，自由、平等、独立、个性、开放、包容等价值理念，渗透在他的一言一行和日常生活的点点滴滴之中。和先生在一起，让人感觉到自由、轻松和自信，处处感受到他在尊重人、激励人、启发人。先生对后辈晚学的教诲和鼓励是那么真诚、无私，令人感动，甚至受宠若惊。面对任何一个与他接触的人，他都报以极大的热忱，我和同事每一次都深深地感受到这一点。曾记得，在那次中国文艺评论年会上，张先生发表主旨演讲后，我们都劝先生离会休息，他却说："我讲了别人听，别人讲我却不听，这怎么行？"硬是认真听完了另外六位专家的发言。还有那次访谈，司机没上楼休息，先生下楼发现后，一个劲地埋怨我，还连连向司机师傅道歉。凡此种种，虽属生活小事，却折射了先生精神品格的丝丝缕缕。

在与先生交往中，我们也抓住每一次机会，利用分分秒秒向先生请教，家里，餐桌上，车内，散步途中，一点时间也不放过。
我还常常把长期思考、百思不得其解的社会价值论困惑拿来向先
生请教，先生每问必答，真诚待人，平等交流，每次都如初春的
细雨，润开了嫩寒的花蕾；如高原的清风，吹散了雪山上的云朵。
先生也常常把他正思考的问题拿来发问，把将要发表的文章发来
让我们先读，并认真听取我们的看法。先生对我们所取得的每一
点成果和进步都表示热情的欣赏，并给予极大鼓励。他对我们常
以忘年交、知己相称，有时还说以与我们交往为荣，希望我们为
中国的学术事业做出更大贡献。每听到这些，惶恐不安之余，我
们却也增添了上进的动力、前行的勇气和治学的信心。

　　我以为，先生的哲学人生、艺术人生、道德人生的最高表现，
其实是先生自己融合古今中外、历经世纪烟云，以独立之精神、
自由之思想所成就的一种具有神圣性的人生境界。我们读他的书，
与他交谈，跟他交往，所接触到的，其实只是这种高远宏阔境界
的一些表现和表象，更加复杂无限的深远世界隐在这些东西的后
面。也许我们无法洞悉其全部，也永远进入不了他那种境界，但
却总想去感受，去体悟，去猜测，去触摸。为此，我曾有感而发，
写过一首小诗。这里，再拿来用作结语，也再次表达对先生的敬
仰和对他那个人生境界的向往：

　　　　世间烟云过眼多，笔底英华成大说。

　　　　万有相通融中西，空谷一兰一彭泽。

凤山古戏楼小记

暮春时节，塞外风轻，细雨染绿，野鸟沉鸣，杂花漫谷，云飞泉涌。与友人游坝上，过其故地丰宁凤山小镇，寻挂炉烧饼风味，访郭小川故居，小街一角偶遇雍正年间戏楼。楼有上、中、下三层，牌楼、道观布列于前，保存完整，规制非凡。余绕楼数匝，触摸凝视，怀古思人，心驰神远。壁间一画，生气鲜活，苍远厚朴，似有"白马秋风塞上"之意。画中老者，胡人装束，沉雄粗砺，双眸清明而深邃，坦诚而神秘，灼灼射人心田。友人指曰：此处鬼怪传说很多，离奇故事也很多。20世纪40年代后，这里已很少演戏，而是成了历次运动的集会场所。开群众大会，公审犯人，批斗游街，聚散沉浮，诡谲变幻，七八十年间不知上演了多少历史活剧。如今真戏假戏都不唱了，戏台成了文物，剧中人渐渐远去，一切都将淹没于历史尘埃之中。余闻言，感叹唏嘘，回眸凝视画中人，蓦然窥得那眼神中另有几分深意，似乎在说：这里发生的一切，我都看到，都知道，我想说，但我不能说，也说不出。

回京后，遍询壁画原委，不得其详。有的说来自三国，有的说来自聊斋，还有的说和西域佛教传播有关。困惑越来越多，历史的图景也越来越模糊混沌，只有那双眼睛在我朦胧的脑海中越来越清晰澄澈了。

含山白牡丹

中国关于牡丹仙子的传说很多，浪漫神奇，美丽动人，但于我不过听听读读、欣赏欣赏罢了。可对于含山的牡丹仙子，我却当真了。

巢湖这地方本不长牡丹。奇怪的是，含山那株牡丹却在山崖石缝中生长了一千三百多年，自然被老百姓奉为神灵。且不说她那无人能解释的神奇生命力，且不说她被武皇贬谪的传奇身世，且不说她能预测人间福祸的神秘本领，也不说一千多年来人们对她绵绵不绝的崇敬和赞颂，我觉得，这些与发生在其他自然崇拜物身上的故事相差无几，多属演绎附会之辞，早在我的想象和意料之中。让我信以为真、心生感慨的是下面两个故事。

皖南事变后，逃出来的一部分新四军就驻扎在这株牡丹脚下的山洞中。有一次，日本鬼子到这里追剿扑了个空，带路的汉奸为了逃脱鬼子的责罚，就说是这个牡丹仙子显了灵，保佑新四军逃走了。气急败坏的鬼子可能认为，中国的牡丹仙子与中国人站在一起与他们为敌，自然也在绞杀之列。他们瞄准山崖上的牡丹开起了炮，可连连不中，倒是从天而降的碎石把鬼子砸得四散奔逃。鬼子震颤了，害怕了，撤退了。当地老百姓自然认为是牡丹仙子显灵了，而且说牡丹是仙，日本人是鬼，神仙打败了恶鬼，本是常理。半个多世纪过去了，岩壁上牡丹树边累累的炮痕像雕刻一般留在那里，也深深地、牢牢地镌刻在每个游人的心田里。

牡丹仙子躲过了日本人的炮火，二十多年后，却又遇到了中国人自己的"革命"。当年，那些"革命者"或者忘记了牡丹仙子保佑过新四军的功劳，或者正是因为这一点使她增加了神性，或者根本就不相信这一套。他们没有鬼子那样的武器，抑或总结了鬼子失败的教训，所以采取了聪明的做法：从山崖顶上放下一根绳子，下去一个人把绳子拴在牡丹树上，然后用力向上一拔，就把她连根拔掉了。可是，"革命"总是有代价的，总是要流血的。绳子莫名其妙地断了，那个下去的勇敢的"革命者"也就掉到山崖下摔死了。老百姓的说法，当然又是牡丹仙子显灵了。过了没几年，还是在那个地方，牡丹又长了出来，长得还和原来一样，好像什么也没有发生过似的。

那天在含山，这故事吸引着我的目光久久地停留在这株牡丹身上，我努力想从她那里看出点什么。那是一株单瓣白牡丹，属于众多牡丹品种中最普通的一种。站在山崖下，仰头看上去，见她高高地生长在贫瘠的石缝中，枝叶不繁，花色不艳，相貌平平。凝视了半天，也没有看出什么雍容华贵的气质，更看不出有什么仙女英姿。然而，我并不失望，我想，或许那神奇的东西本该就是这平凡的样子吧！

听当地人说，这株牡丹每年开花的情况不一样，花朵的多少可预示人间福祸，十分灵验：一朵干，二朵旱，三朵四朵保平安；花开十朵以上，闹水灾；一朵也不开，天下大乱。仰头数了一下，刚好四朵，同行的人一阵雀跃。我也在凄楚中透出一丝欣悦，低下头，默默地陷入了更加辽远的沉思和遐想之中。

文风的价值向度

鲁迅曾说，文艺是国民精神所发的火光，同时也是引导国民精神前途的灯火。所以，从深层次上分析，文风不只是文章之风、文人之风和文化之风，更是社会之风、时代之风、历史之风。就中国当下正在经历着的、人类历史上前所未有的剧烈社会转型而言，文风是整个社会价值体系变迁与重建的精神折射，是多元价值主体复杂价值观念表达、交融、激荡的风云画卷。改进文风，必须具备社会价值视野、人类价值胸怀和世界价值眼光，以中华民族这个核心价值主体的长远和根本需要为价值轴心，洞悉历史潮流，捕捉时代精神，融合古今中西，明确文风的基本价值向度。

一曰真。真即真实、真诚和真理。真实是写作的基础，是作者脚下坚实的大地。有人说，改进文风，关键就两条：一是说真话，二是有学养。其中说真话是基本前提。马克思指出，说真话是人人应尽的义务。说真话更是衡量作家良心和良知的基本价值尺度。当一个社会连说真话都像今天城市里明媚的阳光、干净的饮水和纯净的空气一样成了稀缺品的时候，文风就不可能是拂面的清风，只能是笼罩人们心头的雾霾。当说真话沦落到安徒生《皇帝的新装》所描绘的境遇时，这对一个国家和民族来说更是异常危险的。

真实有客观的真实，也有感情的真实、艺术的真实、思想的真实和逻辑的真实，无论哪种真实，都要求作者有一颗真诚的心灵，有一种良心的拷问和人性的担当，都应做到胡适所倡导的"有什么话，说什么话；话怎么说，就怎么写"。今天，古人尺牍和笔记文学之所以备受钟爱，根本原因在于不掩饰、少忌讳、有真情实感。真实和真诚的目的在于探索真理。真正的作家一定要以敢于说真话的勇气，真诚面对读者的良知，探索真理，表达真理，传播真理。这也是优秀作品千古流传的不二法门。

二曰实。实即有实质内容，思想充实，不空洞，不浮躁，言之有物，彻底祛除毫无意义的大话、空话和套话。好作品无不有生活、有材料、有观点、有问题、有对策、有思想、有气韵，一句话：有实实在在的内容。"文革"时期的一些文章今天谁也不喜欢读，其重要原因在于千文一面、陈词滥调、空洞无物。一些官样文章脱离群众心理、脱离学术研究、脱离实践发展、脱离世界潮流，构造了一套封闭的话语体系，自以为是、自说自话、自我表扬，甚至自己组织啦啦队帮着叫好，让人望而生厌、望而生畏。毛主席当年曾对这类文章作过生动的画像，比之于当下仍然活灵活现，一点也不过时。今天，也有人讥讽这类文章是"新两点论"：一点没错，一点没用。还有人说这些文章是群众不看、领导厌烦，只有两类人看，即：谁写谁看，写谁谁看。实的另一个含义是实用、有针对性、解决实际问题。好作品都有鲜明的问题意识、怀疑精神、批判思想和建构理念，都有强烈的理论和现实针对性。现代社会人们生活节奏快、变化大、诱惑多，再加上消费异化和信息泛滥的侵蚀，作者和读者都难免表现出思想浮躁、行为功利、拒绝深刻与永恒的文风向度，难以保持心灵的沉静，不愿坚守孤独和寂寞，所以强调踏实也

是文风之实的应有之义。

三曰新。作者创新、读者求新皆源于人的精神本性，新的东西使人的精神世界更加丰富、更具想象力和创造力，也使人类文化生态更具多样性和生命活力。新即精神创新和文化创新，有信息新、思想新、情感新、意境新等不同层面，不同题材的文章可以有不同的表现形式。具体到一篇作品，可以是材料新，可以是观点新，可以是故事新，也可以是结构新、表达新、形式新、角度新、境界新，甚至话语新。但无论如何，文风之新绝非时下一些人所追求的新奇、新异、怪诞和形式上的花样翻新、标新立异、哗众取宠。现代信息技术宽带化、移动化、社交化、智能化、大数据、云计算等发展态势，正在深刻改变着人类绵延几千年的文化创新格局，个人与社会文化资源的连接和融通从来没有如此便捷、频繁和紧密。可以说，文化创作和传播的零门槛时代正在到来，精英垄断文化创作的时代一去不复返了。有人说，今天任何人写的任何一个东西，在互联网上都有百分之一的网民（两千三百万人）在写。创作变得如此之易，真正的创新却变得如此之难。有人警告说，如果知识分子沦为"知道分子"，他就将被互联网取代，独创性的新思想才是知识分子的安身立命之本。

四曰特。特即特殊性，也就是个性。文章千百种，风格各不同。一个时代、一个民族的文风具有共同性和一致性，但具体作品必须彰显个性，表达和塑造独特的精神价值。个性是世界万物的基本特性，更是作为人的精神外化最高表现形态的文章的核心价值。莱布尼茨说，世界上没有两片完全相同的树叶。现代科学家甚至没有找到两片相同的雪花。西方文明崇尚自由价值，东方文化尊奉自然价值，分野鲜明。全球化在促动基本人性层面价值融合的同时，也带来了价值主体层面更加复杂的多元化和个性化。马克思所设想的理想社会便是每一个人个性自由全面发展的社会。精神文化创作必须坚持独创性、唯一性和自由个性，抄袭模仿、批量生产、机械加工、拼接组合必然戕害文章的生命。孔子说，"古之学者为己，今之学者为人"，强调作文治学要善于抓住自己、发现自己、表达自己。中国传统美学的一个显著特征就是把作品人化和生命化。台湾作家林清玄认为，最好的文章，读的时候不觉得是在读文章，而是在读一个生命。南宋诗人吴沆说："诗有肌肤，有血脉，有骨骼，有精神。无肌肤则不全，无血脉则不通，无骨骼则不健，无精神则不美。"诗如其人，文如其人，此言不虚。如同一个人的生命一样，好的文章不在于表面上与他人的形体差异，也不是靠奇装异服、涂脂抹粉吸引读者眼球，而是作者自由个性的生命创造、精神升华和文化呈现。

五曰美。文章是作者表达思想、传递感情的载体，是读者学习知识、接受教育的重要桥梁。好的文章除了有真的思想、善的价值之外，还要有美的表达。所以，好的文章一定是美的文章。美的文章气韵生动、神采飞扬、自由自然，给人以如沐春风、如饮甘醴的精神享受。文学作品强调意境美，学术作品强调真理美，哲学作品强调思想美，民间作品强调生活美，如园中百花，各有风韵，相互辉映。孔子说，言之无文，行而不远。文风之美最生动、最直接的表现在话语。美的文章以美的语言为载体，感染力强，启发性强，给人以美的文化观照、美的精神浸染、美的生命交往，让人沉浸其中、陶醉其中，甚至痴迷其中。中国古文简洁传神，欧式用语严密细致，民间话语生动活泼，网络用语新颖多姿，皆有所长，当兼容并包，自由竞合，和而不同，和而相融，和而又通。现代社会，有限的生命时间和独创的个性思想同样匮乏，所以文章尚短、尚精、尚简也应成为美的追求。古人写文章讲究辞约意丰，文辞简洁，意境深远。丰子恺喜欢的一句格言是："最喜小中能见大，还求弦外有余音。"当代著名书画家关阔先生崇尚小品，喜题"小品不小"。网络文化不断推进文字、图像、符号、新型视听等媒介的深度融合，清新自然，活力绽放，也预示着一场新的语言革命，亦当顺势而为，为我所用。

文风如世风。环顾中华大地，纵览华夏时空，西风强劲，东风乍起，古风延绵，时风纷繁，可谓风云激荡，变幻莫测。然而，变中亦有不变者，繁中亦有简约者，异中亦有融通者。其不变者、简约者、可融通者便是文风的基本价值向度。比如那些有口皆碑、经久不衰的好作品，给人以真的启发、善的诱导和美的遐想，其中原因都和这五字相关。这五个字也是文风的风向标，世风的瞭望哨，未来文化的精神剪影。

精神的怅望

——沿着英公心路的思与想

独步古今中西，出主客二分，入天人合一，意在有无，成万有相通之论；

放笔文史哲美，携西南风云，会燕山雨雪，心游天外，达自由自然人生。

这是张世英先生刚刚去世那天我写的一副挽联，发在北京大学网站上，引起了哲学界和文艺界一些朋友的共鸣。忽忽百日已过，这一百天来，我和学术界、艺术界朋友会晤交谈，每每都会谈论先生的学术、人生和品格，谈论先生留给我们的无尽的思与想，仿佛谈论一个好久未见面的老朋友，那熟悉的面孔随着话语的流动，起伏不停地在眼前晃动浮现。

不过，先生真的走了！仿佛一个渐渐远去的背影，一天一天地拉长了距离。如今，当我们再凝视他走去的那个方向时，只剩下迷茫的天际和旷荡的荒野。我知道，外面的世界是找不到他了，只好在自己的心灵世界追寻，随心波而上下，捕风神而西东。对于这种怅惘的心绪，我曾在微信朋友圈中写道："先生在世界万物中，世界在先生哲学中；先生活在人们的心田中，人们活在先生的思想中。"

先生在时，我自称是他的"编外学生"，先生颔首笑允，遂多以老师相称。其实，在我心目中，先生的真正称呼是"英公"，这是一个崇高的精神标识。回想起来，在我的学术生涯和精神成长中，有三位老先生对我影响至深，我敬称"三公"。英公之外，是钝公和锐公。钝公是已故书画家关阔先生，关先生境界高远，艺术超拔，识者仰首，惠我厚远。锐公是我 1993 年在中国社会科学院哲学所读博士时的导师王锐生先生，王先生思想独立，胸襟澄澈，目光深远，脚步总走在时代的前面。社会价值论研究即自跟随先生做博士论文始。二十七年学术志趣和主题一以贯之，与王先生的精神交往也绵延不断。我识英公于 2014 年，时间最晚，也最短，然而先生对我的影响却是深刻而永远的。

曾记得，2014 年我调到中国文联，受命创建中国文艺评论家协会，创办《中国文艺评论》杂志，组建中国文联文艺评论中心。英公是著名哲学家，也是美学家，特别关心支持文艺评论理论事业。我们很快建立了联系，他应允担任中国文艺评论家协会顾问和《中国文艺评论》杂志顾问，六年来不辞辛劳地为中国文艺评论事业做了大量工作，深受广大文艺评论家和艺术家的爱戴和敬仰。先生的这些贡献已经铭刻在中国文艺史和中国文艺评论史上，自有后人论定。

由于情缘相契、志趣相合，工作的联系很快转变成学术交往和私人友谊。我为在学术研究上遇到这样一位令人高山仰止的老师而庆幸万分！为在人生中获得这样一份纯粹、真诚的忘年之交而欣喜万分！我利用一切见面的机会，向先生讨教我思考中的难题，交流一些重大的理论和现实问题，一刻也不愿放过，一点也不想遗失。算下来，与先生见面大概有二十几次。每次见过先生，我都要详细地把交流的内容记录下来，也把受先生启迪而生发的思想火花记下来。这些天，白天处理完庸常细琐的杂事，晚上静下来，常常翻看这些笔记，细细回味先生的声音和神情。有时，夜里关了灯，躺在床上，一幕幕回放着与先生交流的场景，似睡非睡，恍如梦境。交流中，我深切感受到，先生秉承西南联大学人气质，精神独立，思想自由，心无挂碍，每次都不避不让，不遮不掩，面向真理和真实，真诚表达自己的见解。偶尔谈到一些敏感的人和事，先生见有多人在场，或掩手耳语，或细声低语，但从不默然无语，话还是要说的。记得有一次先生激情涌动，词锋雄厉，直抒胸臆，四座愕然，家人闻语，趋近劝止，先生愠怒曰："在自己家里，这些心里话连和小庞都不能说，那你们还能让我到哪里去说？"今忆之，这些话犹朗朗回荡在耳边，重温之余，仿佛我的理论勇气和精神胆略也提振了不少。

先生学问和人生浑融畅达，视审美境界为人生最高境界，特别是对诗歌、散文和书法情有独钟。这些领域不但和我的工作相关，也与我的社会价值论思考相契合，因而审美艺术也成了我和先生密切交流的话题。记得2016年在龙城花园，我非常荣幸地主持了先生和三位当代艺术家的对话，整个讨论进行了三个多小时，先生兴味犹浓，晚上吃饭时又继续热烈地讨论了很久。这也是艺术领域值得记住的一件事。

听先生说，他幼时临帖习书，有童子功，晚年学术研究之余酷爱书法创作，其作品体现了哲人风神和书家气韵的完美融合，独标一格，所书内容也大大超出了传统书法，人人喜爱，幸得者视为珍宝。先生惠我多幅，我还代同事和朋友求了好几幅。特别值得一提的是，先生敬慕陶渊明诗文和人生境界，专门用小楷为我写了《五柳先生传》。那时先生已是九十八岁高龄，他说："看看还能不能写，写不了就把以前写的送给你。"先生喜欢写散文，写好了常常第一时间发给我看，还多次鼓励我写散文，听说我要出版散文集《黑夜之美》，亲自作了长篇序言。有人说，与前人相比，我们每一个人都是欠债者。我觉得在先生创造的巨大精神财富面前，每一个与他交往、受其精神影响的人都是他的欠债者。如今回望历数先生对我特殊的厚爱和付出，已无以回报，尤感愧疚难安。

先生去后，我的心绪可以凝结成"怅望"两个字，而且随着时间的流逝，这种精神感觉越来越强烈。我长期思考和研究社会价值论，除了框架和范式上的建构之外，更注重问题本身，喜欢打破学科，真诚地以重大理论和现实问题为中心与人探讨交流，二十多年下来，逐渐凝聚洗练成了一个很小的交流圈子。这里面除了哲学专家之外，还有物理学家、生物学家、历史学家、艺术家、美学家、考古学家等。有时问题一来，不顾时间，抄起电话就打，一讨论交流就是一两个小时。对于张世英先生，我是不敢这样造次的，也不忍心这样打扰老人家。邮件和微信也很少发，在我看来，那不是真正讨论问题的地方。我常常是把问题攒在一起，事先梳理一下，找个机会当面请教。2020年春节前拜会先生后，疫情暴发，诸事失序，虽然保持着联系，却无缘再见面。孰料，先生骤然归去，

让我几个月积攒沉淀的问题一下子悬置起来。我只好在脑海中构想着与先生讨论的场景，根据以前的交流，猜想着先生可能的回应与态度，沿着先生生前面向真理、面向人生、面向现实的精神方向，孤寂地思与想。十一月，我把几个最新的思考整理成题为《人类终极信仰体系重建的方向及脉路——基于社会价值论视角的漫思与构想》的会议论文，提交中国人学学会第二十届年会，并作大会发言，引起了一些专家的兴趣和讨论。在这里，我想再阐述一下主要观点，并悬测着和先生的隔世对话，大概也可以算作对英公的一种精神追思吧！

第一，是人类精神结构的拓展。当代人类形态转型和科学技术的飞速发展，愈益对人类精神提出了前所未有的挑战。今天的人类形态和结构方式甚至面临着瓦解和颠覆的危险。其中，人类精神结构的变迁与重建是一个核心问题。张先生在世时，我写成了相关学术论文，发表在《天津社会科学》上，并被《新华文摘》

全文转载，也向先生进行了请教。那时我把人类精神结构理解为科学认知、审美感受和精神信仰三个板块、三个维度、三个层面，并对各自的特性、定位和价值进行了分析。2020 年以来，我逐渐认识到，人的日常感知活动似乎不能简单化解和归约为科学认知、审美感受和精神信仰，因而人类精神结构就由三维变成了包括日常感知在内的四维。四个维度既高度聚合、融为一体，又多元平行、各自独立，和而不同。

第二，是对终极信仰对象的确证。这个问题既艰深复杂，又迫切尖锐，令大多数思想家或望而却步，或讳莫如深。也有的故作艰深，实质上又回到了旧的宗教体系的格套上去了，并不能回应当代人类所遇到的日益深重的精神危机和精神异化。在我看到的材料中，爱因斯坦的是最好的，特别是他和泰戈尔的那篇对话，仍然是最前沿的思考。经过长时间的思考和讨论，我认为可以把人类终极信仰对象确证在"自然"上。自然因其绝对性、无限性、可能性、永恒性而具有终极性，可以作为人类精神信仰最终的靠山和最坚实的基石。而且现代物理学、生物学、智能科学等越来越揭示出自然自身的信息性、活力性、智能性，也可以称为广义的精神性和"神性"。这种神性当然不是宗教中的人格神，而是自然自身所具有的神秘性、神奇性和神圣性。她不但是人类精神的来源，也是一切创造灵感的源泉，还是人类灵魂的归宿。生命活动和自然存在的过程应该是连续的，虽然中间连接融通的渠道与机制不为人所知。人类精神是自然灵性的一种特殊存在形态，人类把握自然是人类精神和自然灵性的内在连接与融通。人类精神因有了理性能力，得以以科学认知的方式把握自然；因有了感性能力，得以以审美艺术的方式把握自然；因有了灵性能力，得以以信仰的方式把握自然。日常感知以人的感官反映和生活经验为基础，以生活的方式把握自然。现代一些理论物理学家认为，信息在自然中是与物质和能量既相互关联、又相互独立的存在，与人的存在与否无关，而且人类的生命特性和精神智能恰恰来源于自然的信息品格。这为我们理解和思考自然的灵性、确立终极信仰根基提供了科学的支持。

第三，是人类信仰体系与价值体系在"自然"那里汇流重合。人类精神体系重建不但涉及人类终极信仰对象的确证，也涉及人类最高价值主体的重建。最高价值主体和终极信仰对象必须合一，才能使信仰体系和价值体系相互支撑、相互印证，从而有可能解决信仰缺失和价值断裂的难题。社会价值论所理解的最高价值主体和信仰体系的终极对象在"自然"那里实现了合一。自然既是最高的价值主体，也是终极的信仰对象。自然不但是事实存在，也是价值存在；不但是物质体系、能量体系，也是一个充满"灵性"和"神性"的信息体系；同时，还是一个连接和贯通物质、生物、个人、群体和人类的完整价值体系。所以，我们不但要把终极信仰对象确立为有活力、有灵性的自然，也应该把价值主体由个体价值主体拓展为群体价值主体，由群体价值主体拓展为人类价值主体，由人类价值主体拓展为最高的自然价值主体。在日益升级换代的大数据、高级算法、生物技术和人工智能等挑战面前，我们今天这个形态的人类物种正在经历着类似从猿到人那样的深刻转型，我们或许正处在大变革的前夜。今天的人类可能只是自然的一种灵性形态、精神形态和智能形态，既不是唯一，也不是最后，更不是最高。把最高价值主体由人类提升到自然，不但是信仰体系重建的需要，也是社会价值体系重建的需要，可谓殊途同归。

2020年9月29日晚，秋寒渐紧，云霾漫渫。我于沉沉黑夜中苦苦思索着这几个艰深的问题。不知什么时候，大半个月亮悄悄跃上了小院南墙，一道银色的光斜斜地射进了窗棂，脑海里不断浮现变幻着各种图景。突然之间，终极的信仰对象和最高的价值主体在"自然"那里贯通了，一通百通，顿觉心境异常澄明通透。推开院门，走到弯弯的胡同里，仰头望天空，望月亮，望星星，感觉她们从来没有像今天这样清澈明亮。兴奋之余，我忘乎所以，心里还想着怎样尽快向先生报告，可定了定神，便如梦醒来，回屋怅然坐在沙发上，喃喃自语："他已走了，我再也听不到他的思想教诲和精神启迪了。"此种感受无法用语言表达，更无法与他人道说。我们知道先生的哲学框架中没有明确的"价值论"。我曾经问过，他说他的伦理学和美学就是价值论。他也不反对从价值论角度分析和研究这些问题。更为重要的是，先生融通中西、古今、史论所构建的哲学体系，是通向真理的道路，是通向人类解放、人类自由的道路，是应对人类危机和异化的哲学旁白。先生的这种学术心路和方向是我们应该遵循和继续的，我们应该在这个方向和道路上继续思、想、说。

先生学问博如大海，深如夜空。余识先生也晚，也短；对先生思想的认识也疏，也浅。然而先生对我的精神影响也深，也远；我对先生的感情也诚，也满。2016年先生九十五岁寿辰时，我曾写了一篇纪念文章，题目是《时代哲思，高远境界》。文中有一首小诗，其曰："世间烟云过眼多，笔底英华成大说。万有相通融中西，空谷一兰一彭泽。"曾记得在龙城花园寓所里,先生拿着那期《中国文艺评论》杂志高兴地说:"小庞还给我写了一首诗!"他的孩子晓岚也凑过来说:"还把你和我妈的名字都放进去了。"(先生的夫人叫彭兰)今忆之,先生笑貌,历历在目。小诗拙浅不足论,我却常常感到非常自豪。

有人说,人生的忧伤的根源,在于回不去的从前,到不了的永远。但我想,有些美好的东西是永远也不会消逝的,不必担心和忧愁,自有别样的主体以别样的方式去感受她、发现她。我和先生的相遇共在,想必龙城花园那些长着硕大叶子的白杨不会忘记吧?香山宾馆窗外色泽殷殷的枫叶不会忘记吧?北大校园里那几棵枝干扶疏的老松不会忘记吧?北京会议中心那一片绿竹也不会忘记吧?那尘封于时光中的往事,也许早已被窗外的一缕阳光、门前的一阵清风、路边的一只草虫、枝头的一只小鸟记录收藏下来,说不准在什么时候,以什么方式,会从时光深处传来真切完整的信息。我又想,如果在微观世界中,电子从一个能级的轨道转移到另一个能级的轨道,中间的过程无法描述,电子是在某种更为高级复杂的空间中进行着量子跃迁,那么是不是人的生死也是在不同的轨道上跃迁呢?我愿相信先生的离去是跃迁到不同的世界中去了。当然,这不是科学认知,也不是审美艺术,是精神信仰,但信仰很重要,她是支撑我们战胜一切困难的最强大的力量。

未来中国文化剪影

——社会价值论视角的沉思

绵延久远的古老中国进入 19 世纪，仍然按照自身的逻辑缓慢地演进着。1840 年，西方列强一阵枪炮，彻底打乱了她的阵脚，剧烈痛苦、前所未有的转型从此拉开帷幕：社会动荡、制度变革、政权更迭、思想冲突此起彼伏。这些大潮涌动的底层其实是文化转型，是中国的文化结构和形态发生着总体而深刻的变化。弹指一挥间，一百七十多年过去了。一次次的冲突、一次次的选择、一次次的融合，一步步地铸造着中国新的文化形态。时至今日，我们还不能真真切切地看到她的面目，却似乎可以透过天边那一抹灿烂的朝霞，看到她缓缓走来的美丽剪影和动人神韵。

古雅清新

关于中国文化发展，一百多年无休止的争论可以归结到"古今中西"四个字上。未来中国文化形态一定是这四个要素融合创新的产物，从文化的外在精神气质上看，我们不妨用"古雅清新"四个字来描绘她。

中国文化容量大，历史长，生命力强，具有巨大的包容性、融合性和延续性。几千年来，历次外来文化的进入、异族政权的统治、剧烈的社会动荡都没有使其中断，反而锻造了她越来越坚韧的生存与融合能力。近现代西方文化亘古未有的冲击也没有使之中断，而是使其在融合创新中得以绵延和新生。未来中国文化的"古"，有一种绵延涌来的历史的厚重感、雄浑感和丰富感。

文化价值主体是人。人从文化中来，文化规定并铸造了人，更重要的是，人也每时每刻都在根据自身的生命需要和理想人格反思、选择并创造着文化。有了中华民族这个坚强的文化价值主体，我们就有了文化价值的核心和依归，古老的文化资源就会根据她的价值最大化原则得到选择和利用。这样未来文化的"古"绝不是崇古、返古、复古，企图从古人那里挖掘出拯救现代社会危机的现成药方，而是返本开新、扬弃创新，让那些根植在古老土壤中、根植在人性深处的智慧和价值得到现代性的转化和升华。

"雅"是一种精神气质，是一种文化品位，是一种价值追求，是中华民族这个现实的文化价值主体根据自身价值尺度，对传统文化的提纯和升华。我们可以借用清朝著名画家金农的一首诗来描绘这种"雅"："老梅愈老愈精神，水店山楼若有人。清到十分寒满把，始知明月是前身。"

"清新"是一种朝气蓬勃的生命力、意气风发的想象力、生生不息的创造力，是一种凝聚着当代生命体验、生命理想和生命价值的时代精神，是一种拥有未来、走向世界的精神气质。如果说传统文化给现代中华民族这个巨大的价值主体以古，以雅，那么，时代精神、主体价值创造和包括西方文化在内的外来文化则给我们以清，以新。"门外青山如屋里，东家流水入西邻"，古今中西，这四种文化要素从不同的方向汇聚到现实的中华民族这个根本的文化价值主体这里，形成了供其选择利用、吸收创造的资源和质料，创造出能够满足主体需要的新文化形态。当我们彻底完成这场文化转型的时候，中华民族将以这样一种独特的精神气质和魅力屹立于世界文化之林。

自由自然

"自由自然"是两种人类最根本的价值需求，深深地根植于人性之中。精神气质的深处是价值灵魂。未来中国文化古雅清新的精神气质的内在价值支撑正是自由、自然这两个核心价值。在人生价值体系中，她们应该属于最顶层的一级概念，其他如个性、民主、平等、公正、权利、效率、秩序、整体、和谐等，都可以从这两个概念中派生出来。自然是人类生命的依托和价值皈依，是人类真、善、美、爱等各种美好感情的价值源泉，是有限时空中存在的人追求无限、力量、伟大、永恒、崇高等生命理想的价值指向和精神寄托。千百年来，人对自然的感情可用"亦师亦友亦爱"六个字来概括。

　　自由是人的生命存在方式，是人最基本、最普遍、最崇高的价值追求。马克思说："自由是全部精神存在的类的本质。""人的类特性恰恰就是自由的自觉的活动。" 自由是自然在进化过程中所赋予生命的能动性在人身上的最高表现。人不但接受了自然的这种赋予，而且根据自己的主体能力和价值需要做了淋漓尽致的发挥和创造。

　　自由价值和自然价值是所有文明、所有民族的最高生命理想、文化理想和艺术理想，渗透到人类全部历史的物质生活、精神生活和社会生活各个领域，她们的实现程度可以作为我们评价社会进步和人生幸福的根本标准。自由和自然在人类价值体系中都应该是最高的目的性价值，但是在现实社会历史中却常常出现工具化的现象，也就是价值异化。特别是在对待自然价值上，西方社会从主体自由出发看待自然，其目的是认识、征服和改造自然，把自然对象化、资源化，甚至工具化，以此满足人类生存发展需要以及无限膨胀、异化泛滥的生命欲望。很多思想家日益反思西方价值自身弊端，当前，自然价值核心地位的回归已经成为西方甚至全世界社会发展的共同价值取向。

　　自由和自然都是人之所以成为人的本性所在，是现代全人类共同追求的核心价值观，更是我们推动社会完成转型、建构新的社会价值体系必须遵循的两个根本价值准则。从理论上说，这两个价值应该是不分先后的并列关系，在更高层面上也是统一的，它们统一于价值主体，统一于主体价值需求。现实的情况当然要复杂得多，任何一个民族和文明形态，从来没有只选择一个价值而完全抛弃另一个价值，但价值的重心显然有很大差别。从总体上看，在人类历史的长河中，由于复杂的因素影响，中西文化发生了巨大的分野，西方发展了自由价值，中国发展了自然价值，各自有各自的优势，也有因片面而造成的缺陷。在自由价值充分展现的现代西方社会向后现代转型过程中，自由价值逐渐超出了应有的限度并出现了严重的异化，社会发展的危机让西方人的目光逐渐转向东方，中国的自然价值观又不断地彰显。今天，二者融合发展的趋势越来越明显。文化的核心是价值观，只有牢牢地打造了自由、自然这两个最核心的价值观，中国新的社会形态和文化形态才能最终生成，中国文化的复兴、中华民族的复兴才有可能。

和而不同

"古雅清新"是未来中国文化的精神气质，"自由自然"是她的价值内核，"和而不同"则表达了她的空间结构和建构原则。在中国历史上，自从《论语》提出这个原则后，两千多年来，它一直是中国人所崇尚的一个道德规范和行动准则。费孝通晚年主张建设"多元一体"的中华文化，提倡不同文化间要理解、宽容和共存，要"和而不同"，要"各美其美，美人之美，美美与共，天下大同"。我们要把这个原则由伦理学原则、社会学原则、政治学原则提升为文化价值原则，与现代文化的宽容原则、文化多样性原则相融合，加以现代性的中国化转换和提升，建构中国文化的空间形态。从历史现实看，中国传统社会实行政治集权主义和文化专制主义，再加上小农经济的狭隘封闭，"和而不同"更多局限于个人道德修养领域，没有成为自觉的文化发展原则，更不可能成为社会制度建构的准则。中华人民共和国成立以后，由于"极左"路线的影响，文化上的"和而不同"更是一纸空谈。

今天建设新形态的中国文化，坚持"和而不同"原则是必须的选择。从理论上分析，文化的多元异质结构是文化创造和文化发展的前提条件，要保持文化的发展、繁荣、竞争和创造，就必须维护多元文化共存的格局，倡导"和而不同"原则。未来，随着世界各国政治民主化、经济市场化和文化科技化进程的加快，个体跨族群、跨地域、跨时空学习和接受文化的条件越来越便捷，个体在文化创造中的地位和作用日益凸显。文化的主体日益由原来的国家、民族、群体向个体演进，由文化精英向普通民众演进。以互联网为基本模式的新媒体的出现，为个体文化的创造、传播和消费创建了越来越广阔的平台、渠道和市场。每个人的自由个性都有可能在文化上得到充分的实现。马克思所设想的每个人自由全面发展的自由人联合体的理想有可能借助现代传播手段首先在文化层面呈现出来，并反过来推动政治、经济乃至整个社会制度朝这个方向演进。在这样一种新的文化格局下，需要每一个人都树立"和而不同"的理念，恪守"和而不同"的行动准则。每一个人因"和"而与他人融洽共生，使自身得到丰富和发展；因坚守了个性、维护了"不同"而确立了自我的文化价值，赢得了与众不同的创造力和生命力。

面对现实，虽然脚下的路还有诸多曲折、困厄和障碍，然而放眼未来，我们似乎已经遥望到了中国未来文化形态"古雅清新"的精神气质、"自由自然"的价值灵魂、"和而不同"的美丽轮廓。小楼一夜听春雨，深巷明朝卖杏花。她分明正一步步向我们走来。

感性的通达与精神的超越 [*]

　　我常常说，哲学是没有专业的，谁都可以来研究，但谁也不能垄断这个领域。而一个真正喜欢哲学思考的人，不会囿于哲学史上的那些书、那些人、那些事，一定会对其他领域的问题产生浓厚的兴趣。其一可以为哲学思考提供思想的质料和灵感，其二也可以检验哲学思想的有效性。做完有关社会价值论的博士论文后，近三十年忽忽已逝，其间随着生命时空波动变幻，在潜心哲学研究的同时，旁涉新闻学、传播学、教育学、美学、文学、艺术、宗教等领域，所获远非哲学著作可比。对于近年来备受关注的"新京剧"，我也是持这样一种态度：观察，学习，汲取，然后拿到社会价值论层面来审视，得到一些新的哲学启示。几年接触下来，兴味盎然，其人其事，其语其文，套用《水浒传》中武松论酒的话说便是："有些力气，冲得人动。"

　　看来，人的精神存在是与人的物质存在和社会存在相并列的一种生命品性，也是理解人的本质和人性秘密的关键。人类精神

---

* 此文系为储兰兰 2023 年出版的《新京剧：作品与风格》一书所作的序言。

结构大体由日常感知、科学认知、审美感受和精神信仰四个板块组成。"板块"只是一种形象的说法，也可以理解为四种属性、四个维度或人类精神的四种能力。其中，日常感知是基于人的感官系统而直接地展开的精神活动，它是人人都具有的原初性的生命本能，包含着科学认知、审美感受、精神信仰的萌芽。科学认知是人类理性充分发育的结果，它在一定意义上摆脱了直接的感官束缚和限制，对象化、理论化、逻辑化、形式化、工具化是其主要特征。审美感受可以说是一种感性的通达，它与科学认知一样，虽然摆脱了感官的限制，却没有离开感官，而走了与科学理性相反的另一条路，即感性的道路，以感性的方式向存在深处探寻，独立追求自我的精神超越。感受性是与主体生命存在须臾不可分的精神品性，不可对象化。精神信仰是人类精神指向终极并渴望把握终极存在的一种能力。其根源在于人的有限性。人因为有了自觉意识，认识到自我的有限性和世界的无限性，并深深地为这一永恒的存在论矛盾所烦恼和困扰。人渴望永恒、伟大和无限，希望把握无限，并把自己与无限存在融通起来，形成一体，以实现生命的超越。这种人类精神结构图景有点像湖中的涟漪，那波痕越接近中心的地方越清晰，也越狭小，越向外越模糊，越淡远，向着无限的水光延伸；又如空谷的歌声，从那歌唱家的喉咙里发出，一波一波地向树梢云雾中飘荡，奔向那无尽的远方。

人类精神结构图景已非常明显，在可想象的未来，此消彼长是肯定的，但大的格局框架不会有颠覆性的改变。比如，不可能消除哪一个板块，也不大可能新添什么板块。在这种参照系中，审美感受体系的价值定位是非常清楚的。现在的问题是，它受到了科学认知体系的强大冲击和挑战，包括京剧在内的传统艺术形态更是首当其冲。精神外化是一切精神事物的普遍本性，内在的精神必然形成强大的社会现实和物质现实。外化往往带来异化，人类的精神危机便演化为物质冲突和社会危机。比如科学外化为技术，审美外化为艺术。目前，广受学界关注的技术和艺术的讨论，其实质是人类精神结构中科学认知和审美感受的碰撞与融合问题。毋庸讳言，有识之士都能清楚地看到，以生命科学与信息科学相融合为核心的新一轮科技革命将对人类的价值主体地位产生根本的撼动，甚至有颠覆的危险。这一点，伟大的历史学家汤因比在 20 世纪五六十年代就有深刻的洞察。主体的改变，将带来一切的改变。改变将带来空间的转向和权力的转移。各门艺术向哪里去呢？从人类精神结构四个板块的外部互动关系分析，有三个方向：第一个方向是向日常感知用力，从日常生活中汲取营养和动力；第二个方向是向科学认知用力，让艺术插上科技的翅膀，获取更大的创造力和传播力；第三个方向是向精神信仰用力，用感受的力量召唤不在场的存在，实现在场化的开显与表达。这三个方向的用力都是非常有意义的，各个艺术门类沿着这三个方向的探索和突围也取得了不少效果。我以为更为关键的是审美艺术的内在方面，覆灭的危险在于失去自我。在这种交融激荡的格局中，审美艺术须坚守"感受性"的品格和立场，和而不同，和而又通，通而又融。取向日常感知，但不能沉沦于庸常生活；取向科学认知，但不能同化于数据计算和技术制作；取向精神信仰，但不能流于虚无玄幻，一味谈佛论道，更不能装神弄鬼。

在汤因比看来，人类正处在类似于百万年前从猿到人转变的大转折之中。人类审美艺术的版图如同人类整个精神版图一样，也处在新的塑造过程之中。我们正处在新版图形成的前夜，各门艺术像奔腾向海的河流，一切沿着正确方向的努力和劳作都将汇入新的版图中，并在其中占有一席之地。通过我的观察和理解，储兰兰女士所倡导和身体力行的新京剧一直沿着这个方向进行着不懈的努力，取得了骄人的业绩和广泛的影响。它像一切有希望的新生事物一样，尽管还有许多不成熟的地方，但非常富有开放性、包容性、绵延性和成长性，上得天气，下接地气，中有人气。从社会价值论上看，这些作品有烟火气，有书卷气，有山水气，有青春气，古雅清新，自由自然，和而不同，非常契合未来中国文化演进的方向。可以想象，这是一件很艰难的事。十多年来，不知要排除多少阻力和困难，不但需要过人的才华和百倍的努力，更需要超人的胆气。我猜想这种胆气，很大程度上来自新京剧领军人物储兰兰女士身上的那种令人钦佩的正义和良知。听说受人尊敬的哲学泰斗、著名美学家张世英先生在世时，储兰兰女士曾拜访过他，先生对新京剧非常赞赏，认为殊为难得。先生主张审美是人生最高境界，至此境者，可"心游天地外，意在有无间"，新京剧所营造的那种高妙空灵的艺术境界与先生的美学思想是非常契合的。多年来，余欣赏新京剧亦常常沉浸其中，临溪流不知去向，入云山忘却归途。今不揣浅陋，追摹其境，再以四语喻之：

万壑松涛涌，一轮明月升。

空谷兰无迹，缥缈云烟中。

值此储兰兰女士新书出版之际，搜罗旧语新思，拾掇成篇，言不尽意，如隔江雾唤渡舟，渡与未渡，亦未可知，聊以为序。

黑夜的底片[*]

　　欣赏李刚先生以马为主题的摄影作品，仿佛进入了一个精灵世界，诗一般的迷茫，梦一般的神秘，颇合我当下审美心境，给我的精神图像库增添了不少新鲜而独特的东西，也引发了我关于当下审美艺术发展的进一步思考和联想。

　　我这些年虽然一直在文艺领域工作，却很少写评论文章，即便对自己有点创作实践的摄影和散文也很少写。个中原因非三言两语能说清楚。前些年在《中国摄影家》杂志发表了《开显自由自然的心灵图像》一文，主要是谈自己摄影的一些体验和感悟，阐述了"文人摄影"的特性，有些理论思考，但也算不上评论文章。然而，随着对各个艺术门类接触的不断广泛和深入，关于审美艺术的深层次思考越来越多，理论兴趣也越来越浓厚，仿佛被一种幽深美妙的东西牵引着往前走。我想，除了工作需要之外，这可能源于我多年社会价值论研究的脉络和理路。因为自 1996 年在中国社会科学院哲学研究所完成博士论文《社会价值论导论》起，二十多年过去了，不管工作性质和研究领域如何变化，我的精神活动的轴心始终在社

---

* 此文系作者在 2019 年中国艺术研究院召开的李刚摄影作品研讨会上的发言。

会价值论上，学术研究始终围绕着它展开。有时因工作所迫，思想的触角伸展得远了些，但也大抵如飞在天上的风筝，那根线还是拴在社会价值论上。前些年到了文艺领域，仍然自觉不自觉地用社会价值论的理论范式、理论坐标和理论框架分析和透视遇到的艺术问题和艺术现象，每每别有所得，欣喜异常。更为重要的是，审美艺术价值是社会价值体系重要的组成部分，思考这个领域的问题，特别是自觉地把艺术创作感受、艺术现象和审美经验进行理论提炼和升华，对丰富社会价值论研究大有裨益。一个是向下结合，一个是向上提升，这两个方向精神路径的汇合，有点像《易经》第六十三卦，水在上，火在下，水往下流，火往上冲，交融激荡，会通感化，生生不息。不过，近些年我深深地感到这种理论研究和建构的路径遇到了前所未有的挑战，原来以为坚实可靠的理论基石开始动摇。这便是超强计算（包括正在热烈讨论的量子计算）、人工智能和生物技术等现代科技对人性论假设的裂解，对轴心时代以来积淀形成的人类认知范式的颠覆。本体论层面的混乱、迷茫和脆弱，意味着我们一时难以形成和掌握用以展开文艺批评的有效理论框架。而没有独特理论框架和根基的一切评论都难以抵达人类精神的深处，难以涤荡历史的尘埃和现实的迷雾，难以廓清未来的方向、路径和图景。所以，在我看来，当今艺术发展的核心问题，除了艺术家按照真诚的生命感受和人类正义良知来自由、自然地进行艺术创造外，学问家和思想家应该做的是，瞄准人类精神发展的前沿和文明演进的走向，无私无畏、坚韧不拔地进行基本理论建构，为人类未来艺术格局生成奠定坚实的理论基础，为转型时代的社会变革提供有效的思想供给。

　　现实地看，这两方面的差距都很大。在艺术创作领域，脱离审美艺术本体的倾向比较明显，艺术创作的技术化、巫术化、学术化等现象未引起足够的警惕和重视，对一些基本的问题缺乏充分的辨析和讨论。艺术家的生命感受遭到遮蔽和绑缚，精神冲动被抽取和消解，麻木、放逐和沉沦甚至成了一些所谓艺术家的自觉选择，乐此不疲。艺术创作被一些似是而非的观念所糊弄，被一些似曾相识的理论所忽悠，被一些自以为是的教条和公式所戏弄。比如，审美艺术的本体在于人类的精神感受系统，它虽然必须依赖技术的制作和支撑才能得到表达和传达，但技术不能喧宾夺主，更不能反客为主，否则艺术在不久的将来就会被人工智能取代得干干净净。再比如，审美感受系统在人类精神结构中是与理性认知系统、精神信仰系统并列的一个特殊板块。感受是艺术的生命。学术研究属于科学认知系统，宗教信仰和巫术操弄属于精神信仰系统。它们之间的关系虽然很复杂，有相互渗透、相互影响的一面，但各自的品性和界限还是清楚的。艺术是人类感受的制作，不是观念的制作和概念的制作，艺术不是哲学的说明书，脱离了感受系统，艺术将名存实亡。艺术活动虽指向世界本真，艺术家也应该提高学术修养和认知能力。艺术活动指向人类未知、未能、未来的复杂领域，具有一定的神秘性、神圣性和神奇性，艺术家对世界本体也应该充满好奇和敬畏，但大肆鼓吹艺术的学术化、认知化、神秘化和巫术化，不是把艺术引向邪路就是引向死路，更不可能应对人工智能背景下艺术发展所面临的生死抉择。还有，艺术创作和欣赏都是感受性活动，与感官密切相关，但艺术必须超越感官，向人们内在的精神世界跃迁。但是花样翻新的娱术，披着大众化、通俗化、时尚化的外衣，把人类审美艺术引向同质化、机械化、浅表化、碎片化、泡沫化的泥潭。

摄影艺术是一门技术性、大众性、可视性、客体性极强的艺术形式，在这个科技迅猛发展、物质消费汹涌澎湃、理性能力高歌猛进的时代，更需要不断回归和坚守人类精神感受系统这个艺术本体，努力克服技术化、认知化、浅表化、碎片化、庸俗化趋向。在人工智能、数字技术、高级算法、网络技术涌来时，一方面要积极吸收新的技术形式，成长和壮大自身；另一方面也需要重新确证自身的独特价值定位和不可取代的艺术本性，让"传统"和"曾经"在信息时代实现华丽转身，让摄影艺术在未来新的艺术格局百花园中迎风绽放，独树一帜。在熙熙攘攘、纷纷扰扰的艺术潮流中，我们欣慰地发现，一些摄影家不断在这个方向上进行着十分可贵的努力，踽踽独行，并取得了卓尔不群的艺术成果。

毋庸讳言，当前在面向未来的审美艺术理论建构上，我们的视野还不够开阔，胸怀还不够宽广，目光还不够深远，思维还不够深刻，坐标系还不够新、不够大，特别是对当代科技与艺术嬗变的关系理解得不深不透，对未来的影响没有很好的思想准备和应对策略。我们应该清醒地认识到，科技与艺术的汇流之处将是未来人类文化矛盾交织之处、发展转折之处、生灭变换之处。我们需要把更多的目光聚焦在这个"相遇空间"，把更多的思维力量集中在这个地方，为未来一切可能打开空间，为一切不同腾挪空间，为一切改变预留空间，为一切曾经转换空间。撞钟要撞响，打井要出水，人类未来文化发展必须在这个地方实现突围。摄影从产生那天起就是技术和艺术结合的产物，今天的挑战主要来自这种结合，未来的前景也取决于这种结合。问题的关键在于保持合理的张力。我们需要比以往更多一些沉思、遐想、判断、猜测。艺术家和理论家不一样，他们是以不同于理性的感受的方式探索和呈现世界的本真，一些伟大的艺术家以他们特有的方式抵达了理论家抵达不到的地方，很值得理论家体味和借鉴。爱因斯坦说："一个人要是单凭自己来进行思考，而得不到别人思想和经验的激发，那么即使在最理想的情况下，他所想的也不会有什么价值，而且一定是单调无味的。"我极力主张文艺理论家稍微放一放手中的书本、头脑中的概念和框架，多从艺术家和艺术作品中捕捉一些生命感受和精神冲动性的东西，让理论研究鲜活起来、生动起来、丰富起来。记得前不久，《梁祝》作曲陈钢先生向我谈了他对音乐艺术的看法，他说语言抵达不了的地方，恰恰是艺术的生发之地，让我大有"开悟"之感。

我看到，李刚先生以摄影家独特的心灵感受和高妙的技术操作，解放了被物质和形体束缚着的万物的灵魂，澄明和开显了物象后面一个用语言无法描述的深远、广大和永恒的世界。这不仅印证了我对美学和摄影的一些理论观点，坚定了我对艺术价值向度的理解，同时还让我感受到了更多生命中具有超越性的美好事情。他以白马为主题的一些作品有点像"黑夜的底片"，黑白颠倒，跃迁无碍，令人反复凝视，沉浸不已。那些白色的精灵聚集在一起，仿佛是深邃的星夜的反转或别个化身，白色的虚空幻化或隐匿了一切邃密的存在，黑色的星光是宇宙晶亮澄澈的眼神，仿佛看透了世间的一切，包括你和我。透过反转，我看到了黑夜精灵会说话的眼睛，她们哪里是马的眼睛呀！她们简直就是宇宙神秘存在向我们透露的几点微茫的光亮。我小时候常于燕山深处夜行，对黑夜的神秘、惶恐、寂寥和幽美深有感受，却无以名状。爱好摄影后，常常沉思遐想：摄影艺术怎样以图像的方式表达和呈现深幽迷茫的黑夜呢？多年来屡试屡废，无一惬意。几年前曾著散文《黑夜之美》，以文学意象拟之，似略有所得。现在看到这些黑夜精灵会说话的眼睛，感觉到顺着这点点晶亮深邃的缝隙，触摸着宇宙神秘存在的复杂表情。这种东西，自然界没有，科学给不了，语言文字说不清，只有艺术可带给我们。这种莫名其妙、匪夷所思的心灵波动，大概就是审美艺术的特殊魅力和永恒价值吧！

自由自然的价值意韵

从社会价值论的角度看，建设人类文明新形态是一个社会价值体系解构与重构的复杂历史过程。其中最关键的是对"自由""自然"这两个人类最高价值的理解，不解决这个问题，其他问题都很难取得新的突破。

多年来，自由自然问题一直是我哲学思考的核心问题。十多年前，我在《未来中国文化剪影》一文中明确地提出了这个问题，并从未来中国文化展望的角度进行了初步的阐释。前两年，我在《人类终极信仰体系重建的方向及脉路》《人类精神结构的变迁和审美艺术的未来》《人工智能的发展与审美艺术的未来》等论文中，又从信仰的角度对这个问题进行了分析。近来随着我自己思想的演进，又有一些新的理解和生发，觉得还有话要说。

人类历史是一个从自然到自由又复归于自然的复杂过程

从本体上说，万事万物是没有资格和无边无际、无始无终的自然并立的，人也一样。但从价值论角度看，任何存在物都有权利和资格把自己从自然中独立出来，作为主体，处理他与自然的关系。人作为具有自觉意识的存在物，更会主动地、自觉地、总体地把自己置于与自然并列的价值格局之中，谋划自己的生存、发展和超越之路。这个路径最重要的方向便是自由，人类漫长的发展史正是一条通向自由之路的历史。自由的价值尺度可以作为人类文明演化的最重要尺度。无论是在时间和空间上、思想和行动上、精神和身体上，还是在整体和个体上，我们都不难确定可靠的参照系和具体的评价指标体系。以此尺度衡量一切事物，无论是历史的还是现实的，无论是民族的还是世界的，无论是文化的还是制度的，都会现出价值原形，上下高低、善恶好坏、真假美丑，立判分明。尽管"自由"的定义有千百种，众流纷纭，但它的核心要义是"由自"，是主体性和个性的高扬与伸张，亦即主体的解放与超越。自由的反面是束缚、限制和奴役。自从人类诞生以来，人类自由解放的历史大体经历了人从纯粹的自然中的解放、人从自己所建立的各种社会关系中的解放、人从他所依赖的物质和能量中的解放、人从自我束缚中的解放等四个阶段。如果说人类演化是积淀式和迭代式的，他所走过的每一个阶段都不是简单的告别，而是以特殊的方式将过去存储于主体的精神和身体之中，那么人类的自由解放也不是简单的脱离和抛弃，原有的束缚之物仍以隐藏或隐没的方式存在于"新人"之中。恰如我们无论沿着这条自由之路走到哪里，我们仍然在自然之中，仍然在社会关系之中，仍然在物能之中，仍然在"自我"这个主体外壳之中，只不过前后的自然、社会关系、物能、自我的形式和性质发生了决定性的改变。

今天的人类似乎离自然很远，宛若特立独行、一意孤行、我行我素。其实我们仍在无边的自然之中，我们仍然是自然的一部分，这正如孙猴子翻了半天筋斗，仍在如来佛的手心中一样。千百年来，人类建立了各种社会关系、制度规范，也不断摆脱着各种社会关系的束缚，但我们仍在且永远在社会关系之中。几百万年的人类历史可以说是人类争取丰裕的物质和能量的历史，人类活动的目的和主题一直是和物质匮乏做斗争。近现代以来，随着科学技术的发展，人类物质和能量的丰裕程度获得了日新月异的发展，人类的进化也由自然生物进化的历史步入了自我进化的历史。审视今天的现实，我们可以大胆预测，在不远的将来，科学技术终将解决人类物质和能量匮乏问题，人类的命运将彻底摆脱物质能量束缚。人类将告别物质匮乏时代，步入后物质时代。后物质时代对人的自由的最大束缚将是自我本身，主体自身结构和存在方式成了人的自由的最大障碍。因此，超越自我（包括肉体自我、精神自我、社会自我）将成为人类追求自由价值的主要活动。更深刻的危险和危机也扑面涌来，价值主体的裂解、颠覆、重构将成为人类社会发展最重要的主题和挑战。我们今天很难描绘这场自从猿变成人之后人类将经历的又一场变革的具体方式和图景，但可以从人工智能、信息技术、神经科学、基因编辑、纳米技术等高科技的发展态势中看到些许端倪。

那么，人类的这条自由之路最终会通向哪里呢？我的看法是回归自然，而不是沉沦和堕落于孤独、虚无和寂灭。我们无法判断自然产生人类的最终目的和意义是什么，但可以肯定，人类命运的归宿是重新融入自然之中。当然，这个自然不再是人类出发时那个原初的自然，而是自由的自然。在这样的自然中，人类实现了最大的自由，即自然的自由和自由的自然高度统一。

自由自然是人类精神追求的最高价值

我认为，人类精神结构由日常感知、科学认知、审美感受和精神信仰四个板块构成。这四个板块又构成相对独立的体系，相互之间不能取代和化约。一般来说，日常感知追求真实，科学认知追求真理，审美感受追求伟大与永恒，精神信仰追求归属与终极，而统摄这四个板块的最高价值可以概括为"自由自然"。

人的生命活动，从形态上看，可以分为生存、发展和超越三种类型；从性质上看，可以分为物质的、社会的和精神的三个层次。无论哪种划分，精神超越都属于顶层价值目标。超越的根源在于人的有限性（即限制性）和人能意识到这种有限性，因而人的生命活动的最大追求与渴望便是超越现实的有限性，奔向无限性。这种超越活动便是人类自由的本质意蕴，而他要奔向的那个无限性的存在只能是自然。因为与"世界""天""宇宙""上帝"等概念的源初内涵指向相比，只有"自然"才具有无限性的品质，而自由只有放置在无限性的自然中，才能成为真正的自由。在现实的物质领域和物理时空中，人类的活动可以解决物质生存和现实发展的难题，却无法实现指向无限性的超越，真正的超越只能寄希望于精神领域。在精神的源初领域，即日常感知中，人们借助于感官系统，不但确证了生活的真实和自我身体的存在，而且确证了自由的源点，从这里生发出去，人类的精神才可能如涟漪般一圈一圈地荡出去，奔向无边的自然。日常感知是人类精神的土壤，孕育着科学认知、审美感受和精神信仰的萌芽。科学认知是人类精神对感官的超越，是依靠理性的力量对人类自由精神的提升，但是自然存在的复杂性、神秘性和多元性远远超出人类理性视野和能力，实验、观测、逻辑、计算等手段常常无能为力、无可奈何。人类自由精神很难满足于科学认知的范围，更大、更远、更深的自然存在维度不断向人类涌现。审美感受所依赖的感性力量是与理性完全不同的另一种精神力量，它的目光和脚步不是停留于对象本身，而是把对象形象化、想象化、象征化，让对象成为自然存在涌现和汇聚的一个通道或网结，而人的自由精神可以通过这个渠道与无限的自然勾连融通。精神信仰所依赖的信仰力量又与直观感知、理性认知和审美感受不同，它使人类的心灵摆脱了感官、逻辑、形象，直接通达自然本体，从而实现了人的伟大、永恒和不朽。从信仰发展史看，人类信仰存在着不同的形态和层次，但真正的精神信仰应该具有终极性。在可作为终极信仰对象的诸多选项中，能够"自然"存在"竖穷三际，横遍十方"，具有无限性、普遍性和绝对性。在以自然为核心的终极信仰体系中，终极的信仰体系与最高的价值体系是合一的，因为终极的信仰对象和最高的价值主体是合一的，它就是自然。在这里，自由与自然也是统一的，它们统一于主体，这个主体不限于人类、群体、个体等人的主体表现形态，向下可推及万物，向上可推及自然。从具体的有生命的个体来说，价值的延展和循环必须依赖价值主体的绵延，其价值主体也不该限于生死之间的肉体生命形态。而社会价值要实现大时间尺度的循环、融通与永恒，也必须得有超越性的社会价值主体作依托。就现代社会人类的精神水平而言，把终极信仰奠定在这种理解之上也是合理的。第一方面，人工智能的快速发展必将把我们带入"后人类"时代，而太空的探索与发现也越来越趋向于外星生命和星际智慧存在的可能。价值主体突破人类主义的独断形态，拓展出来势在必然。第二方面，人的性灵智慧和自然万物的灵性之间不应是断裂的。从浩渺天体到无机物质，到有机生命，再到人工智能，其间应该是一条连续的河流，而且还应向更深远、更广阔的地方绵延；人类的性灵智慧在自然万物中一定存在萌芽，而将人类和自然融通的通量便是存在于自然万物中的灵性，只不过人类日常感知和科学认知还无法把握这种复杂的联系，而这些未知的无限的领域恰恰是要靠信仰去把握。信仰虽然不能完全脱离日常感知和科学认知（否则就将陷入迷信的泥沼），但它绝不是认知直接证实的事情，不然信仰也就没有存在的意义了。第三方面，只有将自然既作为最高价值主体，又作为终极信仰对象，我们才能解决个体生命价值与人类社会价值主体之间价值循环的断裂和人类与自然之间价值断裂这两个"价值断裂"难题，实现自由的自然和自然的自由，达到自由自然的真正统一。

以自由自然为基本架构实现中西价值体系的汇流融通

自由自然作为社会根本价值、精神最高价值和信仰终极价值，是根植于人类本性的价值追求，在不同民族、不同区域、不同领域、不同历史阶段有着不同的侧重和表现形式。源于古希腊的西方文明一直把自由作为最高价值，奉为圭臬，而中国文明则侧重发展和张扬自然价值。自由和自然大体上可以看作是中西方文明价值体系的分水岭。进入现代社会以来，西方以自由为核心的价值体系随着科技的飞速发展和社会的剧烈转型遇到了巨大的挑战，其根本的问题在于对自然价值的忽略和疏离，而其新的价值转向也恰恰是自然价值。中国的情况是，鸦片战争以来，中国传统的以自然为核心的价值体系在遭遇西方以自由为核心的价值体系时被碰得头破血流，因而吸收自由价值、重构中国社会价值体系成了中国社会转型的主题和主线。"五四"高举"德先生"和"赛先生"的大旗，开始启蒙运动，其灵魂却是"飞女神"（Freedom）。时至今日，这个任务仍然没有彻底完成。同时，合理吸收中国前现代的自然价值，并加以现代性的转换，不但是现代中华民族价值体系重建的重要任务，而且可以为当代人类价值体系重构做出中华民族独特的贡献。这方面，冯友兰先生认为，中国传统哲学对世界文化最大的贡献在人生境界的构造上，并提出"天地境界"是人生的最高境界。张世英先生在综合西方"主客二分"思维范式（在我看来，其实质就是自由价值）和中国传统"天人合一"思维模式的基础上，提出了"万有相通"理论，同时提出人生最高境界是在欲求、求知、道德之上的审美境界，审美境界就是自由境界。这都是具有世界意义和人类未来意义的哲学创举，都与人类自由自然的终极价值追求密切相关。我认为，当代思想家应当沿着这个方向，继续"思"与"想"、"行"与"为"，开拓人类文明价值演进的新道路，让中西方文明在"自由自然"这个新的价值体系和价值框架下实现汇流与融通，为人类文明新形态建设提供强有力的精神支持和思想供给。

附录 I

庞井君：思想理想，自由自然 *

"从燕山深处的小山村走出来已经四十余年，我始终在追求心灵深处的人生理想，始终以思想的开掘、涵育和积淀，驱动和充实理想的追求，力图完成一种哲学层面的精神体系的建构。"庞井君的微信朋友圈签名只有简单的八个字：思想理想，自由自然。在他看来，这是由自己的人生追求浓缩而成的格言，也构成了他理解哲学、文学、艺术乃至人生的价值准则与精神轴线。在理论形态上，这便是他从在中国社会科学院做哲学博士论文时就开始潜心研究、积极构建的社会价值论。在踽踽独行、起伏跌宕的生命历程中，随着理性探寻的深入和成熟，感性的外化和呈现也自然而然地展开了。

对于庞井君的最新散文集《黑夜之美》，当代知名哲学家、美学家张世英曾在"序言"中评论道："社会价值论是他精神活动的根基和主要建构方向。但同时，他还是一个具有广泛艺术爱好和很高艺术才华的创作者，散文成了他伸张自由精神的另一片天空。"

《黑夜之美》由二十五篇不同主题的散文组成，十六开的小册，篇幅不大，却展现了散文与诗歌、文字与摄影、理性与感受的完

---

* 此文系《中国青年作家报》2023 年 10 月 25 日的专访，收入本书时略有改动。

美融合。人们不难发现，在细腻的笔触之间，在动人的风景与人物的描摹之中，镶嵌着精当的诗歌与摄影作品，在叙事、抒情之余，将文字与图像的视觉审美享受融为一体，既不突兀，也不平淡，别具一格的创造力跃然纸上。

在书中，庞井君从扎根于乡土的童年回忆起笔，带领读者跟随他踏上青春的求学之路，漫步于祖国大地的山川田野、荒村古道，体验一种心灵的解放和生命存在的澄明。这些文字贯穿了作者从天真懵懂的儿童到历经世事的成人的生命历程，将哲学家的理性思辨与艺术家的灵性抒发浑融贯通，统一于"自由自然、思想理想"的生命价值追求之中。

自2022年出版以来，凭借独特的艺术风格和深邃的哲学理性，这部散文集在全国各大媒体引发广泛的讨论，至今已有十余篇由著名评论家撰写的评论文章在《光明日报》《人民日报》（海外版）、《文艺报》《解放日报》《中文学刊》等国内外知名报刊上发表，社会反响十分热烈。有人说，"庞井君的散文一反轻抒情、漫抒情的浮泛之风，体现了思想的高度和感受的深度，成了文艺界一道引人注目的靓丽风景"。不仅如此，庞井君的作品以文辞精到、诗文并重、深入浅出的特点著称，共有四五十篇作品被《语文世界》《中华活页文选》《语文教学与研究》《小品文选刊》等中学教育类知名刊物转载，在中学教学中以阅读材料、考试出题、范文讲解等形式被广泛应用，深受全国广大中学师生的喜爱。

写作是一种思想观念的审美感受性展开

庞井君出生于承德北部燕山深处一个偏远的小山村。绵延的山脉、流淌的河水、艰辛的生活构成了他十五岁之前童年世界的全部记忆。他对大自然的亲近仿佛本能般深深刻入骨血之中。师范课堂上，政治老师的一句话让他终生爱上了哲学，力图以哲学之径走向心灵的澄明世界，矢志不渝。师范毕业，又回到了那个小山村教学，再一次沉浸到大自然之中。后来，走出小山村，进入中央党校读哲学硕士。在哲学学习之余，庞井君开始对文学产生浓厚的兴趣，儿时那股从自然中获取的原初的生命冲动和创造潜质逐渐在美学意义上涌现。

在国家广电总局任职团委书记期间，庞井君与众多在传媒文艺领域活跃的青年共同工作，在继续深化哲学思考、潜心社会价值论研究的同时，开始了文学创作。在他的回忆中，一个标志性的事件是二十多年前的那次黄山莲花峰之行。

庞井君仍记得，游黄山那天，细雨绵绵，浓雾弥漫，游客稀疏。爬莲花峰时，一个人也没遇到，却遇到了美丽的白玉兰。他循着奇松怪石，螺旋般孤独地向山顶登去，氤氲灰暗的山岩和浓雾中绽开的野生白玉兰蓦然映入眼帘，"面对那幅平生未见的霜素凝鲜的图画，顿时感到整个精神世界受到了深深的震撼"。下山后，这股不可遏制的兴奋与冲动倾泻而出，散文《黄山白玉兰》由此诞生。

在社会价值论理论体系构建过程中，庞井君提出，人生的终极价值有两个，一是自然，二是自由，二者密切相关，形成了必要的价值张力。在他看来，人类来自自然又复归于自然，自然既是客体也是主体，既是总体也是本体，是人类终极信仰指向的唯一对象。人在自然中，自然在人中，人类一刻也没有超脱自然。而人对于自由的追求是一种自然本性，是自然灵性在人身上的积淀、叠加和升华。他儿时于小山村中萌发的一些关于自由价值的模糊思考，逐渐在之后的文学创作中得到艺术的涌现。"童年的确是丰富神秘的创作资源，源源不断。如今在以审美感受的方式回望童年、重新进入童年时，会不自主地有一种选择，这种选择实际上和自由自然的生命价值追求内在关联、一脉相通。"

散文集中的《山间一株野芍药》一文，便源自庞井君儿时与小学校长因"夺野芍药花"而起的一次激烈冲突，作者的自由个性跃然纸上。文末写道："从那以后，自由和力量的花朵便永远地开放在我生命的荒野之中了。"几十年后，回顾当年这段经历并落笔于文字时，庞井君认为，当年看到芍药花被摧残，便骤然而生一股不可遏制的愤怒与反抗，其中蕴含的是一种源初的自由精神的冲动，"这是对自由价值的伸张，是对压制自由的力量的回击、揭露与反抗"。

艺术创作是自由心灵在审美世界的无限漫游与跃迁

谈及散文写作，庞井君认为，判断一篇散文是否足够好，可以有多种尺度。但从美学角度看，有三个层面非常重要：一是要有趣味。无趣味则无聊、无奈、无望，也无生机和活力，不会给人带来精神上的感染和吸引。二是通过文学呈现哲学意义上的思想，更进一步则是以审美感受的方式实现精神的创造。但要如盐入水，不能将文学艺术搞成哲学的通俗化和煽情化版本。三是能达到一种美学意义上的神圣超逸的精神境界。"我心目当中的一流散文，应该有很高的精神塑造能力，能让我们的精神超越现实生活，跃迁到一种美妙绝伦、浑然忘我、万物通达的境界之中。我认为这就是文学艺术所追求的最高层次。冯友兰先生认为，中国传统哲学对人类的最大贡献在于人生境界的创设。张世英先生则认为，人生最高境界是在欲求、求知、道德之上的审美境界，审美境界就是自由境界。这些深刻思想对文学艺术创作都有重要启发，值得深思。张世英先生还将哲学思考比作'仙女下凡'，在我看来，审美艺术则是使人'羽化登仙'。"

山村生活、中学教学、党校教育、青年工作、媒体管理、政策研究、藏区挂职、文艺评论，一系列丰富异质的人生经历和工作岗位，让庞井君积淀了丰富多样的创作资源和写作经验。从大山深处毗邻坝上的小村出发，他的足迹踏上过远在青藏高原之上的甘孜，也深入过湘鄂交界处的原始森林八大公山，这些荒野风格的自然之地，带给他心灵与精神上的满足，也激发了他别样的创作动能。

在庞井君看来，人类精神结构由日常感知、科学认知、审美感受和精神信仰四个板块组成，包括文学在内的艺术在人类精神中的定位便是审美感受价值。在互联网、AI、信息技术、生物基因技术对人类精神体系的冲击和挑战面前，加强审美感受体系建设、提升国民审美素养、解放人的感受能力尤为重要，文学艺术责无旁贷、使命艰巨，散文可以作为一支"轻骑兵"和"先锋军"。

在与散文集标题同名的《黑夜之美》一文中，庞井君写道："你融在黑夜之中，黑夜融在你的感觉之中。这无边无际的黑，遮蔽了万物之形体，遮蔽了时光之流逝，遮蔽了世俗之烦扰；这绵绵不绝的夜，让你淡忘了个体之渺小，淡忘了人生之孤寂，淡忘了生命之短暂。这世界只剩下漆黑的夜和自由的精神，自由的精神自由地飞翔于黑夜之中！"这便是他对于黑夜感受的独特的文学表达。"童年大山深处的夜是那么长、那么黑、那么静，而后来在雪山脚下、原始森林、边疆小镇、荒野山路中度过的那些黑夜又别有味道、和而不同，都特别具有审美韵味，为我在文学艺术创作上所偏爱。我觉得将一个人的精神以黑夜为题进行书写是非常有灵魂意味的事情，因为黑夜能遮蔽很多东西，即使是在同一个夜晚的同一片天空之下，静静沉思之中，也总是给每一个人独特的愉悦和无尽的想象。当然不同的人感受是千差万别的，但其中的味道是审美的，是深入生命存在的那个隐逸世界的林中幽径。"

随着年岁的增长，对庞井君而言，文学越来越成为一条心灵和自然相通的神秘隧道。每当他执笔坐在桌前，沉浸在审美创作境界中，一种来自过去岁月和未来时空的美好感受便如泉涌云飞，自由自然。生命轨迹中踏足过的那些地方、相处过的人、经历过的事，也都渐渐地在回忆中次第走来，并以审美的方式得以出场、转换和升华。

在庞井君的工作历程和精神交往中，与青年群体的交流令他印象深刻。庞井君曾在家乡当过五年中小学教师，和青少年朝夕相处，打成一片。在任团委书记时，与文艺传播领域的青年接触更加广泛。青年工作对他的影响和感染很深，并且不可避免地渗透到文学艺术创作中。在他眼中，青年身上独有的创造活力就如阳光雨露一般富有生机，如大森林中流出的小溪一般永远充满活力。在他看来，饱经沧桑同样可以青春永驻，以青春的心态经历人生的不同阶段才是自由美丽的人生，才会铸就自然永恒的人生价值。他平日里经常与青年作者就文学与哲学问题展开深入探讨交流，"我们现代的青年作家，更应该把自由自然作为文学与人生的最高价值理想，既要脚踏实地深入生活、深入心灵，解放自己的全部感觉，去体验、去感受、去沉浸；也要把星空般美丽深邃的理想作为人生永恒的价值指向，要让思想理想成为我们的精神方向、生命底色和人生坐标，牵引我们走向无限广阔的未来时空"。

附录 Ⅱ

关阔先生致作者的一封信

井君先生：

小女静宜捎来大札，奉读以下，深感足下治学精神孜孜不倦，多方面有所成就，特别是在有关人生、社会和自然等根本问题上思考深广。于此可见，足下的哲学思考已形成生命的组成部分，变成一种精神寄托，令人佩服！尤可贵者，治学之余，散文又写得那么干净，读来性灵满纸。我很喜欢那篇《春晨》，大有柳文《小石潭记》意趣。足下摄影艺术也不同常格，那幅令人产生无限遐想的《黑夜之美》正是那篇妙文的绝好插图。（但不知其中那对恋人是事先安排还是巧妙抓拍？）总之，我感到足下才华横溢，多么不同凡响！为承德人争气。

随信附上日前受友人之托写的一篇小文，从中可见一个老朽晚年落寞生活之一斑。

匆匆草此。顺颂

文祺！

关阔丁亥元宵灯下老眼

后
记

屈指算来，来这个以避暑闻名的海滨城市已逾一周了。其实，我感觉这地方比起京城来一点也不凉爽，更不宁静。天气又闷又热，窗前的两棵老梧桐上栖满了蝉，一天到晚叫个不停，夜里叮叮当当地往玻璃上乱撞。倒是寓所不远处一个幽静的野湖成了我放荡哲思的好去处。在那里跟刚刚认识的"楼兰老曹"（微信名）学垂钓，整天在波光荡漾的世界里沉思遐想，流连忘返。仔细一想，这情境居然和我要出版的散文集《叠加的涟漪》这一书名有几分契合。

依我看来，在由日常感知、科学认知、审美感受和精神信仰四个板块所构成的人类精神体系中，主体感受是很难完整准确地传达的。对于文学艺术而言，作品所呈现出来的东西不但与现实世界不是一回事，也未必是作者自身感受的本真形态，与读者理解和接收到的东西更是相去甚远。别人的作品给予你的东西，有多少算多少，接收到什么就是什么，甚至有一些别解、误解、错解，也未必不是好事，大可不必以技术、知识、感官和逻辑等尺度去计较和衡量。不过，这些天的沉思使我的这种想法略略有了些改变。

我发现野钓，特别是夜钓，是一件很有哲学意味和审美情趣的事，几乎可以将所有的哲学问题以精神意象的方式赋予到它身上。垂纶凝思，仿佛心海里也有一根钓竿在钓意象之鱼，哲思、美境和灵感云飞泉涌。

我自十五岁在师范课堂上与政治老师进行了一场关于社会变革的对话之后，便立志走上了哲学之路。如今，历历四十余年，走过了十几个工作岗位，哲学之外涉足过教育、法律、新闻、传播、文艺、美学等多个研究领域，心力却始终在哲学上。然而，二十多年前初夏一个人登黄山莲花峰的生命感受让我看到了精神表达的另一种可能，也因此催生了我的第一篇散文《黄山白玉兰》。这是一个文学的起点，也是一个精神转折点。这种认识在后来两年的藏区工作中得到了加强。高原岁月，如诗如歌，我日日笔耕不辍，积累了八十万字日记。十年后，在王小宁女士的热情鼓励和帮助下，于《人民政协报》上开设了《芜野散记》散文专栏。本书第一个板块《雪域风痕》就是在此基础上完成的，写作过程中也得到了张新建、周影艺、旺堆、罗前华等藏区友人的不少支持。

十年前，我由传媒管理部门调到文学艺术领域工作，组建中国文艺评论家协会，创办《中国文艺评论》杂志。工作之余，以随笔的方式品评人物作品，表达自己的美学见解和艺术观念，形成了本书《黑夜的底片》这一板块。在我的心目中，科学认知和审美感受的界线还是清楚的，纯粹的文艺理论、美学和哲学论文并未收录。给别人写的序收了一篇，主要是为了纪念那位英年早逝、充满正义和良知的京剧表演艺术家储兰兰教授。

《隐逸的星尘》板块主要收录了《黑夜之美》出版后新写的散文，考虑到体系的完整和与书中内容的关联，也从以前写的散文中选了个别篇目。涉及童年、故乡，特别是写父母的几篇，使用了井春大哥、树枝大姐、树青妹妹、井清二哥和井余三哥等诸多家人所提供的素材，并与他们一起以文学的方式重建了过去岁月的精神记忆。

自觉年逾五十后，虽未能知天命，但历经艰辛颠荡的生命历程和矢志不渝的哲学思考，我对人生和社会有了一个属于自己的框架性理解，社会价值论研究也基本形成了一个贯通性的思想体系，但感受性创造和表达的冲动却愈加强烈。仅仅最近一个多月，便完成了《夜鸟声声》《浮生半日》《小学平房 62 号》《钝公小记》《夜来风雨》等作品，遗憾的是大部分已来不及收入本书了。我近来的散文风格也有变化，孙郁先生在本书序言中说是"不一样的山水"，还有某位知名作家说是"深抒情"，这些评价当然有溢美的成分，但是他们所指出的价值向度，我是认账的。就目前的精神状况而论，审美感受和哲学理性在我的头脑中纠缠叠荡得很厉害，至于是相互拉扯沉陷还是托举提升，我也说不清，其实也不必说清。估计以后还会这样继续写下去，最终结果是两峰并立还是双流交汇，亦未可知。

说到感谢，名字自然很多。最值得感谢的是那些多年来与我深入讨论学术和艺术的老师和知心朋友。对我影响最大的是经常提到的张世英先生、关阔先生和王锐生先生。张世英先生曾为《黑夜之美》撰写了序言；本书收录了关阔先生给我写的第一封信；王锐生先生是我在中国社会科学院读博士时的导师，除了对我进行思想磨砺之外，对我的散文写作也非常鼓励。这些都是永生难忘的。还有几位精神层面的知交，不愿以这种程式化的方式显露自己的名字，识者自识，会心而已。书中绝大部分文章都曾在各大报刊发表过，凝结了诸多编辑的心血，不再一一注明。

这里必须提到的是刚刚去世的中央美术学院教授邵大箴先生，他曾为我的《黑夜之美》题写了书名。更令人感动的是，先生在去世前一个多月，受我的请求，抱病为《张世英画传》题写了书名。邵先生指导的博士后、著名书法家白锐教授告诉我，这可能是先生最后一幅作品了，并向我转述了先生的话："我和井君的心灵是相通的！"今忆此语，悲欣涌荡，几欲泣下。先生去世后，我曾拟嵌名联"大道存于心，先生独步；箴言犹在耳，吾辈前行"以怀念先生，亦明心志，不知先生在"平行世界"有知，以为然否？

孙郁先生和刘建生先生为本书撰写了序言；陈振濂先生专门为本书题写了书名；朱伯华先生为当年《芫野散记》题写了专栏名，画过不少插图，对本书也提供了许多建议；张紫薇女士为本书题笺；刘昕女士为本书三个板块题写编名；书中插图除了我自己的摄影作品外，还选用了庞白小朋友三四岁时学画的几幅水墨，天真自然，别有异趣，也可纪念在大栅栏度过的三年难忘时光；《母亲的世界》一文的插图是青年书画家林夕女士专门为我母亲创作的肖像，母亲内心坚韧刚毅的一面在她笔下得到了生动的艺术再现；青年艺术设计家张大硕在本书设计上做了不少工作；王彦民教授、潘克奇先生、赵瑾女士、王青云女士等多年来一直热心鼓励我的散文写作并提供多方面的帮助，在此一并致谢！

最后，衷心感谢西安出版社各位负责同志和编辑老师对本书出版的大力支持，特别感谢本书责任编辑付洁女士的辛勤劳动。八个多月来，我们密切合作、沟通融洽，使本书顺利出版。付洁女士严谨高效的工作品格和精益求精的专业精神给我留下了深刻印象，令人敬佩，这在我多年工作和学术经历中是很少遇到的，是我的幸运，也是本书的幸运。

2024 年 8 月 10 日
于渤海之滨浪涌蝉鸣中